Une Anglaise à bicyclette

Didier Decoin
de l'académie Goncourt

Une Anglaise à bicyclette

roman

Stock

Couverture Atelier Didier Thimonier

Illustration de couverture : *Portrait of a Girl at Croft Rectory* par Lewis Carroll (1857) © Stapleton Collection/ Corbis

ISBN 978-2-234-06264-1

© Éditions Stock, 2011

À Jean-Marc Roberts

Le rassurant de l'équilibre, c'est que rien ne bouge. Le vrai de l'équilibre, c'est qu'il suffit d'un souffle pour faire tout bouger.

Julien Gracq

Derrière la vérité, il existe une autre vérité ; laquelle est la vérité ?

John B. Frogg

Première partie

1

Il y eut un massacre à Wounded Knee, dans les grandes plaines du Dakota du Sud. On touchait alors au terme de la Lune-des-arbres-qui-pètent-et-craquent-sous-le-gel, on allait entrer dans la période de la Lune-de-la-glace-jusque-dans-la-tente, ce qui revient à dire qu'on était fin décembre, quelques jours après Noël 1890.

Noël, ça ne signifiait pas grand-chose pour les Sioux lakotas[1], non plus d'ailleurs que 1890 : ils ne comptaient pas en années mais en mois lunaires qu'ils identifiaient selon les grands événements qui les avaient marqués. Ainsi savaient-ils que Maton Najin (Ours Debout, fils aîné d'Ours Debout premier du nom) était venu au monde au cours de la Lune-de-la-mue-des-poneys, soit quatre lunes

---

1. Les Lakotas sont une tribu du peuple sioux.

avant celle des Veaux-aux-poils-noirs qui avait vu naître Ehawee dont le nom signifie Jeune Fille qui Rit.

Ehawee fait partie des enfants qui n'ont pas été tués tout de suite.

L'entendant s'égosiller sous le corps de sa mère qui, en mourant, s'est écroulée sur elle au risque de l'étouffer, Chumani retourne la femme pour s'emparer de la fillette qu'elle saisit par ce qui lui tombe sous la main – les jambes.

Et à présent elle court dans la neige avec cette enfant qu'elle tient comme un maillet de croquet, la balançant par les chevilles au risque de lui fracasser le front contre un obstacle, une simple taupinière gelée suffirait pour ça, le crâne d'Ehawee est encore si fragile, mais par chance la folle course de Chumani ne rencontre rien contre quoi la tête de la petite pourrait buter, éclater. Sous la chevelure d'Ehawee la plaine est lisse, d'une blancheur presque douloureuse, montant et descendant à une vitesse vertigineuse. Ce mouvement de balancier équilibre la femme qui l'emporte. Chumani n'a pas le temps de s'arrêter pour poser Ehawee sur ses pieds afin de la reprendre autrement, par exemple en arrondissant les bras pour lui en faire un berceau, ou en l'allongeant contre sa poitrine de façon que sa petite tête repose sur l'oreiller tiède et moelleux de ses deux seins qui semblent n'en faire qu'un – rien ne doit ralentir Chumani, il faut qu'elle maintienne son avance sur l'essaim des éclats d'obus incandescents et des billes de plomb chauffées à blanc, elle se souvient du jour où elle a été prise en chasse par des abeilles dont elle avait bousculé la ruche, les insectes s'étaient aussitôt lancés à sa poursuite, ondulant derrière elle comme un torrent en crue, et Chumani, bien qu'elle ne fût alors qu'une fillette à peine plus âgée que celle qu'elle tente maintenant d'arracher à la fureur des soldats américains, avait compris qu'il n'était pas question de ruser, qu'elle n'échapperait aux dards des abeilles qu'à condition de courir plus vite qu'elles, plus vite qu'elle n'avait jamais couru. Les fragments de métal qui la poursuivent aujourd'hui ne sont pas plus intelligents que des abeilles, mais ils sont beaucoup plus rapides, elle ne les voit pas voler au-dessus d'elle mais elle les entend ronfler ou siffler, le bruit dépend de la forme qu'ils ont prise lors de la fragmentation de l'obus, puis ils s'abattent dans la neige avec des grésillements rageurs, et là où ils tombent s'épanouissent de larges ombelles de vapeur grise.

Chumani pense qu'elle aussi va tomber. Ses muscles sont noués, les crampes lui donnent des nausées, chaque fois qu'elle veut allonger sa foulée un poinçon de feu lui déchire l'aine, s'enfonce en vrille dans la chair de ses cuisses. Pour éviter d'être trop facilement rejointe au cas où les soldats décideraient de lancer une charge, elle est entrée dans la neige fraîche dont la froidure l'apaise comme un linge mouillé sur un front fiévreux. Pourtant, épaisse et lourde, cette neige collante ralentit sa progression.

Malgré quoi Chumani rattrape et dépasse d'autres femmes qui fuient, elles aussi chargées d'enfants, mais qu'elles portent liés dans leur dos selon la tradition des Sioux.

Chumani est d'abord étonnée de la sagesse de ces enfants. Aucun ne pleure ni ne glapit comme Ehawee, certains ont les yeux ouverts, d'autres fermés comme s'ils dormaient, tous inclinent la tête sur le côté. Et leurs têtes ballottent. Ce n'est qu'en voyant le visage en partie arraché d'un garçonnet, sa joue déchirée qui pend dans son cou comme l'épluchure d'un fruit à pulpe rouge, que Chumani comprend que ces femmes, sans le savoir, transportent des enfants morts – leurs propres enfants dont les corps ont fait office de boucliers, leur chair absorbant les balles que les soldats leur ont tirées dans le dos. Elle hésite à le dire aux femmes. Se demandant si la fillette dont elle-même s'est chargée, et qui a brusquement interrompu sa mélopée criarde, n'est pas morte elle aussi. Certes, le sang d'Ehawee ne goutte pas sur la neige, mais qu'est-ce que ça prouve ? Il peut très bien s'être répandu à l'intérieur de ses vêtements.

Alors Chumani choisit de garder le silence et de se concentrer sur sa fuite. Avec l'impression d'avoir fait le plus dur. Car même si des projectiles continuent de vrombir autour d'elle, ils semblent avoir perdu une grande partie de leur énergie cinétique, leurs trajectoires se terminent de façon de plus en plus aléatoire.

Comme eux Chumani a brûlé l'essentiel de ses forces au cours des premières minutes de son échappée, elle se sent plus lourde, empâtée. La douleur de ses jambes a d'abord été comme celle d'un jeune guerrier qui pousse son effort au paroxysme parce qu'il s'est juré de passer le poteau d'arrivée avant le meilleur coureur d'une autre tribu, mais à présent cette souffrance n'est plus que celle d'une femme déjà âgée, une femme à bout de souffle, les lèvres barbouillées d'une bave épaisse qui s'envole en longues effilochées, comme l'écume des bisons quand l'homme les a chassés trop longtemps et que leur mufle se couvre d'une mousse blanche à l'odeur rance.

Elle ne ralentit que beaucoup plus loin, beaucoup plus tard, lorsque la neige molle, à travers laquelle elle lance tour à tour chacune de ses hanches en cognée pour s'ouvrir un chemin, s'aplanit, se transforme en une piste miroitante, tassée par la plus grande affluence de gens fébriles, de chevaux et de chariots, que Chumani ait jamais vue.

Elle avise une carriole perchée sur quatre hautes roues grêles, attelée à un poney indien. Sur son plateau peint en jaune – sans doute est-ce à cause de cette couleur joyeuse que Chumani l'a tout de suite remarquée au milieu des autres – sont entassés pêle-mêle des blessés, des morts, quelques survivants hagards.

Chumani donnerait ce qui lui reste de vie – elle n'a de toute façon plus rien d'autre à offrir – pour qu'une main se tende et les aide à grimper sur cette carriole, Ehawee et elle. Le crissement feutré des roues écrasant la neige lui fait penser à quelque chose de doux et de réconfortant, quelque chose comme du sucre remué dans une boisson très chaude. Elle rêve de s'affaler sur ce bruit, d'être enveloppée par lui, de s'endormir en lui.

– Prenez-moi, oh! prenez-moi, implore Chumani, laissez-moi monter avec vous!

Elle croit parler, mais en réalité aucun son ne sort de sa bouche, tant sa langue a été engourdie par l'air glacé qu'elle a inspiré durant sa course. Alors la carriole continue de rouler avec son bruit sucré, et Chumani de courir à côté d'elle.

Les hautes roues légèrement désaxées semblent danser sur la neige, hypnotisant Chumani qui relâche son attention. Elle trébuche dans une ornière, un de ses pieds se tord, elle s'étale. Ehawee tombe sur le dos. Les vêtements épais dont la fillette est couverte amortissent sa chute, elle ne pleure pas, elle se contente de gigoter comme une tortue retournée. Une buée bleutée s'échappe de ses lèvres entrouvertes, une diarrhée puante empoisse le bas de son emmaillotement.

La carriole jaune disparaît dans l'averse de neige comme derrière un rideau de perles, mais déjà un autre véhicule s'approche, un chariot dont la bâche a brûlé, des fragments noircis s'attachent encore aux cerceaux de fer qui bringuebalent et se heurtent dans un tintamarre de ferraille.

L'homme qui dirige l'attelage, sans doute un fermier, hurle à Chumani de relever son enfant et de libérer le passage, sinon il va les écraser toutes les deux. Elle fait non de la tête, elle n'a plus la force de reprendre sa marche, il faut qu'elle se repose, elle doit à n'importe quel prix monter sur ce chariot, elle ramasse Ehawee et, la tenant par la taille, elle l'élève à hauteur de son front, face au fermier, elle a vu des prêtres faire de même en présentant des croix, des gobelets d'or remplis de vin, de petits gâteaux très fins, blancs et ronds, et devant ce geste l'assistance s'inclinait, souvent même s'agenouillait.

Les chevaux ont peur, se cabrent. Le fermier tire sur les rênes en lançant quelques imprécations, le Dakota du Sud est réputé pour ses jurons, le lourd chariot grince, oscille comme s'il allait verser, puis se fige.

– Ça va, maugrée l'homme. Amène-toi par ici. Mais continue de tenir ton gosse comme ça, que je voie bien tes deux mains. Et qu'il en soit ainsi jusqu'à Pine Ridge. *Oyakahniga he*[1] ?

– *Ocicahnige*[2], répond Chumani.

---

1. Tu comprends ce que je dis ?
2. Je comprends.

Elle est une des rares femmes de la bande de Big Foot à connaître assez d'anglais pour avoir, ce matin à l'aube, saisi certains mots que s'échangeaient les soldats, des mots ne laissant planer aucun doute sur leur intention de n'épargner ni les femmes ni les enfants, c'était même une des raisons pour lesquelles le colonel Forsyth avait fait venir des mitrailleuses Hotchkiss dont le tir rapide et forcément un peu brouillon aurait l'avantage d'empêcher les hommes de comprendre ce qu'ils étaient en train de faire.

Quelques miles plus loin, surgissant d'un groupe de baraques en bois dominé par le magasin général et le bureau postal que gardent des soldats, Chumani reconnaît le clocher d'une maison de Dieu.

C'est l'église épiscopale de la Sainte-Croix, au porche de laquelle sont encore placardées des annonces concernant les horaires, les lectures et les chants des offices de la semaine de la Nativité. Les planches de la porte se sont disjointes sous l'effet du gel. Des interstices s'échappent des lueurs, des plaintes, des odeurs de cire chaude. Puis cette porte s'ouvre, une femme en robe brune apparaît sur le seuil de l'église, elle porte à bout de bras deux seaux débordant de pansements sanglants, elle les vide dans un abreuvoir à chevaux qu'on a rempli de chaux vive.

Chumani descend du chariot, tenant toujours

Ehawee devant son front comme le fermier le lui a ordonné. Depuis son perchoir, l'homme la regarde.

– Tu t'en es bien barbouillée, s'esclaffe-t-il en désignant tour à tour les fesses merdeuses de la petite fille et le visage souillé de Chumani.

La Sioux lui sourit en retour : ô fermier, plutôt cette forte odeur-là que celle du sang qui a été aujourd'hui le lot de tant et tant de femmes lakotas !

Réduite au mutisme par sa langue toujours insensible, elle monte une main à son front, l'autre à son cœur. Merci. Puis elle martèle le sol avec ses pieds pour attirer l'attention de la femme en robe brune devant l'abreuvoir. La frappe des mocassins sur la neige ne fait pas grand bruit, mais l'onde qu'elle engendre suffit à alerter Robe Brune qui, enfin, remarque Chumani. Celle-ci lui désigne Ehawee.

– Tu as la cavalerie à tes trousses ? s'inquiète la femme.

– Pas encore, réussit à articuler Chumani.

– Ils ne vont pas renoncer comme ça, dit Robe Brune. Ils sont fous de rage. C'est l'un des vôtres qui a ouvert le bal, à ce qu'il paraît.

– Le bal ?

– Il y a bien quelqu'un qui a tiré le premier, non ? Et qui n'a rien trouvé de mieux que d'abattre un officier.

Elle réfléchit un instant, tourne son regard vers

les prairies glissant en pente douce jusqu'aux collines plantées de pins qui exhalent au soleil une forte odeur de résine – mais le soleil est loin ce soir, et aucun des habitants de Pine Ridge ne peut être assuré de le revoir.

– Mais ils n'oseront pas entrer, reprend-elle, leur fureur s'arrêtera au seuil de l'église. Eh bien, c'est en tout cas ce dont j'essaie de persuader tout le monde ici, moi la première. Mon nom est Élaine, je suis institutrice.

Chumani s'avance, elle lui tend l'enfant. Élaine prend la fillette et la serre contre elle.

– Ta fille ? demande-t-elle.

– Non, dit Chumani, une trouvaille. Un garçon, je l'aurais gardé ; mais elle, je ne peux pas.

Elle explique qu'elle est seule, que son mari a été tué lors de la bataille de Little Big Horn – elle n'emploie pas le mot veuve, peut-être ne sait-elle pas le dire en anglais, ou bien pense-t-elle que la solitude, comme celle qu'elle vient d'éprouver en courant sous la mitraille, est pire qu'un veuvage.

Elle se retourne pour évaluer le chemin qu'elle a parcouru depuis Wounded Knee. Le blizzard qui souffle avec violence l'empêche d'apercevoir le ravin d'où elle s'est élancée, balançant la petite Ehawee comme un encensoir. Elle voit seulement planer ce qu'elle prend pour des nuées d'oiseaux rouges et jaunes – bien qu'elle sache qu'il n'y a jamais eu d'oiseaux de cette sorte, l'hiver, sous le ciel gris du Dakota du Sud. Ce sont en fait des morceaux de peaux de bison recouvrant les tipis, que les brasiers allumés par les soldats ont transformés en dépouilles incandescentes que soulèvent les masses d'air surchauffé par l'incendie.

Dans l'espèce de cage que dessinent là-bas les pieux carbonisés du campement, les derniers Sioux lakotas luttent encore au corps à corps pour protéger la fuite de leurs femmes et de leurs enfants.

2

De face, Black Coyote avait un visage rond, plat, cuivré, qui le faisait ressembler à la lune quand elle rouquine ; de profil, la proéminence de son front, son nez large aux narines palpitantes, échancrées, et ses lèvres très brunes, toujours humides, évoquaient plutôt le faciès d'un cheval.

Il n'avait pas entendu le colonel Forsyth exiger des Lakotas qu'ils déposent tous les fusils en leur possession : sourd de naissance, Black Coyote ne percevait que certains sons pointus, aigus, tels que le sifflement du vent ou le grincement strident des geais de Steller, les trilles des alouettes hausse-cols ou le cri du huard qui rappelait étrangement celui du loup. Les autres bruits du monde, que ce soit le pétillement du feu de camp ou la charge des bisons, se traduisaient pour lui par des vibrations montant le long de ses jambes à la façon d'un frisson.

Voyant ceux de son clan jeter leurs armes dans la neige, le sourd avait brandi la sienne. Ce n'était pas un geste d'agressivité, il voulait juste signifier qu'il n'avait pas l'intention de s'en séparer. Il avait consenti de lourds sacrifices pour s'offrir une Remington Split Breech. Elle serait son seul moyen de se procurer de la nourriture si les Blancs, comme c'était probable, dispersaient les Lakotas, les divisaient pour empêcher la solidarité entre eux. De cette façon, les détruisant inexorablement.

Comme Black Coyote gesticulait avec sa carabine, sa main avait malencontreusement glissé de la culasse à la détente, et l'un de ses doigts s'était retrouvé effleurant la gâchette.

Il avait suffi d'une infime pression de la pulpe de l'index – un réflexe, pas une intention – et le coup était parti, tuant net un des hommes du 7e de cavalerie.

Les soldats, qui étaient environ cinq cents, tous à cheval, encerclant la Wounded Knee Creek, avaient alors répliqué, fusils et revolvers aboyant tous ensemble, tandis que quatre canons mitrailleurs Hotchkiss (armes françaises importées par la firme new-yorkaise Graham & Haines) tiraient des obus explosifs et des « marmites » farcies de balles de plomb sur le fond du ravin boursouflé de neige entre les lèvres duquel s'entassaient les Lakotas pris au piège.

Parmi ceux-ci, cent cinquante-trois, dont soixante-deux femmes et enfants, étaient tombés sous les premières salves, tandis que des corneilles affolées tournoyaient dans le ciel.

Le chef Big Foot, qui souffrait d'une pneumonie au stade terminal – ses proches pensaient qu'il ne verrait pas se lever le jour –, s'était fait porter devant sa tente, et là il avait montré un drapeau blanc et supplié les soldats américains de cesser le feu. Mais sa voix déchirée, qui semblait charrier des éclats de verre labourant sa gorge – du sang coulait en fines rigoles aux commissures de ses lèvres –, était trop faible pour être entendue dans le vacarme qui régnait dans la ravine et sur les hauteurs de Wounded Knee.

Un des membres de son clan avait alors persuadé Big Foot de prendre la fuite. Le chef avait tenté de se relever, mais il n'avait plus assez de souffle. Il était retombé assis devant son tipi, l'air égaré. Un fichu enroulé autour de sa tête lui donnait vaguement l'apparence d'une pauvre femme. Un officier s'était approché et il avait tiré sur lui à bout portant. Le Sioux avait basculé en arrière, sans un cri. Ses bras battant l'air un instant. Si grande était sa faiblesse qu'il avait suffi de cette dernière gesticulation pour que la vie le quitte. La mort l'avait saisi juste comme il essayait de se relever en prenant appui sur son coude gauche, et le froid intense l'avait figé pour toujours dans cette demi-mesure. Personne n'avait réussi à déplier les doigts de sa main droite qui, selon les uns, semblaient pincer les cordes d'un violon, et, selon les autres, animer des castagnettes. On pouvait penser qu'il s'efforçait de serrer les poings. Le sang avait d'abord rougi la neige autour de lui, ensuite ce sang avait noirci, et la neige aussi.

Le tipi de Big Foot avait été haché par la mitraille des Hotchkiss, puis il avait flambé, et il n'était plus resté que le tuyau du poêle aimablement fourni au chef sioux par l'armée des États-Unis.

À la demande des officiers du 7e de cavalerie, Jayson Flannery, un photographe anglais arrivé la veille à Pine Ridge, avait alors pris une série de photographies du tuyau de poêle.

Ces clichés apporteraient la preuve, si besoin était, de la bienveillance du gouvernement américain envers Big Foot et sa bande.

Jayson avait d'abord refusé, trouvant stupide de gâcher une plaque – après tout, il n'en avait pas emporté tant que ça avec lui – pour photographier un tube noir fiché au milieu de nulle part, pointant vers le ciel bas et gris. Mais les officiers ayant insisté, Jayson avait dû les satisfaire sous peine de se voir évincé du champ de bataille. Or, il n'avait pas prévu de témoigner d'un massacre, c'était par hasard qu'il s'était retrouvé mêlé à l'affaire de Wounded Knee, et il lui semblait à présent qu'il ne pouvait faire autrement que saisir les images tragiques qu'il avait sous les yeux, et que le gel avait comme déjà mises en scène à son intention, fixant les corps dans des attitudes spectaculaires – ces mains crispées pointant des index accusateurs, ces yeux figés où se lisait une immense stupeur, ces bouches ouvertes sur des protestations d'innocence, et par-dessus tout ces enfants morts aux chairs trop légères pour s'être enfoncées dans la neige, et dont les petits cadavres glissaient sur elle au gré des rafales.

Alors Jayson Flannery avait rusé, c'est entendu, messieurs, je vais immortaliser votre tuyau admirable, ayez seulement la bonté (de la bonté, eux !...) de me faire connaître où et à qui je devrai envoyer la plaque lorsqu'elle sera développée – et tout en parlant, il avait disposé sa chambre portative 18 x 24 de manière à cadrer en premier plan le cadavre gelé de Big Foot, le tuyau de poêle n'étant plus qu'une notation anecdotique de fond de décor, mais les officiers n'y avaient vu que du feu.

De retour en Angleterre, il lui suffirait d'une simple manipulation en chambre noire pour effacer l'image du tuyau afin de ne plus laisser apparaître que celle de Big Foot dans son étrange posture disloquée.

Si le *Penny Magazine* et l'*Illustrated London News*, le *Pfennig Magazine* à Leipzig ou le *Supplément illustré du Petit Journal* à Paris lui achetaient cette photo pour en restituer, grâce à un procédé de gravure manuelle, une image aussi ressemblante que possible – et peut-être son cliché pourrait-il intéresser aussi les quelques journaux qui réussissaient depuis peu à reproduire les photographies elles-mêmes –, Jayson en tirerait une réelle considération professionnelle ainsi qu'une brève mais appréciable aisance financière.

À cause de la tempête de neige, il a fallu attendre deux jours avant de pouvoir inhumer les cadavres des Sioux lakotas.

Jayson Flannery en a profité pour arpenter ce que les soldats appellent « le champ de bataille » – ils sont manifestement très satisfaits de la façon dont ils ont éradiqué ces Indiens, plusieurs centaines d'Indiens en si peu de temps, alors qu'eux-mêmes ne déplorent que vingt-cinq tués, tombés pour la plupart sous les tirs affolés de leurs camarades dès les premières secondes de l'engagement.

Jayson a pris de nombreux clichés des corps éparpillés, raidis par le froid dans des poses parfois très belles qui font penser à la façon dont la nature torsade et noue les arbres.

Quand le blizzard se calme enfin, les soldats requièrent des civils de l'agence de Pine Ridge pour creuser une vaste fosse commune où les corps sont jetés les uns sur les autres. Ceux-ci font alors un bruit de branches qui cassent.

Au fur et à mesure que les fossoyeurs improvisés parcourent le camp dévasté pour ramasser les morts, des soldats les suivent pour récolter des souvenirs qu'ils espèrent revendre à bon prix. Car personne ne doute que le massacre de Wounded Knee soit le dernier épisode des guerres indiennes, lesquelles vont alors entrer dans l'Histoire, et donc dans les musées qui se montreront avides de tous les objets qui, même anodins, ont traversé les combats.

Les plus prisées de ces reliques seront certainement les chemises des Esprits, faites de daim clair ou de toile brute, ornées de franges, de touffes de fourrure de lapin et de petits bouquets de plumes de faisans. Les Sioux croyaient qu'elles les rendraient invulnérables aux balles américaines. Les exposer dans l'état où on les a récupérées après la bataille, trouées, déchiquetées, raides de sang coagulé, apportera la preuve que les Indiens sont superstitieux, ignorants, d'une naïveté confondante.

– N'ayez pas peur, avait dit Big Foot à ses guerriers, revêtez les chemises que vous portez pour la danse des Esprits, et les tirs des soldats ne pourront rien contre vous.

La prairie enneigée était assez vaste pour que les balles américaines filent au-dessus d'elle sans toucher les Sioux – un oiseau en vol avait-il jamais heurté un chasseur lakota ? Et si les projectiles ennemis menaçaient néanmoins les guerriers de

Big Foot, le pouvoir des chemises sacrées les détournerait de leur trajectoire.

– Comme ça, avait ajouté le vieux chef en lançant en l'air une poignée de poussière, très exactement comme ça.

Et la poussière s'était envolée, emportée par le vent, inoffensive.

Cette certitude, Big Foot la tenait d'un sorcier, un Paiute du Nord appelé Wovoka, qui exerçait le métier de guérisseur et de faiseur de pluie au pied de hautes sierras vertigineuses.

Adopté par un fermier blanc qui l'avait rebaptisé Jack et initié au christianisme, Wovoka avait lu la Bible. Il en avait déduit que si les Blancs avaient osé tuer le Fils de Dieu, rien ne pouvait les empêcher de massacrer des Indiens qu'ils considéraient comme à peine supérieurs à des animaux.

Au premier jour de la Lune-de-la-chaumière-gelée avait eu lieu une éclipse de soleil, et Wovoka était tombé en extase. Tandis qu'une ombre grise et froide s'étirait sur les champs et les étables de son père adoptif, Wovoka-Jack avait eu la vision du Christ redescendant sur Terre pour exterminer les Blancs qui l'avaient autrefois crucifié.

Il ne pouvait pas s'y tromper : c'était bien le Christ qui lui était apparu, reconnaissable aux plaies de ses mains, aux blessures de ses pieds, au trou dans son flanc droit – il était d'ailleurs couvert de sang, son derme devenu rouge depuis le front jusqu'aux orteils, l'ancien Christ de l'homme blanc maintenant semblable à Wovoka, semblable à tous les Sioux.

Un peu plus tard (c'était entre la Lune-des-cerises-rougeoyantes et la Lune-des-cerises-noires, soit au mitan de l'été), une quinzaine de tribus avaient délégué des envoyés à la rencontre du Messie. Dès la deuxième nuit, Grue qui Chasse avait affirmé que le Christ lui était apparu à lui aussi, ainsi qu'à une bande de Crows qui campaient près d'un torrent : surgi de nulle part, l'Homme-Dieu s'était présenté comme le Sauveur qui allait restituer aux Indiens leur vie heureuse d'autrefois en obligeant les Blancs immondes à leur rendre ce qu'ils avaient volé.

Grue qui Chasse avait exhibé une lettre que lui avait confiée Wovoka.

Soufflait un vent furieux qui remplissait la tente de poussière, mais ce vent avait cessé aussitôt que Grue qui Chasse avait commencé à lire la lettre :

« *Quand vous serez de retour chez vous, vous devrez danser pendant cinq jours sans interruption. Dansez quatre nuits de suite, et la dernière nuit dansez jusqu'à l'aube du cinquième jour, puis allez vous purifier dans la rivière et rentrez dans vos tipis.*

« *Il tombera cette année une grande quantité de neige, et à l'automne vous aurez plus de pluie que je ne vous en ai jamais donné.*

« *Ne parlez pas de cela aux hommes blancs. Jésus est maintenant sur la Terre. Il apparaît sous la forme d'un nuage. Les morts sont de nouveau vivants – je ne sais pas quand ils reviendront ici, peut-être cet automne ou au printemps prochain.*

« *Ne refusez pas de travailler pour les Blancs, et ne vous querellez pas avec eux jusqu'au jour où vous les quitterez. Quand la terre tremblera (c'est-à-dire quand viendra le monde nouveau), n'ayez pas peur : rien ne vous fera du mal.*

« *Je veux que vous dansiez toutes les six semaines. Achevez la danse par une fête, et que chacun ait à manger. Et allez vous purifier dans l'eau de la rivière. Voilà, c'est tout. Je vous donnerai de temps en temps de bons conseils. Ne dites rien contre la vérité*[1]. »

La danse, c'était la danse des Esprits, supposée ramener les morts à la vie, et faire à nouveau déferler les bisons sur les plaines du Nord-Ouest, et rétablir toutes choses ainsi qu'elles étaient avant que l'homme blanc ne les abîme.

Il était temps, la sécheresse s'attardait sur le Dakota.

Les Sioux dansèrent toute une année, de la Lune-de-la-mue-des-poneys à la Lune-de-l'engrossement, en suivant scrupuleusement le rituel prescrit par Wovoka au nom du Christ.

Bientôt, il s'était mis à pleuvoir de façon inhabituelle. C'était une pluie longue, qui se couchait

---

1. William S. E. Coleman, *Voices of Wounded Knee*, University of Nebraska Press, 2000.

comme les moissons sous le vent. Elle sonnait dru, un son de tambours, faisant bouillonner la terre qui n'était plus qu'une immense soupe brune, fumante.

Grand Tonnerre, Poitrine Jaune, Fer Plat, Bras Cassé, Cheval de Nuée, Couteau Jaune, Corne d'Élan, Ruade en Arrière, Bat le Tambour et Ours qui Rue, tous guerriers pleins de dignité, n'hésitaient pas à plonger le visage dans la boue.

L'averse prodigieuse plaidait pour Wovoka : le Christ était forcément derrière cette pluie, la danse des Esprits n'était pas une vaine liturgie, les Indiens allaient recouvrer leurs territoires de chasse, leurs ancêtres s'étaient relevés d'entre les morts, ils marchaient à la rencontre des Lakotas sous la houlette du Messie, de l'avis général ils seraient là au printemps prochain – à condition que les tribus continuent à danser sans se lasser jusqu'à ce que les Blancs soient balayés de la surface de la Terre.

Et les Sioux dansèrent dans la lumière fraîche et dorée de l'automne de la Lune-des-feuilles-peintes, ils chantèrent, les voix gutturales des hommes semblant puiser dans les profondeurs de la terre les germes du monde nouveau.

Mais parce que ce monde neuf impliquait la destruction de celui qui existait déjà, la danse des Esprits provoqua l'effroi chez les ranchers blancs, dont la panique fut à son comble quand le plus célèbre des guerriers sioux, Sitting Bull, se déclara à son tour un adepte convaincu de cette danse.

Le Bureau des Affaires Indiennes en interdit aussitôt la pratique, tandis que l'armée des États-Unis se préparait à réprimer ce qu'elle croyait devoir être un dangereux mouvement de sédition. Et Sitting Bull fut abattu d'une balle dans la tête par des Lakotas appartenant à la police indienne fédérale.

Quatorze jours plus tard eut lieu le massacre de Wounded Knee.

3

En plus de dépouiller les guerriers morts de leurs fausses chemises magiques, les soldats tranchent quelques scalps, le décollement du cuir chevelu se trouvant facilité par la température exceptionnellement basse.

Jayson Flannery s'est mêlé aux ramasseurs de dépouilles. Il prend des clichés des corps pétrifiés sans savoir au juste ce qu'il pourra en tirer. Mais même s'il n'espère pas grand-chose de ces photos, il lui paraît nécessaire de les faire. Après tout, quelques journaux de Rapid City, de Pierre ou de Spearfish, lui achèteront peut-être un ou deux agrandissements de ces Indiens recroquevillés en petits monticules noirs sur la neige, ils les exhiberont dans leur vitrine comme preuve que leurs reporters étaient là.

Ils les encadreront, bien sûr, de chromos magnifiant l'héroïsme des hommes du 7e de cavalerie.

En venant en Amérique, Jayson se proposait de réaliser des portraits de vieilles femmes lakotas aux fins d'illustrer un ouvrage auquel il travaillait depuis plus de six ans. Aucune autre ethnie, pensait-il, ne présentait des visages aussi ravinés, plissés, chiffonnés. L'objet du livre était d'établir une association visuelle entre les rides que creuse le grand âge et les dermatoglyphes de criminels célèbres, comme par exemple Constance Kent, la meurtrière de Road Hill House, qui avait égorgé un enfant de quatre ans dont elle avait ensuite jeté le cadavre dans des latrines en plein air[1].

Ce genre de comparatif – les empreintes digitales sur une page, les trognes ridées sur l'autre – ne présentent qu'un intérêt limité pour le grand public, Jayson n'a pas encore réussi à convaincre un éditeur. Ce qui l'a contraint à voyager à ses frais et à financer sur ses propres deniers l'achat d'une chambre photographique portative en acajou, obturateur Decaux et soufflet en cuir rouge.

Omnipresence of Death sera le titre du livre, si jamais celui-ci est publié.

---

1. Voir Kate Summerscale, *L'Affaire de Road Hill House*, traduction d'Éric Chédaille, Éditions Christian Bourgois, 2008.

Après qu'on a comblé la fosse commune, Jayson Flannery dévisse le papillon en bronze qui fixe la chambre sur le tripode et range celle-ci dans sa boîte à bandoulière, tandis qu'il équilibre les branches du pied sur son épaule à la façon d'un fusil, au risque que les soldats, dans la lumière encore parcimonieuse de la tempête de neige finissante, le prennent pour un Lakota insoumis.

Il gagne l'église épiscopale de la Sainte-Croix où s'entassent des rescapés agités de tremblements dont nul ne saurait dire s'ils sont dus à la terreur ou au froid.

Le révérend Cook a fait empiler les bancs afin de dégager le plus d'espace possible pour allonger les blessés. Il a également ordonné de repousser contre un mur l'autel et l'harmonium.

Au fur et à mesure que les chariots amènent des victimes, la senteur agréablement résinée des guirlandes et des couronnes de Noël s'estompe jusqu'à disparaître derrière celles du sang et des déjections.

Personne n'a pensé à décrocher le calicot qui, tendu d'un bord à l'autre de la nef juste au-dessus des blessés, proclame *Paix sur la Terre aux hommes de bonne volonté*.

Jayson remarque alors les petites filles dans l'église. Elles sont deux. La plus grande, c'est Ehawee. L'autre, âgée de quelques mois seulement, a été elle aussi retrouvée sous le cadavre de sa mère. Les Lakotas survivants semblent ne pas connaître son nom. Les autorités, qui se résument ici au Dr Eastman, à l'institutrice en robe brune que Chumani a rencontrée près de l'abreuvoir, et à deux membres de l'Église épiscopale, l'évêque William H. Hare et le révérend Cook, ont enregistré la fillette sous le nom indien de Zintkala Nuni[1], qui deviendra Lost Bird sur les documents officiels.

Quitte à ce qu'on l'encombre d'une gamine, Jayson Flannery aurait préféré se voir attribuer cette Zintkala Nuni qui gazouille gentiment, mais miss Goodale néglige de lui demander son avis, et c'est la glapissante et nauséabonde Ehawee qu'elle lui colle dans les bras.

Jayson s'enquiert de ce qu'il est supposé en faire.

Ce n'est pas la première fois qu'on lui confie la protection d'une créature vivante. Parce qu'il habite un manoir du Yorkshire (petit manoir, mais manoir tout de même), il a ainsi hérité un troupeau d'oies, un âne, trois chiens de chasse, une dizaine de chats, et une quantité notable de curiosités botaniques qui ont besoin d'être abritées pour survivre aux rigueurs de l'hiver. Parmi les plantes singulières qu'il a hébergées se trouve un agave d'origine mexicaine qui a mis des années à produire une extravagante hampe florale de dix mètres de haut ; il a commencé à dépérir aussitôt après avoir donné sa fleur, une consomption

---

1. Oiseau Perdu.

pathétique qui ressemble davantage à l'agonie d'un être humain qu'à la fanaison d'un végétal.

Le Dr Eastman lui dit qu'il peut faire d'Ehawee ce que bon lui semble :

– Presque toutes les mères lakotas ont été tuées. Celles qui ont survécu et perdu leurs enfants sont trop bouleversées pour s'occuper d'une fillette qui ne leur est rien du tout. Et même, si ça se trouve, elles lui en veulent de n'être pas morte à la place d'un de leurs marmots.

Eastman ajoute qu'il a essayé de blottir Ehawee contre le corps fiévreux de l'une ou l'autre des femmes en train de mourir sur les bancs, mais celles-ci ont rejeté la petite fille avec la détermination haineuse qu'ont parfois les brebis auxquelles on tente de confier un agneau orphelin.

– Vous rentrez en Angleterre *via* New York, n'est-ce pas ? Vous n'aurez qu'à la remettre à un orphelinat dès votre arrivée en ville – il s'en ouvre un nouveau chaque semaine pour recueillir tous ces gosses d'immigrants que leurs parents abandonnent aussitôt qu'ils ont posé un pied en Amérique.

– Et si je refuse ?

– De la placer à l'orphelinat ?

– De l'emmener à New York. L'embarras, les frais, l'attitude des gens…

– Eh bien, laissez-la. Peut-être qu'un soldat en voudra. Ces filles font des servantes acceptables. Indolentes, mais dures à la tâche.

Jayson Flannery se rappelle fort à propos que lui-même n'a pas de servante. Une gouvernante, oui, mais pas ce genre de petite ombre en robe noire et tablier blanc qui trottine du matin au soir, que l'on comble d'un rien, d'un biscuit, d'un fond de sherry, d'une tapette sur la joue, d'un bout de ruban dont on ne sait que faire, qui répond d'une révérence à tout ce qu'on lui dit, Davantage de thé, Molly – révérence –, Rapportez le canard en cuisine, Molly, vous voyez bien qu'il est encore presque cru – révérence –, Allez donc vous pendre, Molly, pauvre idiote – révérence.

Jayson raconte au médecin l'histoire édifiante d'une de ces filles que son maître avait justement envoyée se faire pendre, et qu'on avait retrouvée trois heures après au grenier, obéissante et morte, se balançant au bout d'une corde au-dessus d'une claie où mûrissaient des pommes.

– Croyez-vous que je puisse en faire une servante ?

– Si vous n'êtes pas trop pressé…

Jayson songe à la longue patience dont il a fait preuve pour attendre la fleur de l'agave.

Il prend donc l'enfant avec lui, il la sépare du reste des réfugiés, elle ne sera plus comptée au nombre des survivants du massacre. Elle piaille. Il la supplie de se taire.

Ehawee doit avoir alors quelque chose comme trois ou quatre ans. Jayson n'a jamais su et ne saura jamais son âge exact. Quand il la serre pour la première fois dans ses bras (ce jour-là, donc, 29 décembre 1890), il pense à bien autre chose que lui demander son âge, d'ailleurs il ne parle pas la langue lakota et elle ne comprend pas l'anglais.

Après l'avoir débarbouillée des vomissures qui encroûtent son petit visage rond à la façon de ces fonds de teint trop épais dont se tartinent les vieilles actrices (les comédiennes finissantes constituent la clientèle privilégiée de Jayson Flannery, ce sont elles qui lui permettent de financer la documentation et les voyages nécessaires à des ouvrages comme *Omnipresence of Death*), il veut reposer Ehawee sur la paille dont le Dr Eastman et le révérend Charles Cook ont jonché le sol de l'église pour servir de couche aux blessés n'ayant pas trouvé place sur les bancs. Mais elle s'accroche à lui, mordant le col de sa veste, enfonçant ses doigts dans sa chair. Il tente de se dégager, mais il suffit qu'il effleure sa main crispée comme une serre pour que l'enfant se mette à crier, un ululement si aigu que Jayson a l'impression qu'on lui perce les tympans à l'aide d'une longue vrille glacée.

Il dévisage les femmes lakotas allongées sur la paille, espérant que l'une ou l'autre va se décider à prendre la fillette en charge. Même si elle n'est pas *la leur*, elle est au moins *des leurs* – elles ne peuvent pas renier cette frimousse de lune, ce hâle cuivré, ces yeux plissés, ces cheveux noirs, épais, luisants.

Mais Ehawee n'intéresse personne.

Elle s'est endormie, la tête posée sur le pédalier de l'harmonium. Quand elle se retourne dans son sommeil, elle actionne involontairement la pédale, et l'instrument laisse échapper un soupir sonore – l'un des jeux, le basson, à moins que ce soit le bourdon, est resté ouvert.

Il fait cette nuit-là un froid féroce. Un vent cinglant, un mélange de glace, de neige et d'eau terreuse, déferle et hurle sur la plaine.

Jayson Flannery comprend vite que tout ce qu'on attend de lui, c'est qu'il emmène au plus vite Ehawee loin de cette église où ni lui ni elle n'ont leur place puisqu'ils ne sont ni blessés, ni soignants, ni même américains.

Le sort de l'autre petite orpheline, Lost Bird, semble avoir touché un général de brigade. Celui-ci, au mépris des règlements militaires, a fait part de son intention de l'adopter. Il lui a déjà donné un prénom et un nom plus présentables que Zintkala Nuni : elle s'appellera Margaret, Margaret Colby.

Le Dr Eastman et miss Goodale se relaient pour convaincre Jayson qu'il se débarrassera facilement d'Ehawee une fois à New York. À moins qu'il ne décide de la garder avec lui jusqu'à l'appareillage du paquebot pour l'Angleterre. Pourquoi ne pas en profiter pour faire d'elle quelques clichés qu'il vendrait sous le titre « L'enfant du massacre » ? Le grain et la couleur de la peau d'Ehawee sont de ceux qui magnifient aussitôt la moindre larme. Et Jayson est passé maître en pleurnicheries, il sait quoi dire, et surtout sur quel ton le dire, pour faire larmoyer ses vieilles actrices en leur parlant de leur passé glorieux. L'afflux soudain de liquide lacrymal rend à leurs yeux ternes et secs une humidité qui semble dissoudre les petits éclatements sanguins, les taches jaunes, les taies blanchâtres. Amélioration fugace, bien sûr, mais qui dure tout de même assez longtemps pour permettre l'impression d'une bonne demi-douzaine de plaques. Sans doute Ehawee est-elle beaucoup trop jeune pour que l'évocation d'un quelconque souvenir fasse couler de pareilles larmes sur ses joues, mais il suffira au photographe d'instiller deux ou trois gouttes de glycérine au coin de ses yeux ; la glycérine roule doucement en laissant un sillage luisant qui présente l'avantage de sécher moins vite que celui des vrais pleurs.

La première préoccupation de Jayson Flannery est de trouver un véhicule pour se rendre à la station de chemin de fer de Chadron.

L'évêque William H. Hare le lui a pourtant vivement déconseillé : avant de faire halte à Chadron, le train de la *Fremont, Elkhorn & Missouri Valley* s'arrête à Fort Robinson où il fait son plein de soldats – des hommes qui, aujourd'hui, doivent être encore sous le choc de la tragédie de Wounded Knee que les autorités ont présentée comme une lâche agression des Sioux contre l'armée des États-Unis.

L'évêque ne va pas jusqu'à penser que les soldats puissent agresser physiquement Ehawee, mais peut-être reporteront-ils leur colère sur celui qui accompagne l'enfant. Le Dr Eastman est d'un avis différent : selon lui, le plus grand danger n'est pas de monter à bord du train de la *Fremont, Elkhorn & Missouri Valley*, mais de couvrir les quelque vingt-cinq miles séparant Pine Ridge de Chadron : les fermiers blancs, dont il faut nécessairement traverser les domaines, doivent être échauffés par les gazettes locales dont les rédacteurs ont dû relater les combats de Wounded Knee avec un fanatisme de correspondants de guerre ; lecture faite, nombre de ces fermiers ont aussitôt décroché leur fusil afin d'achever le travail des soldats en abattant les derniers fuyards sioux qu'ils pourraient repérer sur leurs terres, se détachant sur la blancheur éblouissante de la neige.

Pour Jayson, le plus facile serait de se procurer des chevaux, un pour porter son matériel, l'autre pour Ehawee et lui – la petite Lakota doit avoir l'habitude de monter en croupe ; mais il craint de ne pouvoir tenir les rênes avec ses mains entaillées par de profondes crevasses, certaines encore sanglantes, dues au fait qu'il n'a pas mis de gants pour prendre ses photos des Lakotas morts, le réglage des mécanismes de son appareil et la manipulation des fragiles plaques sensibles nécessitant une agilité tactile qui l'a obligé à garder les doigts nus malgré la morsure du froid.

Il se résout à affréter une voiture. Ce sera une cible d'autant plus voyante pour les fermiers que le seul véhicule disponible se trouve être la carriole d'un jaune éclatant, perchée sur ses grandes roues fluettes, après laquelle a vainement couru Chumani.

Elle appartient à un épicier du nom de Bunch, Malory Bunch, qui est en train de faire fortune dans la fabrication et la distribution de friandises pour chevaux à base d'avoine, de mélasse et de fruits râpés. Habitant le comté de Sheridan dans l'État voisin du Nebraska, il prétend avoir passé la frontière pour venir offrir un peu de travail aux enfants oisifs de Pine Ridge, à charge pour ceux-ci de calligraphier en lettres gothiques sa raison sociale, *Bunch's Horses Delikatessen*, sur les flancs, le panneau arrière et la capote de sa carriole jaune – la vérité, c'est qu'il multiplie les occasions de revoir les yeux gris et les lèvres rose pâle d'Élaine Goodale dont il est amoureux. Il a besoin de les contempler longuement, les lèvres surtout, afin de les fixer dans sa mémoire où il les garde enfouies jusqu'au moment où il décide de les en extraire, alors il s'en comble, s'allongeant sur le ventre (c'est le plus souvent au lit, le matin, qu'il suscite cette image de l'institutrice), sa main droite descendant le long de son ventre jusqu'à serrer et trousser dans sa paume son sexe que l'évocation d'Élaine a raidi.

Mais cette fois, les événements de Wounded Knee ont privé Malory Bunch de sa séance de contemplation : Élaine Goodale n'a pas quitté l'église épiscopale – en serait-elle sortie que ses yeux gris étaient injectés de sang et que ses lèvres pâles exhalaient une haleine qui sentait le vomi. La prochaine fois que Bunch voudra se masturber en pensant à Élaine, il n'aura d'elle aucune image fraîche à quoi se raccrocher, sa mémoire sera vide. Aussi n'hésite-t-il pas lorsque Jayson Flannery propose de lui céder une photographie de miss Goodale en échange du trajet en carriole jusqu'à la gare de Chadron.

– Le cliché est-il ressemblant ?

– Peut-être un peu idéalisé, admet Jayson. J'ai voulu donner l'impression d'un ange dominant le carnage.

– *Dominant* le carnage ? s'inquiète Bunch. Je n'ai que faire d'une lointaine silhouette.

– C'est un plan rapproché : essentiellement le regard et la bouche. Embués tous les deux. Les yeux parce qu'ils se sont posés sur quelque chose d'insoutenable, les lèvres parce qu'elle les aura léchées.

Bunch frissonne. Il se voit déjà chez lui, dans le Nebraska, allongé devant l'image des lèvres

léchées, il la fera agrandir et tirer sur papier – un papier mat afin qu'aucun reflet de lampe ou de soleil sur la photo ne vienne troubler sa montée en jouissance.
– Le portrait est-il immédiatement lisible ?
– Non, il se présente sous la forme d'une plaque sensible que vous devrez donner à développer.
– Ce développement, qui va s'en charger ?
– N'importe quel photographe du comté de Sheridan, j'imagine.
– Et s'il n'y a pas de photographe là où je vis ?
– Voyez dans la ville voisine.

Bunch fait remarquer qu'on est en Amérique, pays pragmatique où certainement aucune personne sensée ne songerait à ouvrir un commerce de photographie alors qu'il y a dix fois plus à gagner en vendant de l'alcool ou des clôtures. Les clôtures ont la préférence de Bunch, c'est à quoi il se consacrerait s'il pouvait refaire sa vie, car c'est une marchandise qui se décline à l'infini : le rancher ne peut se contenter d'acheter des piquets et du fil de fer, il doit aussi s'équiper d'outils pour les assembler, l'astuce consistant alors pour le commerçant à lui proposer le fil de fer et les piquets à des prix dérisoires et à se rattraper ensuite sur la scie, le marteau, les pinces, les clés de serrage, les clous cavaliers et le bitume de houille dont il faut enduire les piquets au moins une fois l'an.

– Je suis prêt à parier que vous pourrez écumer plusieurs comtés des deux Dakota, Nord et

Sud, avant de trouver quelqu'un d'assez fou pour y avoir ouvert un laboratoire de photographie, récrimine Malory Bunch en hochant la tête.

— Faites en sorte de nous mener sains et saufs jusqu'à Chadron, et je me charge de développer votre plaque.

— Nous ? relève le confiseur pour chevaux.

— Moi et la fillette qui voyage avec moi.

— Laquelle fillette s'appelle ?...

— Emily, monsieur, dit Jayson.

Le premier nom à consonance anglaise à lui être passé par la tête. Une lointaine et vague ressemblance avec Ehawee. Trois syllabes, et la prédominance des *i*.

4

Le train court vers l'est, ses deux voitures brimbalant derrière la locomotive, une 4.8.0. Mastodon.

Emily s'est d'abord arc-boutée de toutes ses forces pour ne pas monter dans le train. Afin de l'obliger à avancer, Jayson a dû la piquer aux cuisses et aux bras, comme un bouvillon récalcitrant, avec les extrémités pointues du pied Sutton qu'il porte en travers de ses épaules.

Une fois à bord, la curiosité l'emporte, Emily s'enhardit : découvrir du dedans ce long chariot fumant qu'elle n'a jamais vu que de loin et contre lequel ceux de sa tribu lançaient des malédictions extrêmes lui fait un peu oublier la terreur qu'elle a éprouvée dans les neiges de Wounded Knee, la perte de ses repères, son impossibilité à communiquer avec cet homme qui la conduit vers une destination dont elle ne sait rien.

Une fois là-bas, sans doute la tuera-t-il pour la dépouiller de sa peau et dévorer ses entrailles.

À l'exception des chevaux, c'était le sort que les Lakotas réservaient aux animaux qu'ils emmenaient avec eux quand ils se déplaçaient. L'homme qui s'est emparé d'elle n'a aucune raison de la traiter autrement, il la vendra aux Blancs comme nourriture, comme source d'un peu de cuir et d'un tout petit peu de suif – Chumani ne l'a-t-elle pas arrachée à sa mère et emportée à travers la plaine en la tenant par les pieds, exactement comme une volaille ou un lapin ?

Cet homme, d'ailleurs, ne lui adresse pas la parole (mais a-t-on jamais vu quelqu'un parler à sa nourriture ?), il la regarde parfois droit dans les yeux, mais le plus souvent à la dérobée comme s'il cherchait à évaluer la meilleure façon de l'abattre, de la débiter, de l'apprêter.

En attendant, rien n'empêche Emily de vivre pleinement sa vie de petite fille, ni de jouer. Comme s'il s'agissait d'insectes piqueurs, elle écrase avec des jappements joyeux les escarbilles brûlantes qui se posent sur sa peau. Ça l'amuse longtemps. Puis, quand le vent tourne et que les flammèches cessent d'entrer dans le wagon pour aller se perdre dans le paysage, elle se met en boule et s'endort.

Jayson Flannery attend avec impatience le moment où il pourra laver Emily.

Au terminus de la ligne de la *Fremont, Elkhorn & Missouri Valley*, tous deux montent à bord d'un train de l'*Illinois Central* qui les mène jusqu'à Chicago.

Bien que qualifié de rapide, le train met plus d'une demi-heure à traverser les faubourgs, passant de voie en voie comme une longue aiguille à tricoter saute de maille en maille ; le réseau ferré de plus en plus large et enchevêtré donne d'ailleurs cette impression d'une pièce de grosse laine brune et bourrue. Des hommes courent le long des rails à la poursuite des trains de marchandises sur lesquels ils essaient de grimper. Certains wagons sont peinturlurés de slogans religieux, *Jésus sauve le pécheur qui se repent* ou *Parle au Seigneur de tes difficultés, car prier peut changer bien des choses*. Jayson ne croit pas au pouvoir de la prière. Depuis la mort de Florence, il ne croit plus en Dieu.

Le train entre dans le secteur des abattoirs, les Union Stock Yards, un assemblage de blocs qui, vus du ciel, forment le tronc et les branches d'une gigantesque croix ; depuis la plateforme arrière du wagon, c'est comme la traversée d'un nuage moite et nauséabond, tant la vapeur refoulée des chantiers d'abattage est chargée de gouttelettes de suif et de sang.

Sous le pont enjambant la rivière Chicago coule une eau sombre, huileuse, à la surface de laquelle crèvent les bulles de gaz produites par la décomposition des carcasses que les abattoirs rejettent dans le fleuve. Celui-ci a atteint un degré de pollution tel qu'on affirme que des hommes peuvent le traverser d'une rive à l'autre en marchant à la surface de ses eaux devenues épaisses comme un magma.

Les grincements du train sont maintenant dominés par le mugissement plaintif des bœufs devinant la mort. Emily pense qu'elle est arrivée elle aussi au terme de son voyage. C'est là qu'elle va rejoindre la cohorte des bêtes de boucherie dont, par instants, quand le train surplombe une des travées où les animaux piétinent, elle aperçoit le moutonnement d'échines brunes, fumantes. L'air est saturé de poils drus que l'angoisse innommable, tout autant que les machines à écorcher, arrache aux toisons.

Alors, Emily pleure.

Jayson a-t-il vu couler une larme ? Toujours est-il qu'il prend dans la sienne la main de la petite fille et qu'il ne desserre pas sa pression jusqu'à ce que l'enfant et lui soient installés dans une voiture-lits du *New York Central Railroad*.

Plus on s'éloigne du Dakota du Sud et moins les gens semblent concernés par ce qui est arrivé à Wounded Knee. Certains n'ont même entendu parler de rien. Mais Flannery a appris par les journaux qu'il achète à chaque halte du train que, dès le lendemain de Wounded Knee, des Sioux échappés au massacre ont incendié plusieurs bâtiments d'une mission catholique, puis tendu une embuscade à un escadron du 7ᵉ de cavalerie dont les hommes n'ont dû leur salut qu'à l'intervention de leurs camarades du 9ᵉ régiment.

Il y a eu des morts et des blessés parmi les soldats, et Jayson craint que quelqu'un ne découvre qu'Emily est une Sioux et ne s'en prenne à elle pour venger l'armée. Aussi choisit-il prudemment un départ dans la nuit, avec une arrivée à New York le surlendemain alors que le jour ne sera pas encore levé.

Il prévient le contrôleur de la voiture 23 qu'on l'a désigné pour conduire jusqu'à un établissement spécialisé une enfant plutôt bizarre qui ne s'exprime que par des onomatopées et de brefs cris gutturaux, et qui dégage une odeur désagréable – ce dernier point paraît à Jayson, lui-même d'une sensibilité extrême aux odeurs corporelles, un argument suffisant pour dissuader l'employé du *New York Central Railroad* de s'intéresser de trop près à la petite fille.

Le contrôleur lui recommande de ne pas amener une fillette aussi incommodante au wagon-restaurant, et, d'une manière générale, de la tenir enfermée dans son compartiment jusqu'à l'arrivée à New York. Il ajoute qu'il compatit aux désagréments que doit rencontrer Jayson Flannery, et il porte deux doigts à sa casquette parme.

Elle n'est pas morte, finalement. L'homme qui s'occupe d'elle ne l'a pas égorgée. Il l'a fait monter dans un nouveau train, l'a installée dans une boîte aux parois de bois verni où il y a deux lits blancs très étroits, l'un au-dessus de l'autre. Il l'a hissée sur la couchette la plus haute, l'a forcée à s'y allonger en pesant sur ses épaules. Il ne l'a pas déshabillée – il a pensé qu'elle n'avait probablement jamais dormi dans de vrais draps, encore moins dormi nue, et qu'elle ressentirait peut-être comme une agression le frottement sur sa peau des tissus secs, raidis par l'amidon.

Tout en bordant les draps sur elle (tandis qu'elle le regarde de travers comme s'il préparait un mauvais coup), Jayson songe qu'il est regrettable qu'Emily, pour tempérer le jugement qu'elle ne manquera pas de porter sur les Blancs lorsqu'elle sera en âge de comprendre ce qui s'est passé à Wounded Knee, n'ait pas conscience de toutes ces attentions qu'il a pour elle.

Lui a-t-on seulement demandé de s'occuper de cette enfant sale ? Il n'en est plus très sûr. Peut-être s'est-on contenté d'une simple allusion à laquelle il a attaché plus d'importance qu'elle n'en avait. Non qu'il soit influençable, non, il ne se considère pas comme tel, mais son métier lui a enseigné à ne pas discuter certaines évidences, un visage est un visage, une colline est une colline, le soleil est le soleil ; pour un photographe la plupart des choses appartiennent à ce qu'il appelle « le réel involontaire », c'est-à-dire ce qui lui est imposé du dehors, l'absence de lumière ou la fournaise, le brouillard qui détrempe ses plaques, la foule qui bouscule et renverse son appareil, ou encore cet oiseau dont il a guetté la posée des heures durant et qu'un chat de hasard attaque et emporte, ailes traînantes, à l'instant précis où Jayson allait presser la poire de l'obturateur – ces choses-là ne sont pas négociables.

Eh bien, conclut-il, peut-être que finalement personne n'a insisté pour qu'il emmène Emily à New York, et sans doute faut-il mettre sur le compte du fameux réel involontaire le fait qu'ils y soient à présent tous les deux.

L'idée lui vient de dissimuler qu'il est anglais, de se faire passer pour un yankee bon teint, histoire de montrer à cette petite fille que tous les Américains ne sont pas des tueurs d'Indiens. Mais il faudrait pour ça qu'il puisse communiquer avec elle. Or hier (n'était-ce pas déjà avant-hier ?), sur le quai d'une des innombrables gares où ils sont descendus pour changer de train, il lui a dit son nom. Pointant l'index sur sa poitrine, il a répété, en articulant bien : « Moi, Jayson, mon nom à moi, Jayson. »

Elle a écarquillé les yeux, plissé le nez, reculé précipitamment comme s'il avait dit quelque chose d'effroyable. Elle a failli basculer sur les rails. Il n'a eu que le temps de lancer son bras en avant pour la rattraper juste au moment où une locomotive et son tender passaient à grande vitesse. Ses doigts ont croché au hasard, se sont refermés sur les cheveux de l'enfant, s'y agrippant, tirant dessus, Emily a hurlé, davantage de surprise que de réelle douleur, mais sa façon de crier était particulièrement stridente et trahissait cette part de sauvagerie qu'il y a en elle – c'est du moins l'opinion de Jayson, inquiet de ce que pouvaient penser les voyageurs attendant avec lui sur le quai, qui s'est empressé de lui plaquer sa main sur la bouche, espérant qu'elle n'en profiterait pas pour le mordre. Eh bien si, elle l'a mordu. Et l'empreinte de ses dents a appris à Jayson qu'elle avait une canine (la gauche) beaucoup plus acérée que l'autre ; elle s'est enfoncée dans la chair de sa main assez profond pour qu'affleure une goutte de sang.

– Dors, petite, la journée de demain sera difficile.

Elle ne répond pas, ouvrant et refermant la bouche comme un poisson sorti de l'eau. Elle a très soif mais ne sait pas comment le dire, surtout à un étranger. On ne lui a pas appris à demander, mais à se servir elle-même. Elle vient d'un monde à peu près sans limites, un monde où tout était en abondance, libre, disponible et facile à cueillir, à récolter, à capturer, du moins pour une enfant qui savait dans quelle ravine, sur quelle colline, à la fourche de quel arbre satisfaire ses désirs, et elle se retrouve à présent confinée dans une sorte de coffre dont le couvercle pèse si bas sur elle que, lorsqu'elle respire, son souffle chaud s'y condense en buée – lui faudra-t-il se contenter de cette buée pour s'humecter les lèvres ?

Jayson défait la courroie de la boîte dans laquelle il transporte sa chambre noire et s'en sert pour attacher une des chevilles d'Emily au cadre du sommier de façon à l'empêcher de quitter sa couchette.

Il est surpris de découvrir à quel point cette cheville est rugueuse, et la plante du pied dure comme une semelle de bois.

L'enfant se laisse faire sans protester.

Jayson se rend ensuite à la voiture-bar. Il a décidé de boire en quantité suffisante pour s'assoupir dès qu'il posera la tête sur l'oreiller – c'est ce qu'il a trouvé de mieux pour se soustraire aux mauvaises odeurs d'Emily qui risquent de s'amplifier durant la nuit, et de façon d'autant plus agressive que le compartiment est exigu.

À peine Jayson a-t-il quitté la cabine que la petite fille se redresse et, se tortillant avec souplesse, dénoue la courroie qui entrave sa cheville gauche.

Ce n'est pas pour s'évader, mais pour mâchouiller le morceau de cuir qui, imprégné de sa salive, lui rappelle l'odeur de toutes ces peaux, de ces toisons, de ces plumes qu'elle a partagées avec les animaux des Grandes Plaines.

Lorsque Jayson revient, Emily s'est endormie, bercée par le roulis du wagon.

Le photographe est trop éméché pour s'apercevoir qu'elle s'est débarrassée de la courroie qui attachait sa cheville.

Il s'abat sur la couchette du dessous où le sommeil le terrasse aussitôt.

Emily rêve de galops à travers les territoires de chasse des Lakotas, et lui d'un souper fin après une représentation dans un théâtre londonien du West End.

5

Comme si le blizzard avait voyagé de concert avec eux, le photographe et l'enfant retrouvent à New York la même neige compacte, poisseuse, qui a figé dans la mort les Sioux tombés à Wounded Knee.

Leur train est entré au terminus de Grand Central avec un retard de quatre heures. Ce n'est rien en comparaison d'autres convois dont les locomotives, non équipées d'un chasse-buffle[1], ont été impuissantes à bousculer les congères qui leur barraient la route.

Jayson Flannery et la fillette quittent Grand Central Depot par la 42ᵉ Rue Est.

Le ciel au-dessus d'eux ressemble à une cage

---

1. Appendice frontal dont disposent les locomotives américaines pour repousser les animaux errants, et accessoirement la neige.

immense maillée par l'enchevêtrement de milliers de fils télégraphiques. Malgré le risque que présentent les tramways dont les caténaires, alourdies par le gel, s'abattent en menaçant de faucher les passants, Emily marche au milieu de la rue, indifférente. Elle a roulé les manches de sa chemise des Esprits pour mieux sentir le pétillement des flocons sur ses bras nus encore piquetés des brûlures pointues des escarbilles.

Comme elle s'éloigne en sautillant de flaque de lumière en flaque de lumière (par extraordinaire l'éclairage public fonctionne toujours), Jayson doit courir après elle pour la rattraper.

Bien que New York soit alors considérée comme une des villes les plus nauséabondes du monde – ne dit-on pas qu'un marin peut en renifler les relents ammoniaqués bien que son navire se trouve encore à trois jours de mer ? –, Jayson n'imagine pas pouvoir présenter Emily à l'accueil d'un orphelinat tant qu'elle n'aura pas été récurée de la tête aux pieds.

Une solution consisterait à louer une chambre dans un hôtel offrant les commodités d'une salle de bains. La pensée d'immerger Emily dans une baignoire fumante, puis de s'y plonger à son tour après en avoir changé l'eau, est séduisante ; mais Jayson suppose qu'on lui demandera de remplir un registre, or il n'est pas sûr de se rappeler l'étrange nom à la fois mouillé et grinçant que porte la fillette, sans compter qu'il n'a pas la moindre idée de l'année ni du lieu de sa naissance, ni non plus s'il doit se faire passer pour son oncle, son tuteur ou un simple infirmier chargé de la convoyer jusqu'à un asile.

Si le réceptionniste de l'hôtel a des soupçons, il ne manquera pas d'appeler la police; et Jayson Flannery devra alors détaler, abandonnant lâchement la fillette qu'il doit confier à un orphelinat pour empêcher qu'elle ne vienne grossir les rangs des enfants errants, les *Street Arabs* comme on les surnomme en référence au nomadisme des tribus du Moyen-Orient, ils étaient trente mille à la dernière évaluation, c'est-à-dire plus probablement cinquante mille, voire peut-être cent mille garçons et filles n'ayant plus aucune attache, qui se faufilent comme des belettes dans les passages creusés entre les murs de briques où le soleil ne pénètre jamais, cent mille rats et rates à grouiller et piailler autour des asiles de nuit de Mulberry Street, dans le coupe-gorge de Five Points, et près des imprimeries des grands journaux où ils se débrouillent pour chiper des exemplaires qu'ils partent vendre à la sauvette.

Jayson décide de se rabattre sur un bain public, en espérant que ce genre de commerce ne se montrera pas trop regardant sur l'âge de la clientèle.

Le journal qu'il a acheté dans le train donne plusieurs adresses de bains turcs ou russes.

Le photographe conduit d'abord la fillette aux Bains Everard, ouverts dans une ancienne église dont le porche s'orne de deux globes lumineux comme on en voit à l'entrée des postes de police. Malheureusement, comme la plupart des établissements new-yorkais, les Bains Everard sont strictement réservés à une clientèle masculine.

Jayson fait ainsi plusieurs tentatives infructueuses avant de tomber presque par hasard, au coin de Lexington et de la 25ᵉ Rue, sur la maison d'un certain Dr Angell.

Sans doute s'agit-il davantage d'une institution à visées thérapeutiques que de bains d'hygiène et de propreté, mais du moins le Dr Angell a-t-il eu l'excellente idée de concevoir son établissement sur deux étages, dont l'un entièrement dévolu aux femmes.

Jayson a quelques difficultés à faire reconnaître comme une femme la puante petite créature qui l'accompagne ; mais après qu'il a habilement fait valoir que la neige paralysant la ville risquait de raréfier la clientèle, l'employée du Dr Angell admet que ce n'est peut-être pas le jour, en effet, de faire la fine bouche.

Munie d'un *pestemal*[1] et de socques en bois, Emily se laisse docilement entraîner par la préposée. Fronçant le nez pour mieux humer la vapeur chaude qui se glisse sous la porte, elle regarde

---

1. Pagne dont s'enveloppent les femmes.

Jayson par-dessus son épaule avec un mélange de surprise et de joie que le photographe ne s'expliquera que bien plus tard, lorsque Emily lui révélera le rituel de la hutte de sudation – *inipi* dans sa langue, ce qui veut dire « naître encore » : une tente recouverte de peaux de bêtes afin de conserver la chaleur intense des pierres chauffées au rouge qu'on dispose à l'intérieur, une hutte ronde et renflée dont il suffit de passer le seuil pour se retrouver dans le ventre maternel celui de sa propre mère et celui de la Terre.

Quand elle était encore Ehawee, dans le Dakota du Sud, Emily était beaucoup trop jeune pour être admise dans la hutte. C'est à New York, dans ces bains turcs décorés de fresques orientales, sa peau d'enfant caressée jusqu'à l'érubescence par une vapeur brûlante aux fragrances de rose, de musc et de bergamote, de lavande et de mousses boisées, que la petite Lakota fait l'expérience d'une renaissance proche de celle que procure le rite de l'*inipi*.

Pour la première fois depuis que sa tribu s'est mise en route pour la combe tragique de Wounded Knee, Emily n'a plus si peur du monde ni des êtres inconnus qui l'entourent.

Quand l'employée du Dr Angell l'invite à quitter la salle voûtée, la fillette sourit. Elle continue de sourire en retrouvant Jayson. Et elle sourit toujours lorsqu'ils sortent tous deux sous la neige.

– Et maintenant, dit le photographe avec entrain, à l'orphelinat !

Après avoir confié Emily à qui de droit, non sans avoir pris une photo d'elle, celle avec la larme de glycérine glissant sur la joue, il gagnera le pier de l'*Inman Line* où est amarré le paquebot pour Liverpool.

Il s'arrangera pour être au port avec une confortable avance. Il aime les prémices du départ, gaspiller sereinement son temps à musarder sous des verrières enfumées, à s'immobiliser soudain au milieu du brouhaha des voyageurs pour se laisser frôler, presque fustiger, par les manteaux de voyage, les redingotes mi-longues, les blouses du personnel des locomotives, les uniformes galonnés d'or des officiers de marine, les ombrelles, les sacs en poulain, il lèche alors sur ses lèvres d'infimes et délicieuses retombées de poudre de riz, de patchouli, il dresse quelquefois sa chambre noire pour immortaliser la posture désinvolte d'un chapeau, la façon charmante dont le vent retrousse une voilette anti-escarbilles ou fait une forme d'oiseau d'un mouchoir en linon brodé de paniers fleuris ou de couronnes comtales, ce mélange improbable de hâte, d'élégance et d'angoisse, lui donne soif, mais soif d'un certain raffinement, d'un certain luxe, alors il va s'asseoir au buffet et s'offre deux ou trois brandys de marque, ou une coupe de champagne, et il trouve la vie belle.

Ce soir, si l'Hudson est pris par les glaces, le départ sera retardé, de vingt-quatre heures peut-être, mais les deux mille passagers attendus n'en seront pas moins accueillis et invités à s'installer à bord où repas et distractions leur seront proposés comme si le *City of Paris*, deux cheminées et cinq ponts, un des plus grands et des plus rapides paquebots de son temps, avait déjà gagné le large.

Supposant logiquement que les orphelinats devaient se trouver dans les quartiers les plus déshérités de New York, Jayson Flannery entraîne Emily vers le Lower East Side.

Ils croisent au passage des hommes qui creusent des sortes de cavernes dans le flanc des congères, puis les bourrent de planches et de débris divers auxquels ils mettent le feu pour faire fondre la neige.

Jayson s'arrête pour demander son chemin dans un des tripots plus ou moins clandestins qui pullulent aux encoignures, et où, pour deux cents, on sert un liquide pisseux auquel le tenancier ajoute une substance qui le fait mousser et lui donne, sinon le goût, du moins l'apparence de la bière.

Il en est à dix cents de cette fausse bière, soit l'équivalent de cinq pintes qu'il a bues consciencieusement, lorsque, à un angle de Bowery Street, un Italien à chemise bouffante et larges bretelles lui signale, au 155 Worth Street, l'institution *Five Points House of Industry,* une organisation charitable parmi les plus efficaces de la ville, qui a acquis une solide réputation en matière d'assistance aux enfants des rues. D'après l'Italien, l'orphelinat est un bel immeuble de six étages où, en dehors des heures de cours, les filles cousent tandis que les garçons assemblent des bottes.

Depuis sept ou huit ans, *Five Points* s'est fait une spécialité de recueillir les petits Asiatiques dont les parents, tombés sous le coup du *Chinese Exclusion Act* interdisant l'immigration aux travailleurs manuels chinois, fuient la Californie où ils avaient d'abord débarqué.

– Votre gosse est chinoise, dit le brasseur italien, alors ils vous la prendront sans barguigner.

– Non, elle n'est pas chinoise.

– Eh bien, elle y ressemble et c'est tout ce qui compte. Faites-lui donc enfiler une tunique avec des dragons brodés dessus, et le tour sera joué. Vous trouverez ça chez Wong, une boutique en entresol, deux rues plus bas en descendant Bowery. Choisissez-la bleue, la tunique. Et jaunes les dragons, ajoute-t-il en soupesant Emily d'un regard de connaisseur.

Il est vrai que la petite Lakota, avec sa chevelure noire et fournie, son visage rond et ses yeux légèrement étirés, ferait une Chinoise très acceptable.

Mais chinoise ou pas, elle n'a pas six ans ; ou si

elle les a, ce qui n'est pas tout à fait impossible eu égard à la maturité qu'exprime parfois son regard, Jayson ne dispose d'aucun document pour le prouver. Or les organisations qui prennent en charge la survie et l'éducation des gamins des rues ne sont pas équipées pour accueillir des enfants aussi jeunes.

Mais il lui reste plusieurs heures avant de monter à bord du *City of Paris*, alors il ne se décourage pas et s'adresse à d'autres institutions charitables – il y en a quasiment une par rue.

La plupart organisent des « trains d'orphelins » pour envoyer les enfants vers les territoires de l'Ouest, à la campagne. La formule a du succès. Les petits sont heureux de trouver une nouvelle famille, laquelle se félicite de l'aide gratuite (et si enthousiaste, du moins les premiers temps) que lui apportent les enfants.

Les adoptants potentiels écrivent aux orphelinats pour exprimer leurs souhaits : *Nous accueillerions avec bonheur une fillette blonde aux yeux bleus, dont nous ferions notre petit ange, mais un ange pas trop fluet quand même, il faut de la résistance pour sarcler la luzerne, traire les vaches, préparer l'ensilage du maïs. À défaut d'une blonde, une solide brunette serait appréciée…*

La participation aux travaux des champs n'est pas la seule raison de cet engouement : dans les fermes du Minnesota (et d'ailleurs), tout le monde mange à la même table, et les fermiers préfèrent avoir en face d'eux le visage avenant d'une fillette ou d'un gamin plutôt que la hure renfrognée d'un ouvrier agricole mécontent du travail, du climat, du salaire, du logement, de la nourriture et des sautes d'humeur de la patronne.

Mais Emily n'est pas blonde, et elle n'a pas l'air particulièrement solide.

Les dames de charité, gilets prune et cravates noires, responsables des trains d'orphelins, hochent la tête avec commisération.

Cet apitoiement de convenance rappelle à Jayson l'époque, il n'y a pas si longtemps de ça, où Florence et lui faisaient vainement le tour des journaux londoniens dans l'espoir de leur vendre des photos. Mais celles-ci ne correspondaient jamais à ce que les rédactions recherchaient, elles étaient trop intimistes, s'attachaient trop à l'expression des visages, à l'émotion des regards. Ça c'était bon pour la peinture. La photographie, elle, devait voir large, embrasser le vaste monde, les foules, les cortèges derrière les drapeaux, les meetings sous les banderoles, les banquets, les supplices (à condition qu'ils soient infligés en public, et si possible dans des décors exotiques), les fastes et les mariages, mais sûrement pas diffuser l'image d'une chandelle de morve au nez d'une fille blottie dans une encoignure, tout au bout d'un dédale de ruelles, attendant l'ouverture de l'asile de nuit pour recevoir une demi-livre de pain, des raclures de fromage et une pinte d'eau froide – et c'était pourtant la photo préférée de Jayson Flannery, la seule signée de son nom écrit sur le cliché à la gouache blanche, à la fine pointe du pinceau.

La nuit tombe lorsque, enfin, les Sœurs de la Charité du *New York Foundling Hospital*[1], splendide building de six étages à l'angle de la 68ᵉ Rue Est et de Lexington, acceptent de se charger d'Emily.

Si elles ne réussissent pas à la requinquer suffisamment pour l'embarquer comme « solide brunette » à bord d'un train d'orphelins, elles la garderont à l'hôpital pour faire la lessive et rafistoler les vêtements des autres enfants. Le fait qu'elle ne parle pas l'anglais est plutôt un atout : en voilà au moins une qui n'ira pas assourdir le monde de ses stupides piailleries.

Jayson Flannery vide ses poches pour faire un don le plus conséquent possible à la sainte communauté du *Foundling Hospital*.

Puis, jugeant qu'il est trop tard pour photographier Emily avec une larme glycérinée coulant sur sa joue, que cette joue est désormais trop propre, trop briquée pour être la vitrine d'une quelconque détresse, et que de toute façon il n'a plus assez de lumière pour opérer, Jayson salue respectueusement la religieuse qui l'a reçu, regarde une

---

1. Hôpital pour jeunes enfants sans famille.

dernière fois Emily, lui souhaite mentalement bonne chance, sans trop y croire d'ailleurs, mais il a fait pour elle ce qu'il a pu, et il retrouve non sans plaisir les rues sous la neige et sa pleine autonomie.

6

La cabine qui lui a été dévolue comportant deux couchettes, Jayson attend avec curiosité l'arrivée du passager avec qui il va partager l'étroit logement situé à hauteur de la ligne de flottaison et dont les tôles rivetées vibrent déjà sous l'impulsion de la machine tournant au ralenti. Lorsque celle-ci sera sollicitée pour mettre en mouvement les énormes bielles, ce ne sera plus un frisson mais une trépidation ample et profonde qui secouera la cabine tout entière. Sur la tablette du lavabo les verres à dents vont tinter, l'éclairage vaciller, les portes du placard battre doucement, et sur la table de chevet un livre commencera à glisser tandis que les lumières de la ville, derrière le hublot qui vibre, donneront l'impression de se dédoubler.

L'une des sept ou huit tuyauteries qui traversent la cabine résonne de borborygmes. Elle sert à conduire de la vapeur, car elle est brûlante au point de ne pouvoir y poser la main. Cette chaleur sera appréciable, notamment au début de la traversée lorsque le *City of Paris* abordera la zone des icebergs, les radiateurs équipant les cabines de deuxième classe étant plutôt rachitiques.

Jayson espère aussi que le bruit des tuyaux s'amplifiera assez pour couvrir, le cas échéant, les ronflements de son compagnon de nuitées. Dormir (ou plutôt ne pas parvenir à dormir) à côté d'un ronfleur est une des deux choses qui lui sont absolument insupportables. L'autre étant l'odeur du vomi.

Ces deux plaies sont malheureusement indissociables des voyages maritimes, ce pourquoi le photographe a choisi de prendre passage à bord d'un paquebot parmi les plus rapides de l'Atlantique nord afin d'en finir au plus vite.

Arrivé le premier, il s'est attribué d'office la couchette du bas ; elle lui évitera d'avoir à jouer les acrobates sur une échelle étroite, instable, et, en cas de naufrage, il sera plus vite sur ses pieds, prêt à défendre chèrement son existence.

Il s'assied sur le rebord de la literie, l'amidon des draps craque sous lui comme le glaçage d'un gâteau quand on mord dedans.

Jayson raffole des pâtisseries, et il s'est senti frustré dans cette Amérique qui n'a pas encore atteint au raffinement sucré de la vieille Angleterre – ici, leurs *peanuts brittles* et autres boules de maïs frites sont loin de valoir le *syllabub* à la crème caillée et au vin blanc ou le *plum duff* aux prunes.

En attendant de découvrir avec qui il va devoir cohabiter, il ouvre un ancien numéro du *Beeton's Christmas Annual*, une revue que sa femme avait l'habitude de lui offrir à Noël.

Florence ne voyait dans la Nativité qu'une légende, mais si admirablement troussée qu'elle avait décidé d'en faire la fête des contes et des conteurs.

Durant la quinzaine précédant Noël, elle organisait cinq ou six dîners au cours desquels chaque convive se levait à son tour pour raconter une histoire inédite. Incapable d'imaginer quoi que ce soit par elle-même, Florence allait puiser son inspiration dans des journaux spécialisés dans la publication de nouvelles. Ce qu'était précisément le *Beeton's Christmas Annual* qui, à l'occasion de sa livraison de Noël 1887, avait proposé trois fictions dont la plus longue, *Une étude en rouge*, était l'œuvre d'un certain Dr Conan Doyle qui tenait un cabinet médical à Portsmouth.

Florence avait lu ce texte avant de le donner à Jayson, et il l'avait captivée au point de lui faire oublier sa maladie. Elle qui ne voulait plus avoir affaire à la médecine, avait affirmé qu'elle consulterait volontiers ce Dr Doyle si on l'assurait qu'il était aussi bon praticien qu'excellent écrivain. Elle avait dit ça en riant, alors que Jayson et elle savaient pertinemment que, pour la maintenir en vie quelques semaines encore, il ne suffisait déjà plus qu'un médecin fût « bon ».

Jayson n'avait pas eu le temps de lire la nouvelle du praticien de Portsmouth : le 25 décembre au soir, Florence avait eu de nouvelles convulsions qui avaient nécessité son hospitalisation.

Juste avant d'enrouler sa femme dans une couverture, de la prendre dans ses bras et de l'installer dans un fiacre, il avait rangé avec respect la nouvelle de Doyle dans un tiroir. Il se doutait bien que c'était là l'ultime cadeau de Florence.

En effet, celle-ci était morte quelques jours plus tard ; et Jayson, bien sûr, n'avait plus du tout pensé à *Une étude en rouge*.

C'est en triant ses papiers avant son départ pour l'Amérique (jamais il ne voyageait, et à plus forte raison en mer, sans laisser derrière lui ses affaires parfaitement en ordre) qu'il avait retrouvé l'exemplaire du *Beeton's Christmas Annual*.

Il l'avait glissé dans ses bagages, ayant souvent constaté que, contrairement à une idée reçue, il est préférable d'emporter en voyage quelques textes courts et distrayants (comme cette *Étude en rouge* semblait l'être) plutôt qu'un gros livre possiblement indigeste qui peut devenir aussi exaspérant qu'un compagnon de traversée ennuyeux, geignard et empoté.

En feuilletant le *Beeton's*, Jayson s'arrête sur une illustration montrant un paysage évoquant celui des grandes plaines nord-américaines, et au milieu duquel on voit un homme se saisir d'une fillette et la jucher sur ses épaules.

Intrigué par cette image qui lui rappelle ce qu'il vient de vivre avec Emily (sauf que jusqu'à ce qu'elle ressorte, hilare, du bain de vapeur parfumée du Dr Angell, il n'aurait jamais toléré qu'elle pose ses cuisses merdeuses de part et d'autre de ses oreilles), il commence à lire le magazine là où il l'a ouvert au hasard, c'est-à-dire au premier chapitre de la seconde partie.

Dans une région de silence et de désolation, écrivait le Dr Conan Doyle, *à perte de vue s'étendait une plaine immense, toute grise à cause de la poussière alcaline dont elle était couverte.*

L'auteur continuait en décrivant un chemin de poussière bordé jusqu'à l'horizon d'ossements blanchis au soleil, certains ayant appartenu à des bestiaux et les autres à des hommes, et sur ce chemin un certain John Ferrier accompagné d'une petite fille orpheline, seuls rescapés d'une expédition dont les membres étaient morts de faim et de soif.

Mais alors que tous deux s'étaient résignés à périr à leur tour, voici qu'apparaissait *une caravane en marche dans la direction de l'ouest. Mais combien immense !* [...] *Ce n'étaient pas là des émigrants ordinaires, c'était plutôt un peuple nomade, contraint par des circonstances cruelles à se mettre en quête d'une nouvelle patrie.* [...] *En tête de la colonne marchaient une vingtaine d'hommes armés de fusils ; leurs traits étaient sévères, leur visage aussi sombre que leurs vêtements.*

Des Mormons, précisait le texte du Dr Doyle qui poursuivait en donnant la parole à l'un d'eux – un homme qui désignait la petite fille du bout de son fusil et demandait : « *Cette enfant, c'est la vôtre ?* » À quoi le dénommé John Ferrier répondait sur un ton de défi : « *Pour sûr que c'est la mienne ! Vous savez pourquoi ? Parce que je l'ai sauvée. Alors maintenant, personne ne peut plus me la reprendre : à compter de ce jour, elle* est *Lucy Ferrier.* »

Jayson revoit Emily au sortir du bain turc. Elle n'est pas une jolie petite blonde diaphane comme Lucy Ferrier. Il est vrai qu'elle n'est pas non plus un personnage de nouvelle, une créature inventée par un médecin de Portsmouth qui écrit parce qu'il s'ennuie dans son cabinet sans clientèle.

Emily n'a aucun lecteur à émouvoir, elle n'est qu'une pitoyable enfant sioux lakota, ce qu'il y a sans doute alors de plus négligeable, voire de plus méprisable, sur la terre américaine, elle ne vaut pas les trente dollars qu'il fallait débourser avant l'Abolition pour acheter un mauvais esclave, elle vaut moins qu'une mule, et même moins qu'un dindon.

Mais Jayson a fait partie de cette chaîne improbable qui, composée d'une Indienne, d'une institutrice en robe brune, d'un médecin, d'un pasteur anglican et d'un confiseur pour chevaux, a permis la survie d'Emily, ce qui aurait pu lui donner le droit de reprendre à son compte les paroles de John Ferrier : « Elle est mon enfant parce que je l'ai sauvée. Et à compter de ce jour, elle *est* Emily Flannery. »

Mais il n'a rien dit de tel, une pareille idée ne l'a pas une seule fois effleuré, ni dans les trains où la fillette et lui ont voyagé, mangé, dormi de concert, ni aux bains du Dr Angell, ni à l'orphelinat du *Foundling Hospital* où il s'est au contraire vigoureusement défendu de laisser penser qu'il pouvait exister entre Emily et lui un lien plus fort que celui d'une simple main tendue.

Il n'a eu qu'une pensée, qui tournait à l'obsession au fur et à mesure que s'avançait l'heure de l'appareillage du *City of Paris* : trouver un orphelinat auquel la confier.

En vérité, quelque part où l'abandonner.

Les religieuses du *New York Foundling* l'ayant assuré que leur établissement était le meilleur de New York, il s'est retiré la conscience tranquille, il a hélé un fiacre aux roues duquel le cocher avait assujetti des patins de traîneau, et il s'est fait conduire sur les quais de l'Hudson.

A-t-il, en partant, déposé un baiser sur le front d'Emily ?

C'était il y a deux ou trois heures, guère plus, et pourtant il ne se souvient pas avec exactitude de la façon dont il s'est séparé de la petite fille.

Il se revoit la prenant aux épaules – il ressent encore, dans la paume de ses mains, la perception de ses os pointus sous la maigreur de sa chair –, mais était-ce pour la pousser vers les Sœurs de la Charité ou au contraire pour la faire se tourner vers lui afin de la regarder une fois de plus, assez intensément pour ne pas l'oublier ?

Il ne sait plus.

La même chose déconcertante lui est arrivée au chevet de Florence : il a beau faire, il est incapable de se rappeler l'instant où le cœur de la jeune femme a cessé de battre et où le Dr Lefferts lui a dit : « C'est fini, Jayson, je suis désolé, vraiment désolé. »

La mort de Florence s'est effacée de sa mémoire, comme lorsqu'une lumière trop violente surexpose une plaque sensible au point que celle-ci ne peut plus rien livrer de lisible, rien de discernable, juste une surface d'une blancheur uniforme.

Il a pourtant assisté sa femme jusqu'au bout, il se souvient d'avoir caressé sa main de plus en plus froide, ses doigts recroquevillés, aussi précisément qu'il se rappelle les frêles épaules d'Emily, si osseuses et si chaudes.

L'image suivante qu'il a de Florence, après celle

de sa main crispée, c'est son cercueil dont on visse le couvercle, et alors il s'entend crier dans sa tête : « Mais attendez, attendez donc, je ne lui ai même pas fermé les yeux ! »

C'est comme ça depuis trois ans, il se remémore dans ses moindres détails l'agonie de Florence, ses dernières quarante-huit heures d'un combat aussi désespéré qu'inutile – « Ne me laissez pas tomber, suppliait-elle chaque fois qu'un membre du personnel de l'hôpital entrait dans sa chambre, ne me lâchez pas, je veux vivre encore ! » – mais sa mort même se dérobe comme un rêve au matin, comme si, au fond, cette mort n'avait jamais existé.

Jayson est monté à bord du *City of Paris* avec l'intention de prendre à la traversée autant de plaisir que la compagnie *Inman Line* peut en offrir aux deux cents passagers de deuxième classe dont il fait partie. Mais tandis qu'il se penche à nouveau sur l'illustration du *Beeton's Christmas Annual* ouvert sur ses genoux et qu'il constate que la Lucy du Dr Doyle et son Emily à lui doivent avoir à peu près le même âge, il comprend qu'il ne participera à aucun des jeux organisés pour la distraction des passagers (petits chevaux, palet, jeu de la grenouille « marinisé » – des bouées remplacent le fer à cheval) aussi longtemps qu'il aura ces mémoires absentes : a-t-il oui ou non donné un baiser à Emily avant de la quitter, et a-t-il oui ou non cédé au sommeil à l'instant où sa femme est morte ?

L'idée lui vient de revoir Emily pour lui faire des adieux dignes non pas de ce qu'elle est (eh! elle n'est rien du tout, bien sûr!) mais de ce qu'ils ont brièvement vécu ensemble.

Le paquebot est toujours à quai, de la fumée sort de ses cheminées noires à bande blanche, formant des nuages qui semblent aussi figés que le fleuve.

Jayson se dirige vers le pont le plus élevé, celui qui abrite la passerelle de navigation, en quête d'un officier qui pourra le renseigner sur le retard auquel il faut s'attendre avant l'appareillage. Dans le fumoir, il rencontre un des jeunes lieutenants du bord qui lui fait part des dispositions prises par le commandant pour appareiller dans un délai raisonnable malgré les circonstances.

Regroupés sur le pont supérieur, certains des passagers qui sortent de la salle à manger où vient de se terminer le premier service du dîner, s'amusent à jeter des objets sur la glace. On remarque que les simples boules en bois du jeu de croquet suffisent à étoiler puis à fissurer la surface gelée de l'Hudson, et l'on s'étonne que ces mêmes glaces puissent retenir prisonnier un steamer océanique de dix mille cinq cents tonnes dont l'étrave est en acier.

– Ce n'est pas que cette glace soit trop épaisse pour nous, explique patiemment le lieutenant, mais, en s'opposant à la très faible vitesse qui est la nôtre lors des manœuvres d'appareillage, elle pourrait contrarier nos évolutions et nous faire heurter un appontement ou un autre navire. Un brise-glace se porte à notre rencontre afin de nous ouvrir un chenal. Nous ne subirons qu'un retard de quelques heures que nous devrions aisément combler.

Il ajoute qu'aussi longtemps que le paquebot sera à quai, les bars des première et deuxième classes serviront des consommations gratuites.

– Je crains d'avoir oublié des documents importants à l'hôtel où j'ai passé la nuit, dit Jayson au lieutenant. Croyez-vous que j'aie le temps d'aller les récupérer ?

– Nous allons plutôt envoyer un steward, dit l'officier. Quitte à ce que quelqu'un manque l'appareillage, il vaudrait mieux que ce soit lui que vous. Donnez-moi seulement le nom et l'adresse de votre hôtel ainsi que le numéro de la chambre que vous occupiez.

– C'est stupide de ma part, mais... eh bien, ce n'était que pour une nuit, alors je vous avoue n'y avoir guère prêté attention. Mais j'ai la mémoire des lieux, je n'aurai aucun mal à retrouver la rue.

– Soit, dit le lieutenant. Mais c'est à vos risques et périls. Soyez de retour à bord dans trois heures au plus tard. Le navire ne pourra pas vous attendre. Nous serions désolés de vous laisser sur le quai, conclut-il avec un sourire commercial.

7

Trois heures lui paraissaient beaucoup plus qu'il n'en fallait pour rejoindre la 68ᵉ Rue Est, baiser le front d'Emily et revenir aux piers ; mais c'était compter sans le blizzard.

Dès que les réverbères se sont allumés, les employés municipaux, les commerçants, les concierges d'immeubles et d'hôtels particuliers, tous ont remisé leurs pelles ; alors, la neige qui tombait de plus en plus dru a recommencé à s'accumuler sur les trottoirs, refoulant les passants vers le milieu de la chaussée où, aplatie par le passage continu des tramways, dégradée par l'urine et le crottin des chevaux, elle s'est transformée en une sorte de long tapis de mousse brunâtre.

Pataugeant dans cette soupe collante et nauséabonde, Jayson passe de rues bordées de friches et de chantiers ténébreux à des espaces où l'éclairage public électrique, amplifié par le reflet des cristaux de neige, est si vif qu'il lui fait presque mal aux yeux.

En quittant la zone portuaire, il s'est enfoncé dans Manhattan par la 14ᵉ Ouest, le secteur des abattoirs et des boucheries. Les vapeurs grasses fusant du moindre interstice entre les murs de briques, les bouffées brûlantes exhalées par les locomotives anguleuses tractant des wagons à bestiaux sur des rails en pleine rue, lui ont donné l'illusion que la température s'était radoucie.

Il craint à tout instant d'entendre la sirène du *City of Paris* annoncer que le paquebot s'apprête à larguer ses amarres. Ce qui serait inquiétant, car Jayson n'a plus de quoi prolonger son séjour : les billets de chemin de fer et la nourriture qu'il a dû acheter pour la petite fille, le bain turc (le prix exorbitant que lui a réclamé l'employée du Dr Angell doit correspondre *au moins* à une entrée à perpétuité), et surtout l'offrande qu'il a faite aux Sœurs de la Charité pour les remercier de recueillir Emily, ont réduit quasiment à néant la réserve de dollars qu'il gardait pour faire face à une situation imprévue.

Jayson Flannery a été pendant longtemps un homme prudent à l'extrême.

Après s'être moquée de ses émois toujours infondés, Florence s'était résignée et se contentait de sourire lorsque Jayson, ayant échoué à obtenir des fauteuils en bout de rang, redoutait que le théâtre ne brûle précisément ce soir où ils s'y trouvaient – n'avait-il pas lu quelque part que la vie des théâtres excédait rarement une trentaine d'années, et que la plupart finissaient en cendres ?

Mais en perdant Florence, il avait aussi perdu son obsession du pire toujours possible : ce pire était advenu, le pire du pire, alors peu lui importait à quoi ressemblerait la suite.

Peu de temps avant de se rendre en Amérique, il avait assisté au Covent Garden à une représentation de *La Sonnambula* de Bellini. On l'avait placé de telle façon qu'il était certain de mourir écrasé si l'apparition d'un quelconque filet de fumée provoquait une panique comme en 1808 où, dans ce même théâtre, un mouvement de foule dû à un incendie avait fait vingt-trois morts.

Au bout de quelques instants, pourtant, il n'y avait plus du tout pensé ; et lorsque Emma Albani, aux dernières notes du morceau final *Ah non giunge*, avait soulevé une formidable ovation, Flannery avait participé à l'enthousiasme général, oubliant que c'était au cours de ces tempêtes de cris, de sifflets et d'applaudissements, que se relâchait l'attention des pompiers de service.

Il décide de remonter vers le nord par la 9ᵉ Avenue, en comptant avec attention les rues transversales qu'il croisera ; car elles ont bien des plaques indicatrices, mais pour la plupart occultées par la neige.

Il est parfois contraint de s'arrêter pour laisser s'apaiser les bouffées de vertige qui le prennent à s'enfoncer entre les hauts murs des maisons accolées les unes aux autres, et qui semblent se dupliquer à l'infini.

Il s'engage dans Central Park par le sud-ouest, il n'est plus qu'à une dizaine de rues de la 68e.

Près du Pond, un homme âgé, habillé avec soin, pousse une petite charrette à quatre roues du genre de celles qu'on attelle à des chiens pour promener des enfants. Sur son plateau sont empilées des caissettes à claire-voie dans lesquelles on entend s'agiter des créatures vivantes.

Sans doute abusé par l'obscurité, l'homme doit prendre Jayson pour un rôdeur, car il vient à lui sans ôter son chapeau, ni même en toucher le bord, et il lui offre une somme misérable s'il l'aide à libérer les oiseaux enfermés dans les caissettes.

– En seront-ils plus heureux ? s'enquiert Jayson qui se demande si ces volatiles, une fois livrés à eux-mêmes, sauront trouver leur nourriture dans le parc sous la neige, et s'ils ne vont pas être tués par des chasseurs embusqués qui n'attendent que leur envol pour les abattre – un genre de tir aux pigeons nocturne et clandestin, en somme.

Mais l'homme lui remet un bristol qui le désigne comme étant Eugene Schieffelin, docteur en pharmacie, généalogiste et biographe, ornithologue et président de la Société Américaine d'Acclimatation.

Il explique profiter des nuits où les New-Yorkais restent calfeutrés chez eux pour venir libérer sous les ramures de Central Park des oiseaux appartenant à des espèces étrangères à la faune nord-américaine.

Il a déjà réussi, au mois de mars de la même année, le lâcher d'une soixantaine d'étourneaux.

Cette nuit, il a apporté des pinsons et des bouvreuils pivoines, deux espèces chantantes qui lui ont été expédiées de France et d'Angleterre, et dont il espère qu'elles se reproduiront pour contribuer à l'agrément des promeneurs du parc pour la plus grande gloire de la Société Américaine d'Acclimatation.

Jayson lui dit avoir lui-même le projet d'acclimater sur le sol anglais une petite créature native d'Amérique qu'il va précisément tenter d'extraire de sa cage – oh, il n'est encore sûr de rien, la sirène du *City of Paris* pourrait tout remettre en question, mais l'idée lui en est venue tout à l'heure juste comme il tournait à droite, à hauteur d'Alexander Hamilton Park, pour passer de la 9e à la 8e, une idée qui s'est fichée en lui comme une flèche indienne, ajoute-t-il avec un sourire un peu crispé par le froid.

Paroles sibyllines, mais dont Eugene Schieffelin paraît se contenter. Il souhaite à Jayson de réussir avec sa créature aussi bien que lui avec ses étourneaux.

— L'essentiel, mon cher ami, c'est de conduire votre sujet dans le meilleur état possible jusqu'au territoire où vous espérez le voir s'implanter et se reproduire. Après quoi, il suffit de laisser faire la Nature. Gardez mon bristol ; et si vous en avez le loisir, écrivez-moi donc pour me donner des nouvelles de votre expérience d'acclimatation.

Joignant l'index et le majeur, Schieffelin trace dans la nuit un petit geste qui peut passer pour une bénédiction, et, ce qui est sans doute plus salutaire pour Jayson, il lui indique le moyen de ne pas s'égarer en traversant Central Park pour rejoindre l'angle de la 68e Rue Est et de Lexington.

Jayson Flannery s'approche du tourniquet où, depuis près de vingt ans, les mères à bout de forces, d'espérance et de ressources, viennent déposer leurs nourrissons.

Il actionne la tirette qui, pense-t-il, doit animer une clochette à l'intérieur du bâtiment. Il n'entend rien, mais le cylindre de bois fait un tour sur lui-même.

De l'autre côté, une voix rassurante dit :

— N'ayez plus peur pour votre enfant, nous veillerons sur lui. Déposez-le simplement dans le tourniquet.

— Je n'ai pas d'enfant à abandonner, dit Jayson. Au contraire, je viens en chercher un que...

– Nous ne donnons pas, ne louons pas et ne vendons pas d'enfants, lui répond-on sans le laisser finir et en appuyant sur chaque verbe.

Cette voix est celle d'une moniale, estime Jayson, car elle est empreinte, bien qu'autoritaire, d'une suavité toute religieuse ; ce qu'il ne parvient pas à déterminer, c'est si cette nonne est une sœur âgée ou une novice : ces femmes ont toutes les mêmes voix claires et un peu nasales des petites filles.

– C'est moi, insiste Jayson, qui ai confié cette enfant à votre charité, il n'y a guère plus de cinq ou six heures. Mais j'ai changé d'avis.

– Nous ne rendons pas les enfants qui nous sont abandonnés. Ce serait trop commode, voyez-vous : on nous les laisserait le temps d'aller faire une course, ou de se rendre à un rendez-vous qui... que... eh bien, je ne pense pas qu'il soit utile de préciser à quel genre de rendez-vous pourrait aller une mère qui n'oserait pas s'y présenter avec son enfant. Le *Foundling* n'est pas une garderie. Nous nous chargeons des enfants jusqu'à ce qu'ils trouvent un foyer.

– Les trains d'orphelins, je sais. Je suis en mesure d'offrir à Emily beaucoup mieux qu'un train : un paquebot, une cabine à bord d'un paquebot qui doit appareiller cette nuit pour Liverpool.

– Liverpool en Pennsylvanie ?

– En Angleterre, ma sœur, corrige Jayson avec agacement (il a de plus en plus peur d'entendre hurler la sirène du *City of Paris* — et peut-être plus peur encore d'être à présent trop loin des quais pour l'entendre). Je vous souhaite de connaître un jour l'Angleterre. D'aucuns y voient une sorte d'antichambre du paradis. Du moins là où j'habite.

— Blasphème, murmure la nonne du bout des lèvres.

— Si je pouvais, je vous montrerais des photographies de mon village, de ma maison, j'en ai toujours dans mes bagages ; mais ceux-ci sont déjà à bord. Allez-vous me laisser reprendre la petite fille ?

— Non, dit la religieuse. Ce serait tout à fait contraire au règlement.

— Puis-je au moins lui donner un baiser d'adieu ?

— Croyez-vous qu'elle le désire ?

— Non, dit-il avec franchise. Non, je ne crois pas que ce soit d'un usage très répandu dans son peuple ; ni chez les Sœurs de la Charité, je suppose.

— Vous supposez mal : nous nous donnons l'accolade.

— Soit, je saurai me contenter d'une accolade avec Emily.

— Je ne devrais pas, dit la nonne invisible.

— Vous ne devriez pas quoi ?

— Vous ouvrir la porte de l'orphelinat en pleine nuit. Pour une accolade.

Elle se tait. Il attend. Pendant de longues minutes, il ne se passe rien, sinon la neige froide qui, glissant du fronton, lui dégouline dans le cou.

Peut-être la sœur a-t-elle filé se recroqueviller dans les profondeurs de son couvent comme un escargot apeuré dans sa coquille ; ou bien est-elle entrée à la chapelle pour prier Dieu de lui pardonner ce qu'elle s'apprête à faire.

Elle ouvre enfin.

Malgré sa robe et son mantelet taillés dans une étoffe du noir le plus mat et le plus triste qu'on puisse imaginer, malgré le chapeau à large bord, noir lui aussi mais d'une noirceur peut-être plus satinée, qui enferme sa chevelure et, en dépit du voile également noir, mais si léger, presque transparent, rabattu sur son visage, Jayson voit qu'elle a une jolie frimousse piquetée de taches de rousseur. Il en est désolé à cause des ennuis probablement considérables qu'il va lui causer. Une fille charmante ne devrait jamais souffrir la moindre contrariété.

Elle lui fait signe de le suivre. Elle laisse dans son sillage une légère odeur de suint et d'amidon – son mantelet doit dissimuler un chandail tricoté serré dans une laine fruste mais solide, et sans doute une chemise de toile.

Elle lui dit qu'elle s'appelle Irene, mais qu'on l'a rebaptisée Janice car il y a déjà deux Irene au *Foundling* ; on agit de même avec les orphelins quand ils deviennent trop nombreux à porter le même prénom – le seuil de tolérance a été fixé à cinq.

– Est-ce le cas pour Emily ? demande Jayson.

– Je crains en effet que la nouvelle pupille que vous nous avez confiée ne nous fasse dépasser le nombre de cinq Emily, sourit sœur Janice. Notre Mère nous en a touché un mot après vêpres. Il semble que votre Emily puisse être rebaptisée Abygail. Aimez-vous Abygail ? Ça signifie Dieu est joie.

Après avoir suivi un long couloir obscur (Jayson reconnaît au passage, par une porte entrebâillée, la pièce lambrissée où il a tout à l'heure remis officiellement Emily à la congrégation, et il revoit le registre noir, plus haut que large, sur lequel une sœur a noté tout ce qu'il savait d'Emily et du massacre auquel elle avait réchappé par miracle – la religieuse a presque calligraphié ce mot), ils se glissent dans le dortoir des filles.

C'est une salle très haute de plafond qui fait paraître plus chétifs encore les lits et les fillettes qui les occupent. Certains de ces lits sont recouverts d'une sorte de tunnel de tulle destiné à protéger les plus jeunes pensionnaires contre les insectes nocturnes ; car afin de préparer les orphelines aux rudesses de leur future vie à la campagne, les fenêtres des dortoirs restent entrouvertes toute la nuit – on ne les ferme que lorsque la température descend sous le seuil fatidique des 32 degrés Fahrenheit[1].

Sœur Janice conduit Jayson jusqu'au lit d'Emily. La petite fille dort étendue sur le dos, les bras serrés sur sa maigre poitrine.

– Vous pouvez lui faire vos adieux, murmure la religieuse. Mais ne la réveillez pas : considérez qu'il est inespéré qu'une enfant ayant subi une telle série de chocs ait pu trouver si aisément le sommeil pour sa première nuit dans un endroit inconnu.

– Qu'entendez-vous par une *série* de chocs, sœur Janice ?

– Ce que vous nous avez relaté – j'en tremble encore : la tuerie, bien sûr, la mort de sa mère, puis ce long voyage avec vous. Vous deviez lui apparaître comme un être de terreur.

Pour un peu, Jayson embrasserait la religieuse : elle vient de lui donner l'idée qui lui manquait pour reprendre Emily avant qu'elle ne s'appelle Abygail.

– Mais *je suis* un être de terreur, confirme-t-il.

Et il pousse un long cri véritablement épouvantable qui tient à la fois de la bête qu'on égorge et de celle qui se prépare à égorger.

Passant en une fraction de seconde de la compassion à la frayeur, sœur Janice répond par un autre cri qui confirme et amplifie le

---

1. 0 degré Celsius.

mouvement d'effroi qu'a déclenché le premier hurlement du photographe.

Car dans l'instant le dortoir des filles du *New York Foundling* est pris d'une immense convulsion : arrachées au sommeil, les fillettes les plus âgées se cachent sous leurs draps en criant à leur tour, tandis que celles qui nichent sous les voûtes de tulle s'assoient dans leur lit en sanglotant.

Des rangées de châlits s'élèvent alors une chaude et piquante odeur d'urine : en proie à une panique irraisonnée, les quatre-vingts pensionnaires du dortoir, moins une qui se trouve être Emily, viennent de pisser toutes en même temps au lit.

Durant ces premières secondes de convulsion générale, Emily est en effet la seule à ne pas céder à l'affolement. Se contentant d'observer Jayson comme si elle cherchait à deviner quelle part il a dans cette pagaille, et si elle-même doit y participer. Elle a la bouche grande ouverte, prête à hurler avec les autres si c'est ce qu'on attend d'elle ; mais ne sachant pas encore ce qu'elle doit faire, elle garde son cri tout au fond d'elle, tapi dans sa gorge dont les muscles frémissent à fleur de peau.

Jayson lui fait signe de rester calme. Elle comprend et déglutit aussitôt, avalant ce cri dont ne veut donc pas l'homme qui l'a menée jusqu'ici, et qu'elle considère comme une sorte de porteur de calumet[1]. Elle continue de le scruter en silence, à l'affût d'un ordre.

Au milieu de l'agitation désordonnée qui s'est emparée du dortoir, ils sont les seuls à demeurer immobiles et muets.

Plus tard, Jayson dira qu'Emily, ce soir-là, l'a fait penser à une jeune mystique en extase.

Profitant de ce que sœur Janice s'est précipitée vers une des plus jeunes enfants qui, à bout de sanglots, le souffle court et le visage congestionné, semble au bord de l'asphyxie, Jayson cherche encore une fois à croiser le regard d'Emily ; quand il est certain d'avoir capté son attention, que leurs yeux se sont accrochés l'un à l'autre et qu'il tient la petite fille comme au bout d'un fil invisible, il lui tourne le dos et se dirige vers la porte.

Elle comprend le message. Elle se laisse glisser en bas de son lit, repousse deux ou trois fillettes affolées qui tentent de s'agripper à elle, rejoint Jayson sur le seuil du dortoir.

Il lui prend la main, autant pour la rassurer que pour la guider à travers les couloirs obscurs de l'établissement. Elle la lui retire aussitôt, l'essuie contre la chemise de toile dont l'ont affublée les religieuses, et se met à trottiner à son côté, le

---

1. Le porteur de calumet (ou pipe sacrée, ou canupa) est celui qui, dans la tribu, organise les migrations, choisit le site du camp, décide de la place que chacun y occupera, et donne le signal des grandes chasses tribales.

visage légèrement levé vers lui dans l'attente d'un nouvel ordre.

Sœur Janice s'est ressaisie. Elle actionne la cloche qui annonce un trouble majeur dans l'enceinte de l'orphelinat.

Des religieuses accourent. La plupart sont pieds nus et en cheveux, n'ayant eu le temps que d'enfiler leur robe noire, le plus souvent sans nouer les liens qui la ferment.

Jayson se range le long du mur pour les laisser passer, tandis qu'Emily se dissimule derrière lui. Personne ne leur pose de questions. Sans doute les religieuses ne les remarquent-elles pas, trop tendues à l'idée de ce qu'elles vont découvrir d'effroyable là-bas, dans les profondeurs de l'établissement où la cloche continue de sonner avec insistance et d'où montent des cris d'enfants ; tout en courant, elles évoquent la possibilité d'un incendie, mais comme on ne sent aucune odeur de fumée, elles se demandent s'il ne s'agirait pas plutôt d'une fillette possédée par un démon.

Flannery songe que la première chose qu'elles verront en entrant dans le dortoir des filles sera leur sœur Janice gesticulant au milieu d'enfants d'autant plus épouvantées qu'elles ne savent pas pourquoi tout le monde s'est soudain mis à crier ; il voudrait être sûr que ce n'est pas sur elle qu'on va pratiquer l'exorcisme.

– La voie est libre, dit-il à Emily. Filons.

Il lui donne une petite tape sur la nuque. Elle détale aussitôt. Il la suit.

Dehors, il ne neige plus. Non loin de l'orphelinat, les employés d'une compagnie de chemin de fer urbain dégagent à grands coups de pelle la neige recouvrant les rails du tramway qui rejoint les rives de l'Hudson. Le prochain passera dans une vingtaine de minutes, ce qui devrait permettre à Jayson et à Emily d'arriver à temps pour l'appareillage du *City of Paris*. Du moins l'espère-t-on. Comme on espère aussi qu'en raison du temps détestable qui a obligé la compagnie à remplacer les wagons électrifiés par des voitures hippomobiles, le receveur du tramway montrera de l'indulgence pour les voyageurs sans tickets ni monnaie pour en acheter – le portefeuille du photographe, qui en plus de quinze dollars renfermait ses documents de voyage, a en effet disparu, sans doute subtilisé par une des orphelines qui, au plus fort de la panique, lui a grimpé dessus comme un petit écureuil griffu.

À quelque chose malheur est bon : sitôt à bord, Jayson ira trouver le lieutenant qui l'a autorisé à descendre à terre, il lui exposera l'affaire, dira que tous ses papiers lui ont été volés, et le jeune officier consentira certainement à remplir et à faire signer par le commandant une attestation permettant à Jayson ainsi qu'à Emily de débarquer à Liverpool.

8

Emily découvre l'Angleterre tel un chat qui se faufile dans une demeure inconnue – la même extrême curiosité tempérée par la même extrême prudence ; la plupart du temps, c'est la curiosité qui l'emporte chez les chats, et il en est de même pour Emily.

Elle ne voit de Liverpool qu'un ciel griffé par les mâtures des navires, les quais détrempés de George's Dock où des silhouettes alourdies par des vêtements épais s'agglutinent pour échanger des grognements dans une langue qui ressemble à celle des Américains, mais en plus modulée, en plus chuintée aussi, un peu comme le vent quand il escalade puis dévale les collines du Dakota.

Emily comprend le langage du vent, mais elle n'entend rien à ce que disent ces gens.

Elle tousse, une toux rauque, douloureuse

peut-être – comment savoir, elle ne parle pas, n'essaie même pas. Jayson la dévisage avec inquiétude. Si elle tombe malade, il ne pourra pas se contenter de baisser les bras, de se dire que c'était écrit d'avance, qu'on n'immerge pas une enfant sioux dans le climat anglais comme un bouvreuil pivoine sous les ramures de Central Park.

Devra-t-il appeler le Dr Lefferts ?

Il n'a aucune envie d'entendre à nouveau sa voix posée, une voix que le médecin entretient aussi jalousement que d'autres leur chevelure, ou leurs mains, ou leurs bottines, comme s'ils cherchaient à protéger la seule partie d'eux-mêmes à être à peu près parfaite dans l'immense assemblage de ratages et de choses dégoûtantes qu'est un homme.

Elle cesse de tousser, éternue à plusieurs reprises. Ah bon, se rassure Jayson, ce n'est que cela, un coup de froid qu'elle aura attrapé sur l'océan après les neiges de Wounded Knee et celles de New York.

La lumière de ce matin d'hiver est si terne, si chargée de fumées charbonneuses, que la plupart des commerces le long des quais ont allumé leurs lampes à gaz dont les manchons dispensent une lueur jaunâtre. Les gouttelettes de brouillard, en la mouillant, font paraître cette lumière luisante et dorée comme une pâtisserie.

Emily creuse sa main droite en coquille et, la

faisant aller et venir vers sa bouche grande ouverte, signifie qu'elle a faim.

– Oh, dit Jayson, oui, je comprends.

Il choisit une des tavernes alignées le long de la Mersey, le *Blue Anchor*, tables et bancs lisses à force d'être lustrés par les coudes et les séants. Plus longue que large, coiffée d'un plafond bas de lattes cintrées, la salle sent le chanvre, le plancher mouillé, l'homme sale.

Emily vibre comme certains petits animaux quand un grand désir les occupe. Elle s'apaise quand on lui sert ce que Jayson, après bien des hésitations, a commandé pour elle : du bacon qui a l'aspect, sinon le goût, de la viande séchée à laquelle elle est habituée, et plusieurs mesures de cerneaux de noix avec du miel.

Il la regarde manger avec satisfaction, fier d'avoir deviné ce dont elle avait besoin.

Il éprouvait un sentiment analogue pendant les dernières semaines passées au chevet de Florence, lorsque, rien qu'à son regard, il comprenait ce qui lui manquait, et qu'il était en mesure de lui donner.

Il fait à nouveau nuit quand Jayson et l'enfant arrivent à Londres où, en raison d'un monstrueux embarras provoqué par les cochers d'omnibus qui manifestent pour qu'on installe un système de chauffage dans leurs pataches, ils n'ont que le temps de passer de la gare d'Euston à celle de King's Cross.

Ils prennent le train pour Hull (East Riding of Yorkshire), d'où ils gagneront Chippingham.

Là, tout au bout de Mill Road, Jayson Flannery occupe une grande maison de briques d'un brun délavé héritée de ses parents.

Probity Hall, où certains veulent voir les vestiges d'une demeure fortifiée de la fin du dix-septième, se compose d'un rez-de-chaussée flanqué d'une serre dont le photographe a fait son atelier de prises de vues, de deux étages de chacun quatre fenêtres à linteaux blancs, et d'un toit en pente douce d'où pointent de hautes cheminées.

La propriété est entourée d'un terrain d'environ quatre hectares abritant d'anciennes écuries, un pré traversé par la rivière Welland, et un petit cottage avec un jardin tombé en déshérence depuis la mort de Florence.

– Je sais que tu n'aimeras pas cette maison, dit Jayson en ouvrant la porte et en prenant Emily aux épaules pour la pousser à entrer. Quel enfant s'y plairait ? Moi-même, j'y ai grandi avec l'impression d'être cousu dans un de ces sacs de jute où l'on enfermait les chiots qu'il fallait noyer dans la rivière. C'est mon père qui s'en chargeait, il faisait ça pour tout le village. Peut-être parce que la Welland coulait chez nous. Un service qu'il rendait aux gens. À titre bénévole, bien sûr.

Elle le regarde sans comprendre, bouche entrouverte. Et ça vaut mieux ainsi, car, si elle avait parlé anglais, elle se serait peut-être imaginé qu'il songeait à la jeter dans la Welland, comme les petits chiens.

Jusqu'à cet instant, il a non seulement respecté mais imité son silence. En voyage, ils étaient égaux, ni lui ni elle ne pouvant prévoir ce qui adviendrait un tour d'hélice ou de roues plus loin. Mais à présent qu'elle est chez lui, il devient une part de son destin – une part agissante.

– Tu te demandes ce que tu fais là. Moi aussi. Je ne sais pas trop pourquoi je t'ai prise avec moi. Je vais devoir justifier ta présence auprès des gens d'ici. Une nièce de Florence ? Oui, c'est une idée. Mais une nièce qui ne parle pas, ou qui marmonne des choses incompréhensibles, comment expliquer ça ? Ce que tu jargonnes, est-ce que c'est au moins des mots qui veulent dire quelque chose ? Ça n'est peut-être que des sons, du bruit. Parfois, quand je t'écoute parler, il me semble entendre tout autre chose qu'un langage humain – ça ferait plutôt comme une rivière qui roule des cailloux, des cailloux tout ronds, tout chevelus d'herbes d'eau. Il t'arrive aussi de parler en dormant, alors j'ai essayé de noter...

Il fouille dans une de ses poches, en sort un

papier couvert de son écriture penchée à longs jambages :

– *Baw ha*[1], que signifie *baw ha* ? J'avais un chat qui s'appelait Cœur-de-Lion, il faisait exactement ce bruit-là quand il allait vomir : *baw ha, baw ha*, en tournant sur lui-même. Dans tes rêves, Emily, es-tu un chat sur le point de vomir ? Et *namayah'u he*[2] ? Moi, ça me fait penser au vent qui ronfle dans la cheminée. Ou encore *sukawakha tona wichaluha he*[3] ? Tu fais la grimace ? Je prononce mal, n'est-ce pas ?

Pendant plusieurs jours il la fait asseoir, prenant soin que son visage soit masqué par un pan du rideau, sur la tablette qui ceinture l'intérieur du bow-window du salon. Lui désignant celles et ceux qui passent dans la rue :

– Lui, c'est Tredwell, notre constable. N'oublie pas son visage : il n'est pas n'importe qui ici. Il pourrait nous faire des ennuis. On ne lui dira pas d'où tu viens vraiment. D'ailleurs, on ne le dira à personne – à quoi bon ? À Chippingham, qui a jamais entendu parler des Sioux ? Si Tredwell m'interroge, je raconterai que tu es une fille d'émigrants irlandais, que tes parents sont morts en Amérique, et que c'est là-bas que je t'ai trouvée,

---

1. Colline.
2. Est-ce qu'on m'entend ?
3. Combien as-tu de chevaux ?

errant dans New York, tu n'avais plus qu'un soulier au pied gauche, ton pied droit tout nu était devenu une sorte de griffe dégoûtante à force d'avoir pataugé dans la neige et le crottin.

« Crois-tu pouvoir passer pour une Irlandaise ? Je gage que oui, tu ressembles assez à la fille de la pauvre Bridget O'Donnel dont l'*Illustrated London News* a fait le symbole de la crise de la pomme de terre en Irlande : même tignasse sombre, trop longue, mal peignée, grand front, joues creuses, regard nuiteux, jambes maigres.

« Celui-là qui a l'air d'un furet, le type avec la casquette et les bottines, c'est Spriggs. L'homme qui marche avec assurance à côté de lui n'est autre que John Chamberlain, il tient le bureau de poste dans Church Street, il vend aussi du lait, de l'épicerie et des articles de mode. Mais si tu veux acheter des friandises, tu iras plutôt chez mistress Rayson dans Corby Road, son mari est boulanger, tu pourras rapporter du pain en même temps que tes bonbons, ça m'évitera de sortir.

« Cette femme en noir qui vient de passer, Sarah Ann Craxford, était la mère d'un petit garçon, Thomas, qui a été égorgé alors qu'il jouait tranquillement devant sa maison, c'est arrivé un samedi du mois de mai, il y a vingt-deux ans. Le meurtrier de Thomas n'a pas été pendu, il finit paisiblement ses jours dans un asile de fous. Depuis, il ne s'est rien passé de notable à Chippingham. Sinon des mariages, beaucoup de mariages, chaque année un peu plus. Voilà qui est excellent pour les affaires d'un photographe, n'est-ce pas ? Nous avons aussi des morts, des morts naturelles. Mais les familles en deuil n'ont pour ainsi dire jamais recours à mes services. Comme si la dernière vision de l'être aimé et le déroulement de ses funérailles n'étaient pas des événements importants dans l'histoire d'une famille, des moments dignes d'être immortalisés.

Emily ne le quitte pas des yeux, surveillant les mouvements de ses lèvres comme elle épiait l'ondulation des herbes dans les Grandes Plaines en attendant qu'un animal en surgisse, une bête bonne à manger ; elle attend pareillement qu'un mot bon à être assimilé par son entendement sorte enfin de la bouche de Jayson.

Lui, de son côté, ne se lasse pas de lui parler. Il ne voit d'ailleurs pas d'autre moyen de lui enseigner sa langue. Résultat : avant même qu'elle soit capable de bredouiller ses premiers mots d'anglais, il lui en a dit sur lui-même beaucoup plus que tout ce qu'il a pu avouer à Florence pendant leurs huit ans de mariage – avoué, oui, car dans les confidences de Jayson, tout n'est pas à son honneur.

Un soir, tandis qu'Emily et lui sont assis dans le bow-window, ils voient passer John Chamberlain, lequel ralentit en apercevant de la lumière, s'arrête et vient toquer au carreau.

— Le marchand de lettres, de lait, de robes et de bonbons, articule alors souplement Emily.

Jayson la regarde, ébloui. Peut-être n'a-t-elle pas assez traîné sur le mot bonbons — c'est un mot qui ne se dit pas à la va-vite, elle aurait dû le mouiller, le suçoter, donner l'impression de le faire durer en bouche aussi longtemps que la sucrerie qu'il évoque ; mais à cet infime détail près, Emily vient de réellement parler anglais.

— C'est ça ! Bon dieu, oui, c'est tout à fait ça ! Et son nom ? Tu sais comment il s'appelle ? Tu peux *aussi* me dire son nom ?

— John Chamberlain.

Jayson ouvre la fenêtre. Chamberlain ôte son chapeau, puis le remet vivement sur son crâne dégarni — il fait un froid de gueux en ce début février.

— Bonsoir, John, dit Jayson.

— Bonsoir, Flannery, répond Chamberlain. J'ai cru voir une petite fille chez toi. Juste derrière le rideau. Mais c'est sans doute la boisson qui m'a joué un tour ? J'étais au *Spread Eagle*, figure-toi. Avec Spriggs. Et une bouteille de brandy.

Spriggs est réputé pour boire sec, et surtout pour faire boire son prochain, ce pourquoi il peut s'enivrer à crédit, aucun des tenanciers des cinq pubs de Chippingham n'ayant jamais été assez bête pour lui réclamer de solder son compte.

— Paix au brandy du *Spread Eagle*, dit Jayson, il n'y est pour rien.

Avec des gestes d'appariteur de cabaret, il écarte le rideau à fleurs (des fuchsias en grappes, Florence raffolait des fuchsias) qui dissimule Emily.

– Voici la petite personne en question.

L'épicier Chamberlain est déçu. Vingt-cinq ans auparavant, il a réussi à écouler six exemplaires d'une version illustrée d'*Alice au Pays des Merveilles*, ce qui constituait la plus forte vente d'un même titre jamais réalisée dans sa modeste boutique. Lui qui n'ouvrait jamais un livre s'était alors senti obligé de parcourir quelques pages d'*Alice*. Il avait déduit de sa lecture qu'une fillette idéale devait immanquablement ressembler à l'héroïne de Lewis Carroll, regard et boucles pâles ; or ce n'est pas le cas d'Emily qui a les yeux et les cheveux noirs.

Mais sa désillusion est rapidement compensée par la satisfaction qu'il éprouve à être le premier à pouvoir claironner la nouvelle que Jayson Flannery héberge chez lui une petite fille inconnue.

Cette annonce ne lui vaut pourtant pas la considération qu'il en escomptait, Jayson ayant repris la main en faisant savoir qu'il présenterait officiellement sa jeune protégée à la population le samedi suivant à six heures du soir au pub *The Royal George and Butcher*.

On ignore pour quelle raison un débit de boissons aussi modeste et ténébreux a été honoré du nom d'un vaisseau de cent canons ayant porté la marque de l'amiral Edward Hawke, on sait en revanche que le pub doit le mot *butcher* au fait d'être accolé à une grange où, autrefois, les habitants de Chippingham abattaient les bêtes de boucherie.

Le samedi de la présentation, Jayson se rend au pub en compagnie d'Emily qu'il tient par la main.

Les deux jours précédents, il a visité les magasins de mode afin d'acheter de quoi la vêtir correctement. Elle porte une robe en toile de laine bleue à empiècement smocké, agrémentée d'une ceinture aux hanches qui confère à l'ensemble un effet blousant, et un chapeau de paille beige orné de bleuets et de dentelle blanche. C'est assez réussi.

Après avoir commandé une tournée générale, Jayson juche Emily sur une table, il s'éclaircit la voix et annonce qu'elle est la fillette orpheline d'une famille de cultivateurs irlandais ayant émigré en Amérique pour fuir la Grande Famine consécutive à la catastrophe des pommes de terre pourries par le mildiou.

Certes, l'affaire des pommes de terre date de plus de quarante ans, mais Liam et Máirín O'Carrick (ainsi Jayson a-t-il baptisé les supposés parents d'Emily) peuvent tout aussi bien faire partie de ces malheureux qui, tels les paysans des comtés de Leitrim, de Clare ou de Limerick, continuent à déserter leurs terres.

Lesdits Liam et Máirín, précise Jayson, ont insisté pour qu'il se charge de leur fillette et qu'il la considère comme la sienne.

– Ça veut dire que vous allez l'adopter ? s'enquiert Simpson.

– L'administration américaine l'a reconnue pour ma fille adoptive.

– Il faudra passer me voir, dit Tredwell. Pour me remettre les papiers.

– Les papiers ? s'étonne Jayson.

– Les papiers américains qui vous reconnaissent comme le père adoptif de la petite, précise Tredwell.

– C'est que, dit Jayson, les Américains ne remplissent pas de paperasse pour ces choses-là. Chez eux, un enfant orphelin s'appartient à lui-même. S'il trouve à se faire accepter par une nouvelle famille, c'est tant mieux pour tout le monde. Les rues de New York sont pleines de ces gosses esseulés. Ils sont leurs propres maîtres.

– Quelque chose comme les chats errants, en somme, dit Mrs. Laphroag'h.

– Tout à fait, confirme Jayson en adressant à Mrs. Laphroag'h un regard reconnaissant. De temps à autre, voici un petit garçon ou une petite fille qui n'en peuvent plus. La faim, le froid, la maladie. Alors ils se présentent à la porte d'une institution charitable – une noble et généreuse maison, un peu à l'exemple de celle que gère mistress Laphroag'h pour les chats. Les pauvres gamins sont pris en charge, on les lave, on les nourrit, on les remet debout, et on les fait monter dans un train qui les emporte vers une famille d'accueil, loin de la grande ville.

– C'est bon, dit Tredwell, je ferai mon enquête.

Tout le monde sait comment le constable Tredwell va gérer l'affaire : dès demain, il annoncera son intention de se rendre au plus vite à l'ambassade des États-Unis à Londres ; puis, sous des prétextes divers, il repoussera cette démarche de semaine en semaine, jusqu'au jour où il pourra paisiblement s'accouder au comptoir du *Royal George and Butcher* sans que personne ne lui parle plus de son enquête à propos de la petite fille.

Farouchement casanier et ennemi de tout ce qui risque de perturber son quotidien, Tredwell a horreur des voyages, surtout en hiver. Les doigts d'une main suffisent à compter les fois où il a franchi les limites du Yorkshire.

Jayson pense donc pouvoir raisonnablement s'assurer six bons mois de tranquillité avant que le constable ne vienne fourrer son nez dans ses affaires.

Il sourit et commande une deuxième tournée générale.

– Et maintenant, dit-il, permettez-moi de vous présenter ma pupille. Elle s'appelle Emily.

Emily tourne sur elle-même comme les poupées mécaniques de certaines boîtes à musique. Elle tourne lentement, les bras légèrement écartés du corps. Ses yeux sont mi-clos. Jayson a l'impression qu'elle se met en condition, qu'elle se prépare à danser, peut-être la danse des Esprits, mais par chance personne ici n'a la moindre idée de ce qu'est cette danse, des rêves qu'elle a fait naître, des tragédies qu'elle a provoquées.

Emily commence à danser. Elle chantonne derrière ses lèvres closes.

Les gens trouvent simplement cette petite fille en bleu si charmante.

Jayson frappe dans ses mains, Emily s'immobilise, ses yeux se rouvrent.

9

Une année s'écoule avant que la fillette soit capable de parler un anglais convenable.

Sa difficulté à maîtriser la langue contribue à accréditer la fable imaginée par Jayson – on met les embarras d'Emily à s'exprimer sur le compte des événements traumatisants qu'elle a vécus lorsque ses parents, Liam et Máirín O'Carrick, ont dû quitter leur ferme de Skibbereen.

Jusqu'à son entrée à l'école de Chippingham (où Jayson a refusé de l'inscrire tant qu'elle n'aurait pas assimilé les douze cents mots qu'il juge indispensables à l'usage de l'anglais courant dont peut avoir besoin une enfant), Emily passe le plus clair de son temps près du photographe, dans l'ancienne serre dont il a badigeonné les vitres au blanc d'Espagne pour en faire son studio.

Jayson est persuadé que la petite fille apprendra

la langue presque à son insu, rien qu'en se laissant bercer par la diction admirable des vieilles comédiennes, par cet accent oxfordien qui fait onduler leurs phrases comme le vent quand il se glisse sous la nappe du déjeuner sur l'herbe.

Emily s'assied dans un coin, jambes croisées et ramenées sous elle, sur un étroit tapis en laine décoré d'un semis de losanges polychromes. Ce tapis est son territoire, sa plaine et son tipi, elle le traîne partout avec elle.

Comme il l'aurait fait pour un chat, Jayson Flannery dépose sur le tapis une offrande de petites friandises, surtout des perles de réglisse dont la fillette raffole.

Emily picore, pensive.

Autant les photos de mariages et de prises d'uniforme l'agacent – les mariées sont généralement assez laides et les jeunes militaires arrogants –, autant elle aime les séances de pose des anciennes actrices.

Leurs costumes sont magnifiques, le soleil à travers la verrière exacerbe leur odeur de poussière, de réséda, de poudre de riz.

Ces jours-là, Jayson travaille la lumière avec un soin particulier. Ayant expérimenté qu'une photo sous-exposée avait tendance à accuser les rides, à souligner le duvet de la lèvre supérieure, à révéler les pores de la peau, les comédons, les flétrissures, il opte pour une légère surexposition, laissant la lumière envahir la serre au point qu'elle semble enrober de blanc, comme une dragée, chaque particule de l'air.

Sur le seuil du studio, les chères vieilles personnes se figent, éblouies.

Quelques-unes disent que ça doit être comme ça, le paradis. Pour d'autres, le rayonnement du soleil démultiplié par la verrière rappelle la soirée d'inauguration du Savoy, le premier théâtre de Londres à avoir été équipé de lumière électrique, elles croient encore entendre ce cri de surprise émerveillée qui a fusé de toutes les poitrines à l'instant où se sont allumées les mille cent cinquante-huit lampes Swan réparties dans tout le théâtre, alimentées par une dynamo actionnée par trois machines à vapeur.

Ce soir-là, 10 octobre 1881, on donnait *Patience*, un opéra-comique de Gilbert et Sullivan racontant les amours d'une jeune laitière courtisée par trois militaires et deux poètes. Malgré le charme de la pièce, les vieilles dames se disent certaines que l'ovation finale a salué le miracle de l'électricité tout autant que la prestation de Leonora Braham qui, en robe à volants et jupons mousseux, jouait le rôle-titre – elle avait vingt-huit ans, ce qui, notent ses consœurs, est tout de même beaucoup pour une petite laitière, surtout sous le feu impitoyable de centaines de lampes Swan.

– Il faut dire que nous ne sommes pas de bonnes personnes, glousse Margot Dobson qui a autrefois enflammé Londres par son interprétation de *La*

Tragédie de Jane Shore. Le métier ne s'y prête pas. D'ailleurs, voyez : il y a eu des saints dans toutes les professions, sauf dans la nôtre.

Le temps de grappiller une cerise à l'eau-de-vie, de la porter à sa bouche en la tenant par la queue, d'arrondir les lèvres, d'insérer le petit fruit derrière les incisives (que Margot Dobson a proéminentes, larges et jaunissantes), puis d'opérer une brusque traction sur la queue de façon à détacher la cerise, et enfin de mordre dans la pulpe en aspirant le mélange d'alcool et de chair sucrée – et elle ajoute :

– Une seule exception : saint Gélase, comédien martyrisé à Héliopolis, lapidé à mort par les mêmes spectateurs qui l'instant d'avant l'acclamaient. Mais bon, sans diminuer ses mérites, ça remonte tout de même au troisième siècle. Et depuis, personne de chez nous n'a porté l'auréole. Vos cerises sont un délice, Flannery, tout à la fois puissance et suavité – combien de temps les laissez-vous macérer dans l'alcool ?

On s'étonnera peut-être qu'un photographe aussi talentueux que Jayson Flannery ait choisi de s'installer dans une localité éloignée des théâtres londoniens autour desquels gravitent les anciennes gloires de la scène qui constituent le plus rentable de sa clientèle.

C'est précisément là toute l'habileté de Jayson : il offre aux vieilles actrices l'opportunité d'une escapade grâce à laquelle elles peuvent, comme au bon vieux temps des tournées, se vanter d'être indisponibles toute une longue semaine pour cause de séances de pose chez un maître photographe, un artiste refusant de travailler ailleurs que dans le studio privé qu'il s'est aménagé dans un manoir blotti au creux d'un vallon de l'East Riding of Yorkshire.

Le séjour des Petites Dames (Jayson les appelle ainsi pour avoir remarqué qu'en passant durablement de la scène à la ville, elles rétrécissaient de trois à cinq pouces) est parfaitement organisé.

Hébergées dans un hôtel de Hull, elles trouvent en arrivant, sur la commode de leur chambre, une boîte de biscuits d'avoine dorés à l'œuf ainsi qu'une imposante monographie sur la célébrité locale, le poète métaphysique Andrew Marvell (1621-1678) connu, du moins dans les cénacles de la ville, pour son œuvre intitulée *Remarques sur un fallacieux discours écrit par un certain Thomas Danson sous prétexte de servir la cause de Dieu, et sur la lettre que lui fit en réponse Mr. John Howe aux fins d'attester, comme l'affirme la doctrine des Protestants, que c'est la très agissante et très universelle prescience de Dieu qui conduit les actions des hommes, y compris des plus mauvais d'entre eux.*

Jayson doute qu'aucune des actrices ait jamais ouvert le livre sur Marvell – sans doute le fourrent-elles dans leur valise en pestant contre l'encombrement et le surcroît de poids qu'il va représenter, lui préférant la légèreté des biscuits délicieux –, mais c'est tout de même un cadeau qui les flatte, qui montre l'estime et la considération où les tient le photographe.

Elles peuvent être fières d'être traitées comme des héroïnes de Büchner, Caragiale, Ibsen ou Strindberg, alors qu'elles n'ont été pour la plupart que des théâtreuses grivoises et burlesques, rose porcin, couinant de petits cris pointus derrière une dentelle entre les mailles de laquelle se piégeaient leurs postillons.

À cinquante ans, sur des scènes encore mal éclairées par la lumière jaunâtre et mouvante du gaz, poitrine corsetée, fesses gainées, lèvres léchées et pourléchées, elles parvenaient à faire illusion, à passer pour des ingénues de seize ans. Mais la soixantaine est venue, leurs cous sont devenus flasques, leurs yeux ont jauni, ils s'ouvrent désormais moins grand, il leur est de plus en plus difficile de mimer la surprise ou l'extase, leurs cheveux ont des sécheresses d'avoines, les blonds surtout, leurs lèvres s'affaissent à hauteur des commissures, leurs gencives trop pâles ont un déconcertant petit goût de beurre rance, leurs gestes sont moins précis, elles se déplacent avec raideur, elles oublient des répliques. Elles ont, pour la première fois, entendu glousser dans la salle. Encore cinq ans et ce sera l'inévitable tomber de rideau – le dernier. Elles vacilleront une ultime fois sous le poids des gerbes de fleurs dont les tiges laissent des sillons humides sur leurs corsages, à moins que ce ne soient des traces de larmes. Les spectateurs se lèveront pour les applaudir, le régisseur les embrassera, d'habitude elles fuient son haleine empuantie au Black Pigtail Twist[1], mais ce soir c'est différent, cette odeur sera à jamais pour elles celle du théâtre, des coulisses, des ovations.

Tout en déroulant les toiles peintes qui serviront de fond de décor, Jayson décrit à Emily les actrices qu'il attend cette semaine :

– Nous aurons d'abord miss Amalia Pickridge qui va sur ses quatre-vingt-deux ans, puis Ellen Barrow-Mutter qui vient de passer la barre des soixante-dix, et vendredi ce sera au tour de Margot Dobson, j'espère qu'elle n'a plus ses hallucinations – pendant un temps, elle a vu un chien noir, toujours le même, race indéterminée, une bête efflanquée qui semblait l'attendre ; la pauvre miss Dobson n'avait évidemment aucune idée de l'endroit où ce chien voulait la conduire, elle devinait seulement qu'elle devait à tout prix éviter de le suivre.

Malgré l'excellence des éclairages et l'adoucissement des trames et filtres divers qu'il emploie, Jayson envoie rarement à ses clientes les *vrais* clichés qu'il prend d'elles – ceux-ci restent dans ses archives.

---

1. Tabac à chiquer particulièrement fort.

Il préfère les remplacer, avec une virtuosité de faussaire, par le visage qu'elles avaient quelques années auparavant, et qu'il duplique grâce à un jeu d'objectifs spéciaux, de bonnettes et de bagues, à partir d'illustrations dénichées dans des revues comme *The Fortnightly Review*, *The Illustrated London Stage* ou *The Athenaeum*.

Il finit ses retouches à la mine de plomb.

Si la différence entre hier et aujourd'hui n'est pas toujours spectaculaire, elle est tout de même suffisamment sensible pour que les actrices soient enchantées des photos de Jayson Flannery. Lequel n'éprouve aucun remords à pratiquer des photomontages puisque ceux-ci comblent ses clientes. Si Dieu existe, se dit Jayson, sans doute procède-t-il de même pour offrir à ses élus une nouvelle jeunesse en même temps que le respect de ce qu'ils ont réellement été pendant leur passage sur la Terre.

Les ex-comédiennes se soucient peu d'Emily.

Les premières heures, la fillette leur paraît aussi indissociable de Probity Hall que la grisaille du ciel et la rousseur des haies, le brouillard sur les collines, le vent qui souffle de la mer, le garçon d'étage de l'hôtel de Hull, le cocher de fiacre, Mrs. Brook ou les renards qu'on voit le soir trottiner le long de la route.

Mais une Emily indissociable, ça veut dire une Emily qui se fond dans tout ça, qui n'est guère plus qu'un meuble, une trace de pluie sur le carreau, le pétillement des bûches dans la cheminée. Jusqu'au moment où il semble qu'elle se dissolve, devienne invisible. Ellen Barrow-Mutter en a fourni la douloureuse illustration un matin où, croisant Emily dans l'escalier, elle ne l'a pas vue, tout simplement pas vue : elle l'a bousculée, la faisant tomber et dévaler les marches.

La petite fille ne sait pas plaire. Trop silencieuse, ne souriant pas, le cheveu raide, l'œil noir, le nez trop court avec une racine trop large – et puis quel drôle de teint elle a, les petites Irlandaises ne sont pourtant pas si cramoisies d'habitude, même si elles n'ont évidemment pas la peau de faïence des vraies jeunes filles anglaises.

Les comédiennes se sont donné le mot : « Flannery élève chez lui une sorte d'espèce de genre de façon de soi-disant de prétendue orpheline irlandaise trouvée dans les rues de New York, il vous la présentera comme sa fille adoptive, n'en croyez rien mais faites comme si, car notre homme l'adore bien qu'elle n'ait rien de tellement aimable, il ronronne à la moindre attention qu'on a pour elle, pour ma part j'ai offert à l'enfant une petite cuisinière en tôle peinte qui fonctionne pour de vrai. Si vous ne savez pas quel cadeau lui faire quand vous irez à Probity Hall, pourquoi pas une dînette en porcelaine ? »

Emily a eu la dînette. Et même plusieurs dînettes. Mais elle ne joue pas avec, car elle ne sait pas encore imaginer une situation irréelle où des poupées de chiffon (Jayson lui a donné celles que Florence gardait de son enfance) dégustent des mets invisibles dans de minuscules assiettes semées de fleurettes.

Emily s'amuse beaucoup plus avec les ustensiles culinaires dont se sert Mrs. Brook, principalement les accessoires à pièces mobiles tels que le batteur à œufs, le broyeur à faire de la chair à saucisse ou la machine à éplucher les pommes, composée d'une lame tranchante fixée à une tige à filet qu'on actionne à l'aide d'une manivelle et qui fait parcourir à la lame la rotondité de la pomme en en détachant la peau.

C'est fascinant, pense Emily qui, depuis qu'elle est en Angleterre, se gave de pommes. Son haleine sent la pomme. Ainsi que son linge – parce que sa transpiration, sans doute, sent elle aussi la pomme.

Peut-être faut-il voir dans la familiarité précoce d'Emily avec de petits appareils métalliques munis d'engrenages, de cliquets et de vis sans fin, sa prédisposition à l'usage intensif de la bicyclette.

Pour l'heure, quand elle ne traîne pas dans la cuisine, Emily perfectionne son serpent des neiges, le seul jouet qu'elle aime vraiment.

Elle l'a fabriqué toute seule à partir d'un fragment d'os légèrement incurvé, un os de grouse, à l'une des extrémités duquel elle a fixé deux grandes plumes pour servir de dérives.

Le jeu consiste à poser le serpent sur la surface gelée d'une rivière et, d'une chiquenaude, à le propulser le plus loin possible.

Emily a essayé d'initier les enfants de Chippingham au jeu du serpent, mais ça ne leur a pas plu. Ils se sont éparpillés sur la glace, cherchant des surfaces enneigées où récolter de quoi confectionner de grosses boules bien molles pour les lancer au visage d'Emily après les avoir imprégnées de crachats ou d'urine. Emily en a reçu une en plein visage et deux autres dans le cou. Après quoi elle a détalé. Et puisqu'elle court plus vite, tellement plus vite que ces petits Anglais courtauds et essoufflés, elle a disparu à leur vue. Comme par enchantement. Et ils sont restés là, un peu stupides, avec leurs boules de neige dégoûtantes qui leur fondaient dans les mains.

L'intérêt du serpent des neiges est d'ordre esthétique. Au fond, peu importe la distance qu'il parcourt sur la glace, c'est le choix de l'os qui prime, la façon dont il est cintré, sa teinture, sa texture, son équilibre, sa vitesse – on pourrait ajouter : sa grâce, oui, comme pour bien des choses issues du temps et du monde où la fillette s'appelait Ehawee.

Gloire au joueur qui peut aligner plusieurs serpents des neiges (c'est le cas d'Emily, elle en possède à présent sept, et un huitième est en cours de fabrication), prouvant ainsi qu'on appartient à un clan où l'on sait chasser la grouse, le canard ou la sarcelle.

Mais Emily ne dispose pas encore d'un vocabulaire suffisant, ni surtout assez précis, pour expliquer tout ça aux enfants de Chippingham.

En plus de ses serpents des neiges, la petite fille abrite dans une boîte à biscuits quelques objets inspirés de ceux qu'elle a vus aux mains des hommes-médecine et auxquels elle prête les mêmes pouvoirs magiques : des plumes, des crottes de chat-huant exposées à la lumière de la lune pour les charger de fluides bénéfiques, des cailloux (elle les respecte parce qu'elle sait qu'ils lui survivront même si elle devient une très vieille femme), des herbes nouées, des brins de laine et des tiges d'orties qu'elle fait sécher pour se confectionner un attrapeur de rêves.

Jayson s'est montré très impressionné par l'aisance avec laquelle elle cueille les orties. En réalité, elle éprouve les mêmes cuisantes brûlures que n'importe qui, mais son seuil de tolérance à la douleur est manifestement plus élevé que chez les autres enfants. Et puis, elle n'a pas le choix : la présence de plusieurs attrapeurs de rêves est impérative à Probity Hall où la gouvernante s'entête à tuer les araignées et à balayer leurs toiles. Cette Mrs. Brook semble ignorer que, durant la nuit, des centaines de rêves sont en quelque sorte filtrés par les toiles d'araignées : les bons rêves passent entre les mailles et pénètrent dans l'esprit du dormeur, tandis que les cauchemars s'engluent dans la toile où il n'y a plus qu'à attendre qu'ils soient carbonisés par les premiers rayons du soleil. Lorsqu'une Mrs. Brook ou une grande tornade (c'est un peu la même chose, pense Emily, simple question d'échelle) empêchent qu'il y ait assez de toiles d'araignées pour tamiser les songes, il faut alors recourir aux attrapeurs de rêves.

Tout en préparant la serre pour la prochaine séance de prises de vues, Jayson demande à Emily si elle accepterait de lui confectionner un attrapeur.

– C'est à cause de Florence, explique-t-il. Elle revient trop souvent dans mes rêves.

10

Il l'avait rencontrée à l'Alhambra Palace.

Elle se produisait dans un numéro d'escapologiste qui consistait à se libérer de tout un système d'entraves. On la liait avec des cordes blanches et rouges, on sanglait ses membres, on l'entortillait de chaînes cadenassées avant de l'enfourner dans un sac où l'attendaient des serpents.

De sa voix un rien cassée, un rien nasale, elle implorait qu'on la libère.

Des larmes coulaient sur ses joues, elle les rattrapait du bout de sa langue et les gobait. Elle inclinait sa tête sur le côté, comme font les oiseaux quand ils vont mourir. Elle était irrésistible.

Mais les grooms de l'Alhambra étaient sans pitié, et ils achevaient d'enfermer Florence dans le sac qu'une poulie hissait alors au-dessus d'un brasier. La détresse de la jeune femme était à son comble, elle poussait des cris déchirants. Il arrivait que des spectateurs, des hommes, ne résistent pas à ses supplications et se précipitent sur la scène avec des couteaux pour éventrer le sac. Ils étaient aussitôt interceptés par les grooms, désarmés et reconduits à leur place *manu militari*.

Pendant ce temps, le bas du sac commençait à noircir et à fumer, et brusquement il s'embrasait. De hautes flammes s'en élevaient, ainsi qu'une épaisse fumée qui empêchait qu'on en voie davantage. Les cris de Florence avaient cessé.

Lorsque la fumée se dissipait, chacun pouvait constater qu'il ne restait rien du sac, et rien non plus de Florence et des serpents. Seul un amas de chaînes aux maillons noircis reposait sur un monticule grisâtre – des cendres. La salle retenait son souffle. Certaines personnes chuchotaient que le numéro, cette fois, avait mal tourné, que la jeune femme avait été brûlée vive. Les cendres sur la scène étaient tout ce qui restait d'elle.

C'est alors que Florence descendait des cintres le long d'une corde lisse.

Figurant cet ange en quoi le martyre l'avait transformée, elle était à présent vêtue de blanc et portait deux grandes ailes de plumes accrochées dans son dos. Tandis que les cuivres de l'orchestre massacraient l'alleluia du *Messie* de Haendel, une formidable ovation faisait trembler le théâtre.

– Grotesque, s'était exclamé Jayson la première

fois qu'il avait assisté au spectacle. D'un insolent mauvais goût.

Il n'en était pas moins revenu le soir suivant, et le soir d'après, et encore un autre soir.

À la suite de Florence, c'était au tour de Dan Leno, un fantaisiste sur le crâne pointu duquel Charles Dickens avait une fois tapoté en lui prédisant qu'il allait connaître un triomphe éclatant – et ce Leno avait en effet réussi au point d'être à présent considéré comme l'*Homme le plus drôle sur la Terre*. En le voyant paraître habillé en femme, les spectateurs tapaient du pied et hurlaient de rire. Jayson, lui, restait de marbre : de même qu'un feu dévore l'oxygène, Florence avait absorbé toute sa capacité d'émotion.

Le dernier soir, avant de reprendre le train pour Hull, il s'était glissé dans les coulisses dans l'espoir de la voir. Mais elle avait déjà quitté l'*Alhambra* pour se produire dans un autre établissement – elle faisait trois théâtres par soirée.

Il lui avait écrit pour lui offrir de poser pour lui. Elle avait accepté, ils s'étaient donné rendez-vous à Londres, et c'est en s'y rendant que Jayson s'était aperçu que, sans doute troublé par la pensée de revoir la jeune femme, il avait oublié à Probity Hall les objectifs de son appareil.

Il ne le lui avait pas dit tout de suite, et ils s'étaient promenés le long de la Tamise vers Southwark Cathedral et les ruines de Winchester Palace, en devisant de choses et d'autres, principalement de sujets légers et sans importance, se posant tour à tour des questions assez sottes auxquelles ils répondaient en gloussant stupidement.

C'était délicieux.

Jayson s'était placé de telle façon que le vent du fleuve lui renvoie au visage l'haleine de Florence, qui avait quelque chose de brioché. Il aurait passionnément aimé pouvoir la respirer de plus près – il aurait fallu pour ça qu'elle cesse de marcher, qu'elle lui permette d'approcher son visage presque à toucher le sien et qu'elle garde les lèvres entrouvertes. Mais il ne croyait pas pouvoir lui demander ça. Elle avait beau être une artiste, elle le prendrait sans doute pour un fou.

Fou, il l'était devenu en la quittant, lui promettant de célébrer cette rencontre en ne dormant plus de toute une semaine, en ne consommant à son petit déjeuner que des rondelles de radis noirs macérées dans une coupe de Strathisla, whisky particulièrement robuste et parfumé, et en se ruinant un peu plus chaque jour, en tout cas jusqu'au prochain rendez-vous qu'elle consentirait peut-être à lui accorder, pour se donner l'air d'un dandy – avait-elle idée de ce que coûtaient un manteau de vigogne, une canne à pommeau, un cigare après chaque repas, le port du monocle et l'usage d'un cure-dent en or ?

Elle avait éclaté de rire, renversant sa tête en

arrière ; il avait été bouleversé en remarquant que les chaînes qu'elle portait pour son numéro avaient laissé sur son cou des sortes de longs pinçons mauves.

Il a rêvé d'elle, elle est morte, et il continue de rêver d'elle.

Ces rêves sont le plus souvent anodins, Florence se contente de passer dans le paysage, certains sont même vraiment charmants, tel celui où Florence et Jayson patinent en couple sur la glace – bien qu'il n'ait jamais chaussé de patins dans la vraie vie, Jayson s'en tire magnifiquement ; le fait est que Florence évolue à côté de lui, et qu'il lui suffit de l'admirer pour réussir à garder son équilibre et à exécuter des boucles, des sauts, des toupies.

Mais au réveil, la douceur du rêve est brutalement souillée par le rappel que Florence est morte, et par les images les plus abjectes liées à cette mort.

Le souvenir du rêve poursuit Jayson pendant des heures, comme le bruit de la mer nous accompagne encore longtemps après qu'on l'a quittée. C'est cet écho qu'il voudrait faire taire, effacer.

Alors il mise sur les attrapeurs de songes d'Emily.

Mais la petite fille fait non de la tête : si ce sont de beaux rêves comme celui de la séance de patinage, explique-t-elle, l'attrapeur les laissera passer.

Souvent, après les longues séances de prises de vues, Jayson n'a pas toujours envie de réchauffer le repas qu'a préparé Mrs. Brook. Alors il emmène Emily au *Royal George and Butcher*, il la régale d'une omelette aux pommes et au jambon frit que Gallagher, le patron, prépare exprès pour elle.

La fillette entend là-bas un langage qui n'a plus rien de commun avec la prononciation affectée des vieilles actrices : les habitants du Yorkshire ont un accent rhotique, c'est-à-dire où le *r* est très marqué, contrairement à la suavité du langage oxfordien, et plus encore à la langue sioux où le *r* n'existe tout simplement pas.

L'entrée d'Emily relance la polémique. Tredwell a confirmé que Flannery n'avait toujours pas fourni le moindre document prouvant qu'il avait un quelconque droit légal sur Emily. Bien qu'outrepassant ses fonctions qui sont celles d'un simple gardien de l'ordre public, le constable a pris sur lui d'écrire à la police de Queenstown, le port irlandais d'où trois millions d'émigrants ont embarqué pour le Nouveau Monde, afin d'obtenir des renseignements sur Liam et Máirín O'Carrick et leur fille Emily âgée alors d'environ trois ans.

Queenstown a répondu que de nombreux O'Carrick avaient en effet transité par le port, mais que les prénoms n'étaient pas les mêmes, ou bien c'était le nombre, le sexe et l'âge des enfants O'Carrick, qui ne correspondaient pas au signalement donné par Tredwell.

Cela dit, les archives de Queenstown, et notamment les dossiers concernant les émigrants, ayant brûlé dans le grand incendie qui a récemment détruit le palais de justice où elles étaient conservées, toutes les hypothèses sont envisageables.

– Cause donc un peu, toi, dit Jayson en mettant deux doigts sous le menton d'Emily pour lui faire relever le visage de dessus son omelette. Voyons, est-ce que tu n'as pas traversé l'océan ?

– Si, confirme la petite fille.

– Pour sûr qu'elle l'a passé, admet le constable, mais dans quel sens ? Elle a l'air d'une Irlandaise comme moi d'un cochon de lait. Dis-moi, petite, est-ce que le nom de Queenstown te rappelle quelque chose ?

– Queenstown ?...

– C'est un port en Irlande.

Emily reste sans voix. Pas Jayson :

– Qu'essayez-vous de prouver, Tredwell ?

– Nous voulons seulement nous assurer que vous n'avez pas emmené cette fillette contre la volonté de ses parents.

Dans les cas sérieux, le constable recourt volontiers au « nous » pour rappeler qu'il est membre d'une organisation puissante, omniprésente, équipée de matériels modernes et performants – n'a-t-on pas fourni à Tredwell un sifflet pour remplacer sa crécelle en bois, et ne dit-on pas que la police du comté pourrait prochainement se voir dotée de voitures automobiles ?

Avec un salaire hebdomadaire d'une livre trois shillings et quatre pence, le constable a dépassé l'état de simple citoyen pour devenir l'incarnation de la loi.

Sympathisant du parti tory, il prend la défense des brasseurs et des patrons de pubs, voire de quelques ivrognes notoires dont lui-même, contre les militants du parti libéral qui soutiennent les ligues anti-alcooliques.

À présent que le crime a été éradiqué de Chippingham (depuis le meurtre du petit garçon de Sarah Ann Craxford, les seules morts violentes que la ville ait eu à déplorer sont le fait d'attelages emballés, de noctambules tombés dans la Welland, de gestes maladroits en nettoyant un fusil), le constable Tredwell peut se consacrer à sa mission d'assistance publique.

– Oh, je ne prétends pas que vos intentions aient été mauvaises, ajoute-t-il. Mais vous me faites penser à mistress Laphroag'h qui ouvre sa maison à tous les chats errants ; elle cherche à compenser une perte affective, j'imagine. Pour vous, je veux bien croire que le décès de votre femme ait laissé un sacré vide. Probity Hall est une grande maison, ça doit résonner rudement quand on s'y retrouve tout seul. Alors une petite fille qui court partout, qui met de l'animation, qui ramène la vie dans ce vieux mausolée – combien de pièces, au fait, à Probity ?...

Il n'écoute pas la réponse (il est vrai que Jayson,

agacé, s'est contenté de grommeler), fait signe à Gallagher de lui verser une autre pinte de Fuller's, en ôte lui-même l'excès de mousse en se servant de son auriculaire comme d'une palette.

– J'ai étudié les listes de passagers, reprend-il en suçotant son doigt gainé d'écume blanche. La fillette aurait pu voyager sur l'*Ethiopia*, un des tout derniers transports d'émigrants à avoir appareillé de Queenstown. J'ai repéré qu'il y avait à bord un couple d'Irlandais, les Shillery. Lui fermier, elle couturière. Ils emmenaient avec eux un bébé, une petite fille qui aurait aujourd'hui l'âge d'Emily. Enfin, celui que vous lui donnez – sans papiers, comment savoir ? J'ai câblé à New York, et New York m'a répondu : les Shillery ont porté plainte pour enlèvement d'enfant.

– Sauf que le nom d'Emily n'est pas Shillery mais O'Carrick, rappelle Jayson.

– Ça, marmonne Tredwell, c'est vous qui le dites.

Le constable s'en tient là. Il boit sa Fuller's, serein. Il n'a aucune animosité contre le photographe. Aucune impatience non plus. Il ne cherche pas à le prendre en défaut. Il veut simplement savoir la vérité. Ce qui le rend dangereux. Car la vérité n'est pas une construction réfléchie, un assemblage d'éléments fabriqués, donc contrôlés, comme le sont les mensonges qui sont, dès leur conception, protégés contre le risque d'être éventés ; on peut les modeler, les améliorer au fur et à mesure qu'ils creusent leur sape, c'est ainsi que Jayson a commencé à se procurer de vieux journaux pour en apprendre davantage sur la crise de la pomme de terre irlandaise, pour être plus crédible en décrivant le désespoir des O'Carrick, un désespoir qui les a décidés (raconte-t-il) à abandonner leur petite Emily à une institution charitable.

Et c'est alors qu'il serait passé devant l'institution en question, lui, Jayson Flannery, et qu'il se serait arrêté en voyant pleurer Máirín O'Carrick et en reniflant l'odeur de soupe froide et d'urine que dégageaient les habits de Liam O'Carrick, une odeur de misère triomphante. Il aurait demandé aux deux Irlandais ce qui n'allait pas, et Liam et Máirín se seraient contentés de lui désigner leur Emily recroquevillée contre la porte de l'institution charitable, une discussion se serait engagée, ou plutôt une négociation, dans l'air qui sentait le charbon brûlé, sous la neige qui s'accumulait sur leurs têtes (aucun d'eux ne portant de chapeau). Le couple O'Carrick aurait alors fixé une somme, représentant à quelques dollars près tout l'argent que Jayson avait sur lui. Celui-ci aurait sorti les billets de sa poche, les comptant en les protégeant du vent qui prenait la rue en enfilade, et Liam O'Carrick aurait pointé le menton vers sa fillette comme pour dire : « Transaction terminée, elle est à vous, maintenant. »

Mais la vérité, songe Jayson en regardant le constable boire sa Fuller's et soupirer de contentement après chaque longue gorgée, mais la vérité n'est pas cela, la vérité est le contraire du mensonge, elle est imprévisible, si fragile, si cassante qu'il y a grand péril à laisser des imbéciles comme Horace Tredwell s'en saisir.

Il se met à pleuvoir plus violemment.

Emily frotte le fond de son assiette avec la pulpe de son pouce, récupérant autant de fragments d'omelette qu'elle peut. Ensuite elle met son pouce dans sa bouche et fait tourner sa langue autour pour aspirer les débris d'omelette. Et en même temps elle caresse son nez entre l'index et le majeur de la même main. Sa tête dodeline un peu, retombe en avant. Elle dort.

Une vraie tempête se déchaîne maintenant au-dessus de Chippingham.

Jayson Flannery enveloppe la fillette dans son manteau, la prend dans ses bras, l'emporte.

Tredwell les suit des yeux, il se rapproche d'une fenêtre, essuie avec sa manche un des petits carreaux, il regarde à travers le verre cathédrale les silhouettes du photographe et de l'enfant devenir de plus en plus floues avant de disparaître dans la nuit.

– Je finirai bien par l'envoyer à Wakefield tourner autour du mûrier[1], murmure le constable.

---

1. Dans la cour de la prison de Wakefield s'élevait un mûrier autour duquel, lors de leurs récréations, les détenus faisaient la ronde. Certains y voient l'origine de la célèbre *nursery rhyme*: *Here We Go'Round the Mulberry Bush*.

Ce pourrait être sa chance de finir assez brillamment une carrière jusque-là plutôt morne.

La détermination de Tredwell relance les mises. Car dès le fameux samedi où le photographe a présenté Emily aux habitués du *Royal George and Butcher*, John Gallagher, le patron de l'établissement, a ouvert les paris : Flannery a-t-il adopté ou bien kidnappé la fillette, avec cette question subsidiaire : Emily est-elle a) irlandaise, b) américaine, c) autre ?

Il y a maintenant plus d'un an que le jeu enflamme les esprits. Au début, la mise minimum était de un penny, elle est passée très vite à un shilling, et l'on s'attend qu'elle monte prochainement à une couronne.

Les parieurs sont aussi de plus en plus nombreux à réclamer que l'on arrête enfin les comptes, et que les gagnants soient payés – mais quels gagnants ? Comment désigner des vainqueurs tant que personne ne connaît les réponses aux questions posées ?

Autant demander à des joueurs de parier à l'aveugle – pour ou contre une forme de survie après la mort, par exemple. Gallagher croit savoir qu'un bookmaker de Liverpool a osé, et qu'il s'est rempli les poches jusqu'à ce qu'un groupe de parieurs porte plainte contre lui ; bien inutilement, d'ailleurs, car les magistrats ont estimé qu'il n'y avait pas escroquerie puisqu'il était indéniable que la réponse existait, et que les millions d'hommes qui avaient quitté ce monde la connaissaient sans l'ombre d'un doute ; le fait qu'ils n'aient pas eu la capacité de la communiquer aux vivants ne pouvant évidemment pas être imputé à tort au bookmaker.

Il devient donc urgent que l'enquête du constable Tredwell aboutisse.

L'état journalier des paris est inscrit à la craie au revers de la cible du jeu de fléchettes. Ce soir, après la légère altercation entre Flannery et Tredwell, les consommateurs du *Royal George and Butcher* jugent le constable plus crédible que le photographe. L'hypothèse du kidnapping, qui était tombée depuis le début de la semaine à moins de vingt-deux pour cent d'opinions favorables, remonte d'un coup à quarante pour cent.

Deuxième partie

1

Personne ne se formalise lorsque la presse locale, en l'occurrence le *Chipping Chronicle* du mardi 25 avril 1905, informe la population de Chippingham que Jayson Flannery va épouser sa fille.

Certes, la façon dont l'annonce est libellée ne fait pas mention du lien qui, avant celui du mariage, unit déjà Jayson et Emily. Mais tout le monde sait parfaitement à quoi s'en tenir.

Sauf peut-être le constable Tredwell qui, depuis quatorze ans, cherche à expliquer l'inexplicable, avec cette obstination des gens de police si bien décrite par Jules Verne à travers le personnage de l'inspecteur Fix lequel, tout au long du *Tour du monde en quatre-vingts jours*, attend l'occasion d'arrêter Phileas Fogg qui, croit-il, n'est pas le gentleman qu'il prétend, mais un audacieux voleur venant de dérober cinquante-cinq mille livres sterling à la Banque d'Angleterre.

Quelque temps après son retour d'Amérique, Jayson Flannery a acheté un exemplaire du fameux *Tour du monde*, traduit et publié à Londres chez Routledge & C°, après avoir lu dans le *Times* qu'une des scènes les plus palpitantes du livre consistait en l'attaque d'un train par une bande de Sioux enragés.

Rien de ce qui concerne les Sioux ne pouvant désormais lui être indifférent.

Depuis, il a lu les *Scènes de la guerre indienne aux États-Unis* de Bournichon, la relation du Père Hennepin prisonnier des Sioux du Wisconsin, *Enfance indienne* du Dr Eastman (celui-là même qui officiait à l'église de Pine Ridge et lui avait confié le destin de la petite Ehawee), *Un jour comme les autres dans un campement sioux* d'Alice Fletcher, *Récit de ma captivité chez les Indiens Sioux* par Fanny Kelly, ainsi que l'*Histoire de la guerre des Sioux* d'Isaac Herd.

Il a consacré d'innombrables veillées à compulser les catalogues des librairies plus ou moins orientées vers l'anthropologie sociale et culturelle, mais la vie des Sioux lakotas ne semble pas présenter un grand intérêt pour les libraires du Yorkshire, ni d'ailleurs pour ceux du reste de l'Angleterre.

Tandis qu'il relevait des titres qui – sait-on jamais ? – correspondraient peut-être à ce qu'il cherchait, Emily jouait à ses pieds, se lovant sur elle-même comme font les chats heureux, parfois mâchant longuement des feuilles d'arbres qu'elle réduisait en minuscules boulettes noirâtres et visqueuses qu'elle soufflait au visage de Jayson en essayant d'atteindre ses yeux (cinquante points), ou de les faire pénétrer dans ses narines (cent points), ou dans sa bouche quand il l'ouvrait pour bâiller (Jayson avait une grande bouche et bâillait large, aussi cette cible ne valait-elle que vingt points), ou enfin dans le fourneau de sa pipe où la boulette saturée de salive grésillait en émettant un mince filet de fumée bleue (trente points seulement, bien que ce fût spectaculaire, mais la pipe remuait peu, offrant sa surface béante et rougeoyante, à peu près immanquable pour l'excellente tireuse-à-la-sarbacane-sans-sarbacane qu'était la petite fille).

C'est ainsi qu'Emily a grandi, soir après soir, que sa poitrine et ses cuisses se sont arrondies comme la glaise sous la main du sculpteur qui galbe son vase.
Un soir, elle a eu dix ans, et puis quinze, et un autre soir elle a eu dix-neuf ans.
Ce soir-là, c'est ce soir, c'est un soir d'automne.
S'engouffrant depuis Grimsby dans l'estuaire de la Humber, le vent de suroît remonte vers Hull en chassant devant lui des nuages gorgés de pluie qui, bien que la ville ne présente que peu

d'aspérités, s'y déchirent la panse et laissent crouler des averses lourdes et tièdes dont Chippingham a sa part.

On touche au terme d'une journée de prises de vues particulièrement épuisante – le temps n'a cessé de passer de beau à couvert, obligeant Jayson, et Emily qui l'assiste, à manœuvrer sans répit les immenses draperies servant à atténuer ou au contraire à concentrer la lumière du jour dans la serre.

Jayson a obtenu que Christabel Pankhurst, fondatrice avec sa mère Emmeline du WSPU[1], pose pour lui. La jeune femme a accepté, ne mettant pour condition que de pouvoir disposer librement et gratuitement de tous les clichés qu'il ferait d'elle. Deux ans après la fondation de leur mouvement, l'image des suffragettes a pâli, et Christabel est prête à tout pour que son combat fasse de nouveau les gros titres des journaux. Or, pour ses meetings, ses défilés, le WSPU a besoin de supports visuels, et en priorité d'affiches à l'effigie de ses leaders.

Lors d'une réunion du Parti libéral à Londres, Christabel a craché au visage d'un policier qui prétendait l'empêcher de présenter ses revendications ; aussitôt arrêtée, elle a refusé de payer une

---

1. *Women's Social and Political Union*, le mouvement des suffragettes réclamant le droit de vote pour les femmes.

amende symbolique de cinq shillings, ce qui l'a conduite en prison.

Elle en sort tout juste, un peu pâle encore. Elle s'est présentée à Probity Hall vêtue d'une guimpe verte et d'un chemisier blanc qui mettent en valeur ses cheveux auburn réunis en un chignon un peu lâche; elle porte entre ses seins un grand pendentif Art nouveau représentant une fleur d'orchidée (d'après Jayson), ou peut-être une libellule (d'après Emily – mais il est vrai que celle-ci n'a jamais eu l'occasion de voir à quoi ressemblait une orchidée).

À vingt-cinq ans, miss Pankhurst est ravissante. On peut se demander pourquoi, au lieu de s'agiter comme un diable et d'appeler ses collègues à la rescousse, le policeman sur lequel elle a craché n'a pas tout simplement sorti son mouchoir pour essuyer, sur son visage rougeaud, les quelques perles de salive brillante sorties d'une aussi jolie bouche.

Je n'aurais pas fait tant d'histoires, songe Jayson.

Et c'est alors qu'il regarde la bouche d'Emily, et qu'il lui semble la voir pour la première fois, du moins en tant que bouche non utilitaire, dont la fonction n'est plus tant d'émettre des sons ou d'absorber de la nourriture, ni de bâiller ni de rire : ce qu'il voit, dans la grisaille veloutée du jour qui tombe, c'est une bouche juste posée là – *dessinée là* serait plus juste – pour mettre une touche de perfection finale à un visage de femme ; et Jayson de se demander comment lui, un homme qui a construit sa vie sur l'exercice du regard, a pu ne pas être ébloui par cette évidence : Emily est devenue belle.

Elle a revêtu ce soir-là une longue jupe en lainage bleu ardoisé, un chemisier blanc dont le col monte sur les côtés jusqu'à effleurer le lobe de ses oreilles, ses cheveux noirs sont rassemblés en chignon sous une résille ornée d'un semis de petits grenats, cadeau de Jayson quand il a su, grâce à ses lectures, que les Indiens considéraient que porter sur soi un grenat rouge pouvait prévenir de l'approche d'un danger.

À cet instant précis, les bras levés au-dessus de sa tête pour haler le store n° 7 (celui qui, glissant sur deux rails horizontaux, occulte la partie supérieure de la serre), Emily passe sa langue sur ses lèvres comme quelqu'un qui a faim ; et alors lui, ne sachant que lui dire mais sentant la nécessité impérieuse de lui parler :

– Aurais-tu faim, Emily ?

Pourquoi a-t-il mis tant de douceur dans cette question si banale ? Pourquoi sa courte phrase a-t-elle continué de résonner après qu'il a fermé ses lèvres, comme s'il avait dit là des choses extraordinaires qui devaient entraîner un bouleversement de leurs habitudes à tous les deux ?

Toujours est-il qu'Emily paraît déconcertée. Le store horizontal est à mi-course, et l'on voit à travers le vitrage rouler des nuées d'orage sous lesquelles tournoient des vols de martinets.

– Faim ? dit-elle. Oui, un peu. Et toi ? Mistress Brook est partie plus tôt à cause de son mari qui est malade. Je suppose qu'elle n'aura pas eu le temps de nous préparer le dîner. Veux-tu que je réchauffe quelque chose ? Pourquoi pas les restes du rôti d'agneau dans une sauce aux cornichons ? Ou peut-être aux oignons rouges – je pourrais les caraméliser.

– Caraméliser des oignons rouges ?

– Oh, je dois être capable de ça, dit-elle en riant.

Jayson pense que rien ne lui plairait davantage qu'une préparation faite par Emily à base de cornichons. Ou d'oignons rouges. Ce qu'elle choisira sera le mieux, il lui fait confiance.

À force de bavarder avec les vieilles actrices, mais aussi avec les mères et belles-mères des jeunes mariées, et les restaurateurs qui viennent à Probity Hall faire immortaliser par Jayson les échafaudages de volailles ou les extravagances pâtissières dont ils vont régaler les noces, congrès et autres jubilés, Emily a assimilé les règles de la cuisine anglaise avec autant d'aisance que celles de la grammaire ou du *dress code*.

Tout en dénouant les guirlandes de fleurs artificielles que le photographe a disposées en fond de décor pour ses portraits de Christabel Pankhurst, Emily lui décrit la façon dont elle prévoit de faire mijoter son espèce de ragoût d'agneau dans une sauce vineuse, épaisse et parfumée.

Tandis qu'elle parle, Jayson regarde de nouveau son visage et sa bouche, il voit ses lèvres s'entrouvrir sur ses dents mouillées, et parfois pointer un petit bout de langue, alors il comprend qu'il ne pourra pas s'empêcher de l'embrasser avant que la nuit soit tout à fait tombée.

Il choisira le prétexte de son plat délicieux :

– Admirable, Emily, s'écriera-t-il, absolument admirable ! Approche donc un peu, jeune fille, que je t'embrasse.

Pour elle comme pour lui, il faudra que ce premier baiser soit aussi parfait que possible ; et c'est là que les oignons rouges, à cause des sucs puissants qu'ils dégagent et qui imprègnent la langue et l'intérieur des joues, pourraient créer un léger désagrément.

– Tout bien considéré, dit Jayson, je crois que tu devrais t'en tenir aux cornichons.

2

Or Horace Tredwell continue d'enquêter sur Emily.

L'inertie maladive du constable a évidemment compromis ses recherches. Il se retrouve à présent dans la situation de ces amateurs de labyrinthes qui ont essayé (ou croient avoir essayé) toutes les combinaisons pour sortir du dédale et qui, fourbus et las de tourner en rond en butant sans cesse sur le même cul-de-sac végétal, s'asseyent sur un banc disposé là tout exprès, et attendent. Ce n'est pas qu'ils aient renoncé, bien sûr que non, de toute façon il faudra bien qu'ils sortent de là à un moment ou à un autre, mais ils ont besoin de cette pause pour se reprendre, pour se rassurer en se persuadant qu'ils ne sont pas plus stupides que les autres visiteurs, ceux qui ont fini par trouver l'issue et qu'on entend rire et se congratuler de l'autre côté des buis.

Tredwell en est là.

Mais Jayson sait bien que le policier finira par sortir du labyrinthe, qu'il aura la preuve que la version selon laquelle Emily est l'enfant des soi-disant O'Carrick est cousue de fil blanc ; à partir de quoi il en déduira que le photographe Flannery n'a pas pu adopter légalement la fille de fermiers irlandais qui n'ont jamais existé.

Ce qui aura pour Emily des conséquences d'autant plus graves que, sous la pression d'une ligue antisémite[1] appuyée par des députés conservateurs et relayée par certains journaux (*L'étranger répugnant, indigent, malade, pouilleux et criminel [...] doit être interdit de séjour dans notre pays*, s'est emporté un éditorialiste du *Manchester Evening Chronicle*), le Parlement a voté l'*Aliens Act* destiné à limiter l'immigration.

Sans doute ce texte vise-t-il d'abord les Juifs d'Europe centrale et orientale, mais il n'en est pas moins applicable à toute personne ne possédant pas la nationalité anglaise, et qui est dès lors tenue de montrer son passeport et de prouver qu'elle a sur elle assez d'argent pour satisfaire ses premiers besoins.

À Grimsby, de l'autre côté de l'estuaire, là où s'enfle le vent qui apporte la pluie du soir sur Chippingham, les autorités viennent de refuser l'entrée sur le territoire britannique à vingt-deux

---

1. La *British Brothers' League*.

immigrants russes arrivés par le vapeur de Hambourg, trop pauvres pour posséder la somme d'argent exigée par la loi ; et l'on apprend qu'un passager américain a été retenu à Douvres pour le même motif.

Jayson peut remplir la bourse d'Emily (il n'a d'ailleurs pas attendu pour ça que le Parlement légifère), mais il ne voit pas comment lui procurer un passeport.

Sinon en l'épousant.

Il le lui dit – oh ! très simplement, quelque chose comme : voyons, Emily, que répondrais-tu si je te proposais de t'épouser ? – tandis qu'elle s'affaire à mettre le couvert, remplaçant les assiettes de tous les jours qu'a disposées Mrs. Brook par un service plus élégant (Florence raffolait des arts de la table, tous les tiroirs, placards et buffets de Probity Hall sont remplis de vaisselle ravissante).

Sous le coup de l'émotion, Emily lâche une assiette en porcelaine de Chine du dix-huitième, époque Yongzheng, représentant des pivoines sous un prunier en fleurs. Le rose sanguin et le galbe renflé des pivoines évoquent de belles vulves humides, odorantes. Ce qu'a été le sexe de Florence avant que la maladie ne l'assèche et ne le ratatine. C'est l'assiette préférée de Jayson. Par chance, elle tombe sur la tranche, roule et se pose sans se briser.

– Mais peut-être ne voudras-tu pas te marier avec moi, dit Jayson.

Il a appris par ses lectures que les Lakotas s'interdisaient d'épouser non seulement quelqu'un de leur parenté, mais que cette parenté ne s'arrêtait pas aux gens d'un même sang, qu'elle s'élargissait à tous ceux du même clan.

Et Jayson n'est-il pas – au moins – du clan d'Emily ?

Elle lui sourit :

– Si deux personnes s'aiment de toutes leurs forces, elles se réincarneront en jumeaux.

Il se demande ce qu'elle veut dire par là. Pour lui, c'est très obscur. Pour elle aussi, peut-être. Souvent, l'anglais n'étant pas sa langue, Emily pense droit mais parle de travers. Alors, davantage qu'aux mots, c'est à l'attitude qui les accompagne qu'il faut s'arrêter. Ici, c'est un sourire. Jayson en déduit que c'est la façon d'Emily de lui répondre oui.

Elle ramasse l'assiette, l'époussette du revers de sa manche. Puis elle traverse plusieurs rais de soleil couchant qui plongent dans la serre par les déchirures des stores, et où tourbillonnent d'innombrables et minuscules particules.

Il fait tout à fait nuit lorsque Jayson accompagne Emily jusqu'à sa porte.

La jeune fille occupe une chambre au deuxième étage, juste au-dessus de celle du photographe. Florence l'avait aménagée pour le bébé qu'elle espérait avoir. Trois tentatives, trois déceptions. D'après le Dr Lefferts, les organes génitaux de la jeune femme avaient subi des lésions irrémédiables dues aux entraves avec lesquelles Florence se faisait violemment comprimer le corps lors de ses numéros d'escapologie.

Devenue celle d'Emily, la chambre est tapissée d'une toile de Jouy aubergine sur fond écru représentant des enfants faisant courir des cerceaux, des oiseaux nichant dans des taillis, de petits faunes flûtant dans les bosquets d'un parc arboré.

Sur un épais tapis trône un lit en noyer recouvert d'un édredon de satin prune qu'Emily, en se couchant, jette par terre – elle a toujours trop chaud. Elle s'amuse quelquefois à pincer un des angles de l'édredon, faisant de cette extrémité une sorte de museau reptilien, mais doux, mais tendre, dont elle caresse sa joue.

Au mur, juste au-dessus de l'oreiller où elle étale l'éventail brillant de ses cheveux noirs, Emily a épinglé des photographies de vieilles faces racornies, édentées, ridées, l'une d'elles montre même un œil crevé, prises par Jayson – trop absorbé par l'éducation de la jeune fille, il n'a pas encore trouvé le temps de mener à terme son projet de livre *Omnipresence of Death*.

Une lampe dont l'abat-jour à godrons, mousseline de soie doublée de pongé de soie blanc et décorée d'impatiences roses, éclaire tendrement cette galerie d'anges effroyables.

Emily passe de l'un à l'autre des grands coussins rembourrés qui, disséminés à travers la pièce, font office de sièges. Elle saisit un livre sur l'étagère, l'ouvre, lit en ânonnant encore un peu, elle parle avec fluidité mais bute parfois sur les mots écrits.

– Puis-je entrer un instant ? demande Jayson.

Elle écarte en grand la porte qu'elle n'avait d'abord qu'entrouverte. Il hésite. Il n'a que très exceptionnellement franchi ce seuil depuis qu'Emily est arrivée à Probity Hall, craignant de lui voler quelque chose de son intimité en la regardant dormir, ou en respirant sa légère transpiration.

Mrs. Brook n'a pas manqué de lui rendre compte de l'état déplorable dans lequel Emily, tant qu'elle était fillette, saccageait son domaine, se comportant comme un chat sauvage, grimpant aux rideaux, éparpillant ses linges odorants comme pour marquer son territoire ; et puis, toujours à la façon des chats, elle s'était mise à rapporter à Probity Hall les petites proies qu'elle capturait dans le parc – légumes arrachés au potager, œufs de corbeaux, oblongs, d'un bleu tacheté de vert olive, œufs blancs mouchetés de rouille des mésanges, œufs bleus des rouges-gorges, ceux d'un blanc nacré du pic-vert, et les quelques épis d'une sorte d'avoine sauvage que Jayson avait découverte sur les bords de la rivière Nith, près de la ville écossaise de Dumfries, et qu'il cherchait à acclimater sur les berges de la Welland parce que cette graminée est particulièrement photogénique quand on la tresse en couronnes à poser sur la tête ; Emily n'avait pas été longue à reconnaître une plante qui lui était familière, autrefois dans les Grandes Plaines, sous le nom de *foin d'odeur*, elle ne se souvenait plus de l'usage qu'on en faisait mais elle se revoyait en train d'en récolter des brassées, elle se rappelait comme ça sentait bon, un parfum de vanille chaude, quand elle serrait les herbes contre elle ; c'est pour retrouver cette odeur d'enfance qu'elle continue d'en prélever le long de la Welland autant qu'elle peut sans mettre en péril la plantation encore fragile ; de retour dans sa chambre, elle se déchausse pour piétiner les épis afin d'en exprimer le suc dont l'arôme monte sous sa robe.

– Délicieux, dit Jayson.
– Qu'est-ce qui est délicieux ?
– Je ne sais pas. Ça vient de toi. Une odeur agréable, une odeur pâtissière. Est-ce que mistress Brook verse des essences dans ton tub quand elle te prépare un bain ?

Emily pouffe derrière sa main.

– Mistress Brook, me préparer un bain ? Elle m'en sortirait plutôt par les cheveux si elle m'y trouvait ! Elle tient le bain pour une pratique dévoyée. Elle m'a confié que, de toute sa vie, elle n'en avait pas pris un seul, sauf le jour où, courant après son chapeau qui s'était envolé, elle est tombée dans la rivière. Je suppose que se prélasser dans un tub est à ses yeux aussi condamnable que se trémousser au bal ou sous les doigts du médecin.

Jayson fronce les sourcils :

– Les doigts du médecin ?

– Mistress Brook m'a avoué qu'elle avait à plusieurs reprises eu recours au Dr Lefferts pour la soulager d'une suffocation de la matrice, explique Emily. C'est une indisposition fréquente chez les personnes contraintes à la chasteté, les religieuses, les veuves, les prisonnières.

– Mais mistress Brook n'est rien de tout ça !

– Elle est prisonnière en ce sens qu'elle ne peut guère s'éloigner de chez elle depuis que son mari est paralysé, religieuse parce qu'elle prie Dieu et tous les saints d'avoir enfin pitié du pauvre infirme, et veuve parce que le grabataire ne peut évidemment plus lui procurer les joies du devoir conjugal.

Emily fait une pause pour permettre à Jayson d'apprécier à sa juste valeur le calvaire de Becky Brook.

Ce que Jayson apprécie plus encore, c'est la triple métaphore, la pertinence de l'analyse et l'intérêt que porte la jeune femme à la vie intime de la gouvernante.

Emily reprend d'un ton égal :

– Lefferts a donc massé les organes génitaux de mistress Brook en y enfonçant deux doigts lubrifiés avec de l'huile de lys et de crocus, jusqu'à ce que cette stimulation mène la pauvre femme à l'embrasement des sens, à une flambée dont le souvenir durable doit logiquement lui éviter ces aigreurs qui conduisent trop souvent à l'hystérie chronique.

Jayson regarde Emily avec stupéfaction, se demandant par quel stratagème elle est parvenue à arracher de telles confidences à une Mrs. Brook si pudibonde, si discrète, fuyant les épanchements au point de se cloîtrer chez elle pendant la semaine de Noël, craignant, si elle se montre en ville, de devoir accepter et rendre des embrassades qui, pour être de circonstance, ne lui en paraissent pas moins d'une désinvolture condamnable ; sans compter qu'elle ne supporte pas de sentir sur sa joue l'empreinte d'une bouche humide.

– Pauvre, pauvre Dr Lefferts ! soupire Emily, mimant une compassion qu'elle n'éprouve pas (en réalité, ses yeux de vernis noir pétillent en imaginant le médecin acharné à provoquer l'orgasme le plus radieux possible chez une femme vieillissante et à l'esprit saturé de pensées toutes plus sinistres les unes que les autres). C'est un des actes médicaux qu'il pratique avec le plus de déplaisir, poursuit-elle. Ça et ouvrir les furoncles. Aussi fait-il tout ce qu'il peut pour se décharger de cette corvée sur une sage-femme. Mais certaines patientes victimes de suffocation de la matrice ne veulent confier leur intimité qu'au doigté de Lefferts, tout en retenue dit-on, et pourtant si efficace. C'est que la chose est délicate : mal pratiquée, il semble qu'elle puisse provoquer des fièvres, des jaunisses, donner des crampes atroces, des crises de démence, voire d'épilepsie, entraîner des maigreurs affreuses, et dans certains cas des paralysies.

– On prétend que ça peut rendre sourd, dit Jayson. Ce ne serait pas le moment, si nous nous marions, que mistress Brook soit frappée d'une invalidité aussi gênante que la surdité. Surtout qu'il serait souhaitable de l'avoir à demeure, ici près de nous, à temps plein. Il faudra pour ça attendre la mort de son mari, bien sûr, mais il semble que ce ne soit plus désormais qu'une question de semaines. Mistress Brook pourrait alors prendre cette chambre.

D'un geste large, il désigne la pièce dans laquelle ils s'avancent avec une sorte de timidité, où Jayson n'est donc jamais entré qu'en l'absence d'Emily pour ausculter une tuyauterie qui cognait ou vérifier que le conduit de cheminée passant juste derrière la tête de lit n'était pas poreux, et Emily ne s'y réfugiant qu'après avoir pris congé de Jayson pour la nuit, ou pour la longue paresse du dimanche matin (ce jour-là, ils s'accordent de rester à rêvasser chacun chez soi, sans se vêtir ni se coiffer, au moins jusqu'à onze heures, l'hiver jusqu'à midi, car ils n'assistent à l'office ni l'un ni l'autre, le dieu d'Emily n'étant pas reconnu des Anglais et Jayson ayant rejeté le sien à la mort de Florence).

– Cette chambre, ajoute-t-il, tu n'en auras plus l'usage une fois mariée.

Ils échangent un sourire un peu gêné, comprenant brusquement, et au même instant, ce que signifie leur mariage, et tout ce qu'il va changer dans leurs rapports les plus quotidiens.

Ce sera désormais à Emily, qui jusqu'alors s'est laissé servir comme une convalescente au long cours, qu'il incombera de tartiner de beurre et de marmelade les toasts du petit déjeuner, de vérifier que le jaune de l'œuf miroir est juste chaud à point (ou de décapiter les œufs à la coque), et de s'enquérir si Jayson veut un, deux ou trois morceaux de sucre dans son thé – car Probity Hall s'enorgueillit de pouvoir servir du sucre en morceaux, Florence ayant autrefois rapporté d'une tournée en France une « casseuse François », ustensile inventé par un épicier parisien pour découper les pains de sucre en petits cubes.

Emily n'ignore évidemment pas que Jayson ne prend qu'un sucre et demi et qu'il n'a jamais varié dans cette habitude, mais elle sait aussi qu'à l'inverse de la petite fille qu'elle a été, et dont la croissance, l'équilibre et la sérénité, ont dépendu de la stabilité du monde où on l'avait immergée, l'épouse qu'elle va devenir devra envisager à tout instant que son mari puisse changer d'avis, et se tenir prête à répondre à ses nouvelles fantaisies.

Mais le plus déconcertant est sans doute que Jayson et Emily vont avoir des rapports sexuels.

Cette idée ne les avait jamais effleurés. Tenant jusque-là parfaitement le rôle que leur avait imparti le hasard : il était son père, elle était sa fille, sans ambiguïté aucune ; et Chippingham, pourtant méfiante comme toutes les petites cités d'Angleterre, y avait cru.

Même lorsqu'il avait soupçonné Jayson d'avoir abusé de la misère des époux O'Carrick pour leur enlever Emily, le constable Tredwell n'avait pas envisagé un seul instant qu'il ait pu la ravir à ses parents pour assouvir un désir autre que celui d'avoir enfin l'enfant que Florence n'avait pas pu lui donner.

Jayson s'est d'ailleurs comporté comme le plus admirable des pères. C'est ainsi qu'il a souscrit un abonnement au *Lancet*[1] à la lecture duquel il consacre deux heures chaque semaine pour se tenir informé des maladies pouvant affecter Emily – il a découvert qu'en dépit des accords d'assistance médicale signés par le gouvernement américain, la mortalité infantile restait particulièrement élevée chez les Sioux, sans qu'on sache si cela venait d'une vulnérabilité liée à leur nature

---

1. Le plus célèbre des journaux médicaux, fondé en 1823 par un chirurgien anglais – d'où son nom de *Lancet* qui veut dire « scalpel ».

ou des conditions de vie dans les Réserves ; mais le *Lancet* rappelant par ailleurs qu'il mourait plus d'enfants à Dublin et à Liverpool que dans le Dakota du Sud, Jayson en a déduit que, tout compte fait, l'espérance de vie d'une petite Lakota de Pine Ridge n'était peut-être pas tellement plus fragile que celle d'un jeune Irlandais du comté de Dublin ou d'un bébé anglais du Lancashire.

Le photographe a financé une campagne de presse dans le *Chipping Chronicle* pour dénoncer les dangers d'une potion à base de laudanum que les nourrices administrent aux enfants pour les faire tenir tranquilles.

Au début, ce « sirop de Godfrey » était d'une efficacité – et d'une innocuité – remarquables ; mais plus l'organisme s'accoutumait aux effets de l'opium, plus il fallait augmenter les doses, tant et si bien que certains enfants finissaient par en mourir. Quand Emily se mettait à hurler dans la nuit à cause d'un cauchemar, le seul remède appliqué par Jayson consistait à la sortir de son lit moite pour la serrer contre lui, pour caresser de ses lèvres closes son petit front bombé ruisselant de sueur, lui parler de bisons en longs manteaux d'hiver, de prairies courant si loin vers l'horizon qu'elles devenaient bleues comme le ciel, et de plumes d'aigles.

Les fabricants de la potion au laudanum, de respectables pharmaciens ayant pignon sur rue à

Kingston-upon-Hull, ont poursuivi Jayson devant les tribunaux. Il a préféré se laisser condamner à des dommages et intérêts conséquents plutôt que de présenter une défense qui l'aurait fatalement conduit à reconnaître que si Emily pouvait être apaisée sans le recours au laudanum, c'était peut-être parce qu'elle était une petite fille sioux.

Mais la plus grande réussite de Jayson Flannery a été d'obtenir l'inscription d'Emily au *Chippingham Ladies College* – appellation pompeuse du pensionnat mité dirigé par Mrs. Emma Walfreigh, regroupant quelques dizaines de fillettes chlorotiques, dans une maison d'habitation mal commode où des enfilades d'anciennes pièces de réception à peu près impossibles à chauffer alternaient avec des cagibis où l'on aurait hésité à élever des lapins.

L'absurdité de cette architecture conduisait à mettre les élèves punies en pénitence dans les salons immenses où leur châtiment consistait essentiellement à grelotter, et à entasser les élèves appliquées et leurs enseignants dans la tiédeur des clapiers sombres et confinés.

Peu encline à accueillir une fillette sur les origines de laquelle la plus sévère autorité de la ville, à savoir le constable Horace Tredwell, laissait planer des doutes, pour ne pas dire des soupçons, et qui, au milieu des quarante-deux petites pâlichonnes du pensionnat, serait de toute façon aussi choquante qu'un merle dans une volière de serins blancs, Mrs. Walfreigh avait d'abord récusé la trop brune Emily au prétexte que son établissement affichait complet.

Jayson n'avait pas insisté ; et plutôt que de plaider la cause d'Emily, il s'était mobilisé (quelles ressources d'habileté donne le fait d'être père !...) pour le *Chippingham Ladies College*, organisant dans les principaux bourgs de l'East Riding of Yorkshire des collectes destinées à soutenir les pensionnats méritants qui, tel celui de Mrs. Walfreigh, affichaient l'ambition de dispenser aux jeunes filles une éducation moderne privilégiant les sciences et la connaissance des langues étrangères plutôt que la couture, l'aquarelle, le chant et le piano.

L'argent recueilli par Jayson avait ainsi constitué une sorte de « dot scolaire » d'Emily.

Alors les portes du *Chippingham Ladies College* s'étaient ouvertes toutes grandes devant elle, et, bien que supposée être la fille de misérables paysans irlandais, la soi-disant petite miss O'Carrick avait pu désormais se comporter comme une jeune héritière fortunée dont le nom serait un jour gravé sur la stèle des bienfaiteurs du pensionnat.

Plus personne, en tout cas, ne s'était permis la moindre réflexion sur ses cheveux et ses yeux d'une brillance et d'une noirceur de houille, ou sur son teint bistre.

L'établissement de Mrs. Walfreigh avait même conservé dans ses archives, du moins jusqu'à l'incendie ravageur provoqué une nuit d'août 1916 par les bombes larguées depuis un zeppelin, le souvenir d'une certaine Rose Henley, pensionnaire aux cheveux filasse et à la mine anémique, qui avait mis au point un mélange à base de crème de lait et de cette encre rouge brun dont usaient les professeurs pour corriger les devoirs ; laquelle Rose avait ensuite touché des revenus substantiels en tartinant son produit sur le visage de ses camarades du *Chippingham Ladies College*, qui, chaque jour plus nombreuses, voulaient avoir la même couleur de peau qu'Emily.

Somme toute, quand Jayson regardait en arrière et considérait tous les obstacles qu'il avait dû surmonter pour permettre que s'épanouisse la deuxième vie d'Emily, celle qui avait commencé après les neiges de Wounded Knee, il se sentait plutôt satisfait.

L'autre fillette rescapée du massacre, Zintkala Nuni, baptisée Margaret, mais que la presse américaine persistait à appeler Lost Bird, n'avait apparemment pas eu la même chance.

Après avoir subi des maltraitances de la part du général qui l'avait adoptée (sévices sexuels, disaient certains), Lost Bird s'étiolait dans un internat pour Indiens près de Portland, en Oregon, où elle passait le plus clair de son temps à être punie – on la privait de nourriture, on lui crachait au visage, on la battait, on l'enfermait dans un réduit où elle était exposée à la morsure des rats.

Jayson tenait ces révélations de Christabel Pankhurst qui elle-même l'avait appris de Clara Colby, l'épouse (à présent divorcée) du général, elle aussi militante du droit de vote des femmes.

– Tout ira bien, dit-il à Emily, je serai doux.
– Doux ?
Elle lève vers lui son visage, les sourcils froncés, elle a déjà oublié ce à quoi ils ont immanquablement pensé l'un et l'autre en entrant dans sa chambre.

– Quand nous irons au lit, précise-t-il.
Il ne pourra jamais lui procurer autant de volupté qu'à Florence, dont il attachait les mains aux montants du lit pour qu'elle pût jouir en même temps du plaisir de se libérer et de celui des caresses qu'il lui prodiguait.

Pour lui aussi, c'était magnifique de la sentir se contorsionner, s'arquer pour échapper aux liens tout en s'empalant sur lui.

Connaissant chaque phase du protocole amoureux que suivait Jayson, elle faisait en sorte de se dégager de ses entraves à l'instant précis où il la menait au bord de l'orgasme, et le cri qu'elle poussait était autant pour saluer sa liberté recouvrée que son abandon à la jouissance qui la submergeait.

C'est Emily qui est la plus douce, quand elle l'embrasse.

Il est alors debout devant la fenêtre, regardant au loin les lumières de Hull palpiter sur l'estuaire de la Humber.

Florence affirmait que, de cette chambre, on pouvait voir la mer du Nord. Ce n'était en vérité que la brume que levaient les rivières Hull, Ancholme, Derwent, Ouse et Trent, un brouillard aux mailles si humides, si blanches, que le feu fixe du phare de Spurn Point y allumait parfois ce qui ressemblait en effet aux pétillements de l'écume.

Jayson n'a jamais voulu contrarier Florence, et même il abondait dans son sens, l'assurant que non seulement lui aussi voyait la mer, mais qu'il pouvait entendre le bruit de soie déchirée qu'elle faisait en s'étalant sur le sable.

C'est à l'abandon de ses certitudes, à cette générosité avec laquelle il lui donnait parfois raison envers et contre tout, qu'il sait avoir aimé Florence un peu comme les hommes de jadis adulaient leurs dieux, en leur répétant non pas qu'ils étaient vrais, mais qu'ils étaient *dans* le vrai quoi qu'ils puissent faire d'injuste.

Emily s'approche sans bruit, le prend aux épaules, le fait pivoter sur lui-même.

Il la dévisage, intrigué. Croyant qu'elle cherche son regard pour lui annoncer quelque chose de grave – peut-être a-t-elle réfléchi, et voilà, elle ne veut déjà plus l'épouser...

Mais elle se contente d'ouvrir un peu la bouche (et il pense que si elle écarte les lèvres, c'est pour parler), et elle avance vers lui son visage si près que leurs deux souffles se confondent, et qu'il note (ça l'amuse) que l'haleine de la jeune femme a ce même parfum de fruit exotique (banane surtout, mais aussi mangue et litchi, caïmite et physalis) de certains produits photographiques (il se demande ce que sent sa propre haleine, il a passablement fumé avant et après les prises de vues de l'après-midi ; puis, quand il s'est agi de développer ses plaques et ses films, il s'est enfermé dans son laboratoire avec une bouteille de gin et une autre de sherry). Quand la bouche d'Emily s'ouvre davantage, il voit sa langue luisante, mouillée, une langue plutôt étroite et longue, d'un rose plus soutenu que celui de la plupart des langues anglaises (dans sa première jeunesse, après sa découverte des couleurs aussi variées qu'exquises du sexe féminin, Jayson avait dressé un nuancier des différentes tonalités de rose des muqueuses – comme pour les géraniums, sa palette allait du rose pâle au pourpre carmin en passant par le rouge groseille, le rose magenta et le rose franc).

À peine l'a-t-il entrevue et rangée parmi les rose framboise, que l'extrémité de cette langue palpite contre ses lèvres à lui, réclamant d'entrer, mais modestement, en mendiante – une langue comme une jeune héroïne de Dickens, une sorte de Catherine Nickleby (dont il raffole).

Le baiser commence.

La lèvre supérieure d'Emily se retrousse légèrement, chevauchant celle de Jayson et la mouillant. Il se promet de faire très attention à ne pas l'essuyer une fois le baiser terminé, afin de conserver aussi longtemps que possible l'empreinte humide sur sa peau, juste sous ses narines, de la bouche d'Emily.

Il se serre contre sa fiancée (n'est-il pas tout à fait en droit, à présent, de l'appeler ainsi?), et en sentant le bulbe tiède de ses seins, leurs pointes à travers l'étoffe de la robe, il se souvient qu'Emily s'est délivrée de son corset qui la gênait pour travailler, et que Christabel Pankhurst lui a dit en riant qu'elle avait rudement raison, que c'était là un geste symbolique, un geste féministe, et que c'était ainsi qu'on devenait suffragette, et qu'après la police vous tombait dessus et vous jetait en prison.

Ils restent longtemps enlacés. Jayson cherchant à comprendre où Emily a appris à embrasser (car elle sait, oh! elle sait si bien!), tandis que la jeune femme, qui en réalité donne là son premier baiser à un homme, s'étonne du plaisir qu'elle y prend; plus encore que le contact de leurs bouches, que le mélange de gin, de sherry, de tabac et de souffle d'homme qui parfume l'haleine de Jayson et lui rappelle certaines médecines à base de sauge, d'élémi, de sweetgrass et de yerba lena que lui faisait boire sa mère, c'est la sensation des mains de Jayson, très chaudes, soulevant sa chevelure pour se rejoindre, doigts emmêlés, sur sa nuque, qui la fait trembler.

Elle n'a pas fermé les yeux, lui si, mais elle voit qu'il les rouvre, et que son regard est celui d'un enfant qui s'éveille.

Avant même qu'il en soit conscient lui-même, elle sait qu'il est heureux.

3

Non seulement aucun scandale ne couve, mais une sorte de nervosité s'empare des habitants à la pensée qu'ils pourraient ne pas faire partie des invités.

La plupart d'entre eux, à un moment ou l'autre de leur vie, un moment toujours important sinon solennel, ont eu recours aux services de Flannery, que ce soit à l'occasion d'une cérémonie religieuse, d'un anniversaire ou de l'assemblée annuelle d'une association, et ils n'auraient pas compris que leur « photographe de famille », comme on le dit d'un notaire ou d'un médecin, les oublie au moment d'établir la liste des heureux élus conviés à ses noces.

Le désir d'en être s'accroît encore lorsque le *Chronicle*, cette fois dans son supplément illustré du samedi 27, précise que le mariage se déroulera dans la plus pure tradition victorienne : depuis la calèche attelée à l'incontournable cheval gris porteur de chance, jusqu'au *tussy mussy* (le traditionnel bouquet de mariée composé de roses miniatures entourées de fougères, de gypsophiles et de fenouils, disposés dans un cône en argent), en passant par le *Come Write Me Down* qui sera entonné à la fin du banquet, Jayson Flannery n'a négligé aucun détail afin de respecter scrupuleusement les coutumes d'un authentique mariage anglais, tel du moins que le conçoivent les cinq cent trente-sept habitants de Chippingham.

Lui-même ne pouvant être à la fois l'époux et le photographe, il a désigné un de ses confrères de la ville voisine de Kingston-upon-Hull pour fixer les moments forts de la journée. Le choix de Jayson s'est porté sur Alban Summerscale, en partie parce que celui-ci utilise comme lui une chambre en bois de noyer Gilles-Faller 18 × 24 munie d'un excellent objectif Hermagis, mais aussi parce que Summerscale s'est dit prêt à tenter, si du moins la luminosité se révèle suffisante, quelques photographies en couleurs à partir du procédé autochrome.

Le jour des noces, les dernières incertitudes se réduiront donc au temps qu'il fera, ainsi qu'à la toilette que revêtira Emily.

Pour la couleur du ciel, on n'en saura rien jusqu'à la toute dernière minute. À moins de trente miles de la mer du Nord, il suffit d'une marée montante ou descendante pour que le temps change du tout au tout. Flannery se rappelle certains mariages commencés sous un soleil radieux, et qui, à peine le consentement des époux recueilli, ont été noyés sous des cataractes d'eau.

Ç'avait été le cas à Bibury où la petite rivière Coln, gonflée de pluies, était brusquement sortie de son lit et s'était mise à déferler au point qu'il avait fallu envoyer des barques au secours des invités.

Flannery était occupé à photographier un soulier de la mariée parti à la dérive comme un petit navire à la fois fier et vulnérable, quand le torrent d'eau limoneuse avait renversé et emporté son appareil pourtant bien campé sur son trépied.

Il avait pu sauver les clichés pris avant la folle averse, mais les deux familles avaient voulu renégocier ses honoraires à la baisse au prétexte que sa chambre noire avait été noyée avant qu'il ait pu fixer quelques images de la phase diluvienne du mariage, la seule dont les invités parleraient encore dans cinquante ans.

« Je ne veux pas me montrer désagréable, s'était défendu Flannery, mais je ne crois pas qu'aucune de ces personnes présentes aujourd'hui soit de ce monde dans cinquante ans. Moi-même, je n'en serai plus : j'ai déjà quarante-deux ans. »

Juste à cet instant, il s'était souvenu d'avoir remarqué dans cette noce une petite fille, blonde et montée en graine comme une salade. Il l'avait beaucoup photographiée, tout en se demandant si elle n'était pas trop diaphane pour faire réagir le gélatino-bromure. L'idée qu'elle soit morte dans cinquante ans lui avait serré le cœur. C'était stupide, bien sûr, elle n'était rien pour lui, il ne connaissait même pas son prénom, mais il lui avait paru insupportable que la vie de cette enfant, même devenue femme, et femme âgée, puisse s'interrompre. D'une certaine façon, c'était aussi ce qui était arrivé lorsque sa route avait croisé celle d'Emily : il n'y avait aucune raison valable pour qu'il s'intéresse à elle, alors qu'il en existait d'innombrables pour s'en détourner, en commençant par l'aspect lamentable de sa petite personne et l'odeur écœurante qui s'en dégageait, mais voilà que contre toute attente elle allait maintenant devenir sa femme.

Aussi, lui qui n'était pourtant pas homme à facilement présenter des excuses, avait-il demandé pardon de n'avoir pas été en mesure de saisir des images du déluge, abandonnant aux familles ses photographies du mariage prises avant que la Coln ne déborde, précisant que c'était un cadeau, qu'on ne lui devait rien, qu'il ne voulait pas être payé, non, ni même dédommagé pour ses frais.

Espérant que le ciel lui tiendrait compte de cette générosité et accorderait en échange une rallonge de vie à la fille-salade, laquelle, comme il l'avait craint, s'était révélée décidément trop hyaline pour impressionner les plaques de façon satisfaisante – d'excellentes plaques, pourtant, des Schürmeyer qu'il faisait venir de Zurich. C'était un peu comme s'il avait tenté de photographier un fantôme.

Pour la robe, les pronostics sont plus faciles que pour les nuages, notamment grâce aux papotages de Mary Giles, l'apprentie qui ramasse les épingles chez la couturière – à quatre pattes sur le parquet, elle promène un énorme aimant rouge le long des rainures entre les lames de chêne, attirant les épingles perdues qui s'y agglutinent avec des éclats de poissonnets frais pêchés. Mary Giles, plus souvent qu'à son tour, s'enfonce dans les genoux des épingles ou des échardes ; ça s'infecte quelquefois, son genou devient gonflé, rouge et brûlant. Continuez comme ça, ma fille, menace le Dr Lefferts, et un jour il faudra vous amputer. Mais Mary n'a que treize ans, et on ne lui propose pas d'autre travail que de pousser un aimant sur le parquet.

À passer ses journées chez la couturière, à quatre pattes du matin au soir, à moitié cachée sous les robes et les jupons, la petite Giles entend parler de choses qui ne sont pas toujours très jolies. Mais concernant le mariage de Jayson Flannery avec sa fille Emily, tout ce que surprend Mary Giles est ravissant.

D'après la ramasseuse d'épingles, Emily portera une toilette d'un blanc tirant légèrement sur la coquille d'œuf – à cause de son teint naturellement hâlé, un blanc trop éclatant aurait, par contraste, assombri son visage.

On déduit des indiscrétions de miss Giles que la robe à manches ballons ne comportera pas de cerceaux mais de nombreux jupons qui renforceront son côté bouffant. Le corsage sera de satin brocardé presque entièrement recouvert d'une dentelle elle-même ornée de médaillons au point de Venise, avec une passementerie de petites perles et de fleurs d'oranger. Le devant du corsage figurera une sorte de gilet cintré, fermé par une large ceinture de lais de satin réunis par un bouquet.

Mary Giles, qui a assisté aux essayages, regrette que cette robe descende si bas sur les pieds d'Emily, masquant les jolies chaussures montantes, cuir glacé beige et boutons noirs, que Jayson Flannery a fait faire à Londres.

Mary a également révélé que la mariée avait choisi un large chapeau couleur crème prolongé par une traîne en dentelle de Battenberg.

La ramasseuse d'épingles se garde bien de divulguer tous ces détails d'un seul coup, elle les distille au contraire avec parcimonie, exploitant chacun d'eux aussi longtemps qu'elle trouve quelqu'un pour lui payer un verre en échange d'un nouveau secret.

À elle seule, l'information selon laquelle la future Mrs. Flannery coiffera ses cheveux noirs en chignon – « Elle penchera la tête en avant, elle tordra la masse pendante de sa chevelure, mais surtout sans trop tirer dessus, elle l'enroulera pour former une sorte de nuage très lâche qu'elle fera tenir sage avec des épingles, et auquel elle donnera pour finir un effet de gonflant en le triturant à l'intérieur à l'aide d'un manche de peigne » – a ainsi rapporté à Mary Giles une bouteille d'Old Tom Gin. Elle en a aussitôt bu la moitié au goulot, et revendu le reste.

Il est prévu qu'Emily, en plus du *tussy mussy*, ait en main un éventail en gaze au ton crémeux un peu plus soutenu que celui du chapeau, pailleté d'étoiles et peint en son centre d'une jeune femme tout de blanc vêtue et debout sur un perron parmi des fleurs également blanches. Elle le tiendra grand ouvert en l'agitant très vite, ce qui, pour qui comprend le langage codé des éventails, signifie que la jeune épouse est très amoureuse de son mari.

Rien, ni dans son langage ni dans ses manières, ne peut laisser supposer qu'Emily n'est pas irlandaise – et une Irlandaise élevée en Angleterre, avec les exigences et la sévérité que cela implique. Désormais, ce qui pourrait trahir ses origines sioux lakotas n'est plus de l'ordre du visible : elle ne s'est pas contentée d'emprunter aux vieilles comédiennes leur accent irréprochablement anglais, elle a appris d'elles l'art d'enfouir sa propre vérité pour en endosser une autre.

Les gens de Chippingham n'ont pas besoin d'en appeler à Giles pour découvrir le menu du lunch que l'on servira dans la serre de Probity Hall : le secret en est impossible à garder compte tenu du nombre de jeunes commis concernés et de la nécessité de faire appel à des fournisseurs londoniens pour se procurer certains ingrédients qui ne figurent pas forcément sur les étals des marchés de l'East Riding of Yorkshire.

Le 7 mai, le *Chipping Chronicle* peut ainsi annoncer que deux potages, l'un à la tête de veau en tortue et l'autre aux trois racines, ouvriront les agapes. Ils seront suivis d'un turbot sauce hollandaise et de filets de soles frits, après quoi viendront des kromeskys à la Toulouse (le journal précise qu'il s'agit d'une sauce d'accompagnement composée de quenelles, de foies de volaille passés au beurre, de têtes de champignons et de truffes coupées en tranches, de crêtes et de rognons de coq), un daim d'Écosse sauce venaison et des coqs de bruyère truffés, puis, après le fromage et les gaufrettes, on servira des fruits pochés avec des petits-fours glacés et une gelée au kirsch.

Les vins, un Johannisberg Kabinett 1874 et un Château Coutet marquis de Lur-Saluces 1861, ont été retenus chez Alfred Lamb, maison bien connue pour ses caves creusées sous la Tamise.

Le rédacteur de l'article fait remarquer que Jayson Flannery pousse le raffinement jusqu'à faire coïncider (enfin presque, parce que le daim d'Écosse sauce venaison, tout de même, ça jure un peu) la couleur générale des mets avec les tons de la toilette d'Emily.

La réception sera donnée dans la serre de Probity Hall. L'idée première de Jayson a été de louer les communs de Clampton Manor, une enfilade de salles aux murs de briques, voûtées à la manière d'un tunnel au fil duquel les invités auraient pu s'amuser à constituer de longues chenilles hilares.

En sa qualité de photographe, Jayson a assisté à des centaines de mariages et mesuré l'importance de ces farandoles improvisées qui, bien plus que les danses *face to face*, permettent aux timides et aux solitaires de faire la connaissance d'autres gens qui n'attendent d'eux aucune compétence ni grâce particulières – juste l'opportunité de pouvoir nouer leurs mains à d'autres mains, et de se laisser emporter en chantant *Come Write Me Down* ou *Strip the Willow*.

Mais le prix que réclament les Clampton pour louer leurs communs est très au-dessus des moyens dont dispose Flannery.

Débarrassée de ses attributs de studio de prises de vues, la serre de Probity Hall fournira une solution de remplacement tout à fait acceptable. Après s'être enroulées autour des tables, les farandoles pourront gagner le parc et s'étirer sur les herbages jusqu'aux rives de la Welland, avant de réintégrer la serre en ondulant entre les rangs de légumes du potager.

Au fur et à mesure qu'approche la date du mariage, le *Chipping Chronicle* multiplie les révélations.

La toute dernière concerne le cadeau de noces qu'offrira Jayson Flannery à sa jeune épouse.

Personne ne sait comment le journal a eu connaissance d'une information aussi intime et privée. C'est à croire que Flannery en personne renseigne la rédaction du *Chronicle* – et le fait est qu'il rédige lui-même les articles qu'il dépose, sans les signer, dans la boîte aux lettres du journal, un peu comme un corbeau de village pond ses lettres anonymes. Il espère ainsi garder le contrôle des commérages sur un événement qui, bien qu'Emily soit à la fois sa fille et sa fiancée, doit rester dans les limites de la bienséance à défaut de pouvoir l'être dans celles de la convention.

L'influence du *Chipping Chronicle* ne dépassant guère les frontières de l'East Riding of Yorkshire, Jayson compte bien que les journaux de Londres les plus racoleurs, tels le *Daily Mail* et le *News of the World*, n'auront jamais vent de son mariage. Lequel a d'ailleurs de grandes chances d'être éclipsé par l'imminence des noces de la petite-fille de la reine Victoria avec le prince héritier de la couronne de Suède – les présents, dont de nombreux colliers et tiares de diamants et de rubis, arrivent déjà au château de Windsor.

Le cadeau que Jayson destine à Emily est plus modeste, bien que sa facture se monte tout de même à plus de vingt-deux livres : une bicyclette New Rapid, modèle pour femme, issue des ateliers de la *St. George's Engineering* de Birmingham.

Ses roues, réputées les plus résistantes et les plus légères du marché, sont équipées des tout nouveaux pneus Dunlop, garantis treize mois (et non pas douze comme chez la plupart des autres firmes de pneumatiques) et coûtant cinquante shillings la paire. En plus du freinage arrière par rétropédalage, la New Rapid dispose d'un frein sur la roue avant commandé par une poignée au guidon. Elle est livrée avec une sonnette au timbre puissant, une lampe à acétylène du type *Tourist Confidence* accrochée sous le guidon, et une selle en cuir étudiée pour s'adapter à la morphologie du fessier d'Emily.

Jayson a d'abord pensé la lui offrir après l'avoir entièrement décorée de fleurs d'une extrême rareté (tels l'arum titan qui peut atteindre deux mètres de hauteur et dont un spécimen vient précisément de fleurir aux Jardins botaniques royaux de Kew, ou la rafflesia qui n'a ni tige, ni feuille, ni racine, ou encore la liane de jade), à l'exemple de ces spectateurs d'un théâtre de New York qui, en guise de corbeille de fleurs, ont fait porter à l'actrice qu'ils adulaient un vélocipède entièrement enrubanné d'orchidées. « Les fleurs passent, la bicyclette reste ! » se sont enthousiasmés les rédacteurs de *Cycling America*, la revue qui a rapporté l'anecdote. Mais l'arum titan et la rafflesia sont connus pour émettre une puanteur de viande pourrie ; la liane de jade n'a pas cet inconvénient, mais elle attire les chauves-souris.

S'il est prévisible que le Tout-Chippingham va s'esbaudir devant son cadeau, Jayson ne se fait guère d'illusion : fleurie ou non, une bicyclette est un pis-aller.

Car le rêve d'Emily, c'est un cheval.

– Jayson, lui a-t-elle dit un jour qu'ils longeaient côte à côte le cours de la Welland, j'ai nécessité d'un cheval.

Il a apprécié la tournure : elle aurait pu dire *je veux* un cheval, ce qui aurait disqualifié sa demande (tant qu'à faire, pourquoi ne pas taper du pied et souffler comme un chat contrarié ?), ou atténuer son exigence par un *j'ai envie*, mais cela aurait senti encore le caprice, voire un *j'ai besoin de* que Jayson aurait trouvé blessant car il s'efforce de deviner et de répondre à tous ses besoins avant même qu'elle ait conscience de les éprouver. Tandis que ce *J'ai nécessité* – quelle trouvaille ! pense-t-il – a une connotation d'urgence, d'impatience inexpliquée, qui l'a fait éclater de rire.

Ce qu'Emily a pris pour un consentement. Et dès lors elle a attendu son cheval, sans jamais plus le réclamer ouvertement mais en y faisant allusion comme à ces choses que la vie peut différer mais qui n'en sont pas moins incontournables ; et chaque jour elle se disait : ce sera pour aujourd'hui ; et elle croyait discerner des signes, des présages, jusque dans la forme des nuages où elle voyait des mustangs, des appaloosas, des paint horses.

Elle avait quatorze ans quand elle a fait cette demande. Le temps n'a pas émoussé son désir, mais il l'a apaisé. Elle ne s'éveille plus en se disant « ce sera pour aujourd'hui », mais « ce sera pour bientôt », avant de se satisfaire d'un « je ne sais pas quand, mais un jour j'aurai mon cheval ».

Possédant déjà une vieille jument d'attelage pour son cabriolet, Jayson juge peu raisonnable d'acheter, et surtout d'entretenir, un deuxième cheval, alors qu'un vélocipède, une fois payé, n'exige plus qu'un peu d'huile de vaseline sur ses rouages, de l'huile de pied de bœuf sur le cuir de sa selle, et une dissolution pour réparer les pneus percés ou fendus.

Il craint aussi que des galops à travers la campagne (car ce n'est pas pour aller trottiner dans les rues de Hull qu'Emily réclame un cheval) ne réveillent chez la jeune fille le souvenir de la lointaine petite enfance qu'il s'est efforcé de lui faire oublier.

Elle ne court plus se cacher (introuvable pendant des heures, parfois jusque tard après la tombée du jour), effrayée par les coups de fusil des chasseurs poursuivant les renards jusqu'aux limites du parc, elle n'a plus cette phobie de la neige qu'elle manifestait les premières années, au point qu'il fallait, certains jours d'hiver, clouer des planches devant les fenêtres des pièces où elle vivait – Probity Hall, comme la plupart des demeures britanniques, n'ayant pas de volets. Si elle ne voyait pas la neige, Emily l'entendait glisser sur le toit, par grandes plaques s'effondrant avec un bruit mou ; et surtout, elle la flairait : elle reconnaissait son odeur piquante, accompagnée parfois d'étranges notes un peu résineuses – mais peut-être était-ce une illusion due au fait que la neige tenait plus longtemps sur les vastes raquettes des pins.

Elle n'a jamais évoqué Wounded Knee, ni l'église de Pine Ridge, mais Jayson sait qu'elle évite de partager ses chagrins et ses joies, sinon à travers des rituels collectifs – elle aime les fêtes qui se donnent à Chippingham, surtout les bals où elle tourbillonne en reprenant en chœur *Mr. Lanes Maggot*, ritournelle pleine d'entrain mais qu'elle peut aussi chanter de façon solennelle, lente et triste, ou les funérailles auxquelles elle se rend sans y avoir été formellement invitée, s'y préparant néanmoins avec la même fébrilité que pour les bals, alourdissant son chapeau de fleurs sombres, dahlias presque noirs, violettes parme, lilas mauves, ou de grappes de petites baies violâtres quand la saison des fleurs est passée. Même si le mort ne lui était rien, ce qui est presque toujours le cas, elle est la dernière à quitter le cimetière, chantonnant son *Mr. Lanes Maggot* près de la tombe que Gus Rossford, le cantonnier, finit de combler.

Jayson pense que si la bicyclette ne permet pas de caracoler à travers champs et sous-bois, elle se chevauche et se guide un peu comme un cheval : d'une pression des pieds sur les pédales, Emily pourra lancer sa monture mécanique à la vitesse d'un cheval au galop (le *Chipping Chronicle* n'a-t-il pas publié un dessin de Thomas Worth montrant un vélocipède de 1878 dépassant un pur-sang qui court pourtant ventre à terre ?) ou bien la faire évoluer gracieusement en agissant sur le guidon comme le cavalier sur les rênes ; et bien qu'une bicyclette ne soit pas expressément prévue pour sauter des haies, Jayson se rappelle avoir photographié, pour le compte du *Hull and East Riding Cycling Club*, une des premières compétitions de cross-country cyclo-pédestre[1], et il revoit les coureurs foncer sur des bosses herbues dont ils se servaient comme de tremplins pour s'envoler par-dessus les ravins boueux.

---

1. Ainsi appelait-on ce qui allait devenir le cyclo-cross.

4

Emily reçoit sa bicyclette quinze jours avant son mariage.

Jayson a calculé qu'il lui faudrait bien ça pour apprendre à se jucher gracieusement sur la selle et à en redescendre, à rouler sans perdre l'équilibre, à freiner sans qu'un arrêt trop brusque ne la propulse par-dessus le guidon.

Désirant plus que tout qu'Emily ne se sente contrainte en rien par le mariage, Jayson espère qu'elle sera en mesure, et cela dès le lendemain des noces, de profiter de la liberté nouvelle que la bicyclette va lui octroyer.

C'est le soir, on a soupé d'un potage de pois cassés aux lardons, d'une omelette au cerfeuil, d'une salade de bœuf sauce gravy, de groseilles et de fromage de Stilton.

Puis Mrs. Brook a apporté et déposé au milieu du salon la « chose » enveloppée de papier bis, chapeautée et flanquée de grosses fleurs en ruban rouge.

Emily procède au déballage, détaillant l'engin avec une circonspection accrue au fur et à mesure qu'elle l'extrait de sa gangue de papier. Elle ne devine pas tout de suite de quoi il s'agit, tant l'idée d'une bicyclette lui est étrangère.

La maigreur extrême de la machine lui donne l'impression qu'elle va enfourcher un squelette de cheval.

Mrs. Brook tenant fermement la bicyclette par le guidon et coinçant la roue avant entre ses cuisses, Emily grimpe dessus pour la première fois.

– Veuillez positionner la pédale droite aux deux tiers de la hauteur maximale, mistress Brook, je vous prie, indique Jayson. Emily, pose le pied sur cette pédale. Mistress Brook, préparez-vous à lâcher la bicyclette. À présent, Emily, projette légèrement ton corps en avant tout en appuyant sur la pédale haute. Lâchez tout, mistress Brook ! Et maintenant, Emily, vois-tu que la pédale droite descend et que la gauche remonte ? Sommes-nous d'accord, jeune fille ?

– Nous le sommes, dit-elle d'une voix mal assurée.

Elle mouille ses lèvres d'un coup de langue. Son teint rosit. La première impulsion qu'elle lui donne propulse sa machine d'une trentaine de pieds[1], la faisant passer du milieu de la salle à manger à l'entrée du corridor qui mène à l'office. Ce n'est presque rien, mais tout de même assez pour que l'air de la course anime sa chevelure.

– Ne t'assieds pas encore, dit Jayson. Pose ton pied gauche sur la pédale basse qui est devenue pédale haute, et relance ta bicyclette d'un demi-tour de pédalage. Cela devrait te permettre de franchir cette fois une soixantaine de pieds[2].

– Prodige ! s'exclame Mrs. Brook en se hâtant d'ouvrir la porte qui, au bout du corridor, dessert la cuisine, et contre laquelle se précipitent Emily et sa bicyclette noire.

– Tu peux maintenant t'asseoir. Garde le buste bien droit, regarde loin devant toi, et dis-toi qu'aussi longtemps que la bicyclette est en mouvement, ton équilibre est assuré.

Les Dunlop chuintant sur les dalles de schiste bleu, Emily longe les vitrines encastrées où Florence a rassemblé les pièces de faïence et de porcelaine collectées au fil de ses tournées d'escapologiste, céramiques de Naha, émaux de Longwy, porcelaines de Meissen, d'Imari, de Lomonosov ou Wedgwood, rarissimes hispano-mauresques et majoliques italiennes, et que Jayson ne veut pas qu'on sorte de leurs armoires, même

---

1. Près de dix mètres (précisément 9,14 m).
2. Près de vingt mètres (précisément 18,28 m).

dans des circonstances exceptionnelles, de peur qu'on ne les brise, et avec elles un des derniers liens physiques qui le rattachent à sa femme morte – il lui arrivait de se lever la nuit pour dresser une table magnifique sur une nappe en pur fil de lin avec insertion de carré brodé à la Richelieu, et d'inviter Florence à tremper quelques biscuits dans un verre de sherry. Vers la fin, bien sûr, elle était trop malade pour émietter ses biscuits, elle ne touchait pas au sherry, ne dépliait pas sa serviette, mais Jayson ne s'en offusquait pas : il lui croquait ses biscuits, lui buvait son sherry, rêvant qu'il avait dans sa bouche à lui le goût nocturne de sa bouche à elle.

À peu près aux deux tiers du corridor, la bicyclette ralentit et se met à tanguer. Certaine que sa chute est inévitable, qu'elle va cogner de l'épaule (au mieux) ou de la tête (au pire) contre une des vitrines sacrées, la fracassant et ruinant toutes les splendeurs qu'elle contient, Emily allonge les jambes dans l'espoir de reprendre contact avec le sol.

– Ne pose pas le pied par terre, lui crie Jayson. Continue de rouler, même à toute petite vitesse. Tu ne tomberas pas.

Elle ramène les pieds sur les pédales, raidit le buste et se laisse emporter. La bicyclette tressaute en franchissant la saignée d'évacuation des eaux qui, telle une petite douve, délimite le territoire de la cuisine. Juste après, dans l'axe de sa roue avant, Emily voit une table au plateau massif surchargé de préparations diverses. Hésitant entre freiner et tourner, et ne sachant de toute façon exécuter aucune des deux manœuvres, elle renonce à tenter quoi que ce soit et se prépare au choc, s'attendant à passer par-dessus son guidon. Elle s'efforce de deviner ce que contiennent les bassines, soupières et autres marmites, dans lesquelles elle va piquer du nez. Elle éprouve une bouffée de honte à la pensée d'offrir, en se relevant, un visage barbouillé de chairs grasses, de fragments de légumes, de sauces gluantes.

– Virage ! hurle Jayson. Virage tout de suite ! Tourne !

– De quel côté ?

Elle se sent aussi incapable d'aller à droite qu'à gauche, mais elle ne veut surtout pas le contrarier.

– Aucune importance. Mais contourne la table. Agis sur le guidon comme sur les rênes d'un cheval : tu tires d'un côté, tu relâches de l'autre, et la machine tourne.

Emily ramène d'instinct son bras droit vers sa poitrine, entraînant le guidon qui fait pivoter la roue. S'inclinant doucement sur le côté, la bicyclette et sa cavalière tournent alors sur la droite. Elles courent ainsi jusqu'au coin de la table.

– Même manœuvre, mais inversée, prescrit Jayson.

Emily rend la main à droite, ce qui incline cette fois la bicyclette sur sa gauche et lui fait éviter de justesse l'angle de la table.

Glissant sur la selle dont le bec mal verrouillé a tendance à piquer, elle tente de redresser son assise en prenant appui sur ses pieds, ce qui lui fait peser sur les pédales. La machine accélère. Voyant qu'elle prend de la vitesse, Jayson veut qu'elle ralentisse – de toute façon, il faudra bien qu'un jour elle apprenne à freiner.

– Rétropédalage, ordonne-t-il.
– C'est-à-dire ?...
– Pédale à l'envers.

Le rétropédalage, pense-t-il, n'aura pas la même brutalité que s'il lui demande de serrer la poignée du frein avant. Mais les jambes d'Emily sont en train d'acquérir un automatisme que la jeune fille n'ose briser : elle continue de pédaler d'arrière en avant, et sa vitesse redouble.

Elle effectue ainsi une dizaine de révolutions autour de la table.

Elle voit les mets et les ustensiles tourner de plus en plus vite, au point de se confondre dans un vertigineux filage d'images floues.

Tout en décrivant des orbes chaque fois plus rapides, elle essaie de stabiliser sa vision afin de repérer une issue dans laquelle elle pourra s'engager pour échapper à cette sensation d'être devenue une girouette tournant folle sur son axe.

Mais la seule ligne droite accessible est le couloir aux porcelaines, et Jayson se tient à l'orée de ce couloir, faisant de grands gestes et lui intimant l'ordre de s'arrêter.

La solution vient de Mrs. Brook : craignant d'être percutée, renversée et mutilée par l'apprentie cycliste, la gouvernante a la présence d'esprit d'ouvrir la porte de service donnant sur la cour arrière, et de s'enfuir par là.

La bicyclette s'y engage à sa suite, comme si elle la poursuivait, en émettant un bruit de grelot ininterrompu – Emily vient de découvrir l'usage de la sonnette.

Au bout de la cour, entre deux bornes de granit, se trouve une barrière à contrepoids, du genre de celles des passages à niveau. Jayson, qui aime les trains et tout ce qui s'y rattache, l'a achetée lorsque la *Hull and Barnsley Railway* a mis aux enchères une partie de son matériel de voirie. À cause de l'inertie des contrepoids, la manœuvre de cette barrière requiert un peu plus de temps que s'il s'agissait d'ouvrir et de refermer derrière soi une simple porte à vaches. Pressée de retourner au chevet de son mari malade (Dieu sait à quelles nouvelles nuisances il a pu se livrer durant son absence – « Il finira par mettre le feu, a prévenu le Dr Lefferts. Il va falloir vous résoudre à l'attacher quand vous irez travailler »), Mrs. Brook lève la barrière pour sortir, omettant de la rabaisser derrière elle.

Dès lors, rien ne s'oppose plus à ce qu'Emily et sa bicyclette déboulent sur le chemin de terre battue qui, par Harland Way, rejoint le moulin à vent de Skidby et les saignées crayeuses de Little Weighton.

Dans la descente après le cimetière, les pédales se mettent à tourner trop vite pour les jambes d'Emily. Celle-ci écarte les pieds et laisse la machine filer et se nourrir de sa propre vitesse.

Le vent apparent force la jeune fille à respirer la bouche ouverte. L'air frais qui gonfle ses joues, assèche sa langue et sa gorge, lui rappelle une longue course dans la neige, quelqu'un la tenait par les chevilles, tête en bas, la secouant comme un légume qu'on vient d'arracher à la terre.

Le revêtement caillouteux qui fait sautiller la bicyclette ravive le souvenir d'autres fuites, de chevauchées dans la nuit, bébé emmailloté dans des peaux odorantes, des fourrures brunes, la petite lune de son visage dépassant seule de la chrysalide, et la main d'une femme (sa mère ? elle ne se souvient pas de ses traits, ni de son odeur, pas même de son nom, juste de sa main ouverte pour protéger ses lèvres qu'elle ne parvenait pas à garder serrées, ses narines, du vent asphyxiant de la galopade).

Bien que rapide, la dévalée sur le moulin de Skidby lui semble d'un calme merveilleux, comme si elle était immobile et que ce fût le paysage qui défilait de part et d'autre de la bicyclette à la façon d'une toile peinte.

En entrant dans Little Weighton, elle voit des volailles au milieu de la chaussée. Elle actionne frénétiquement sa sonnette. Les volatiles s'éparpillent. L'un d'entre eux, le cou tendu, vient heurter la roue avant. Quelques gouttes de sang éclaboussent un des gants d'Emily. Elle entend qu'on court derrière elle. Un homme en sabots, devine-t-elle au bruit de claquettes qu'il produit à chaque enjambée. Il la somme de mettre pied à terre et de payer le préjudice, mais elle n'est pas assez sûre de la méthode à employer pour s'arrêter sans tomber.

– Voyez Jayson Flannery, Probity Hall, Chippingham, crie-t-elle à son poursuivant. C'est un homme généreux.

Elle roule ainsi deux ou trois heures.

Avec des dénivelés n'excédant guère une vingtaine de mètres, le relief n'est pas particulièrement houleux, mais les faux plats qui s'enchaînent suffisent à la bicyclette pour progresser de façon presque autonome, ralentissant dans des montées qui ne sont pas assez prononcées pour la faire tanguer, flageoler et tomber sur le flanc, puis reprenant de l'élan dans des pentes qui restent assez douces pour ne pas désarçonner sa cavalière.

Lorsque le terrain devient tout à fait plat, Emily repositionne ses pieds sur les pédales et relance sa machine.

Elle aime la vitesse qui pose sur son front et ses

yeux comme une compresse fraîche qui s'accorde avec le vert encore acidulé des feuillages printaniers.

Le brimbalement de la bicyclette, le cliquetis de ses pièces métalliques, empêchent la jeune fille d'entendre pépier les oiseaux, mais elle les voit s'envoler, comme soulevés au-dessus des champs par le bruit de moulinage du pédalier, certains coupant sa trajectoire de si près, et si résolument, qu'elle ne peut s'empêcher de baisser la tête et de fermer les yeux.

Filant la bouche ouverte, elle gobe quelques insectes inoffensifs.

C'est en passant le pont enjambant la Lownes qu'Emily prend conscience d'être loin de Chippingham.

Les pierres de la pile centrale – celle qui, plongeant dans la rivière, supporte le tablier en le marquant d'un dos d'âne plutôt raide et cassant – ont déjà cette coloration violine annonciatrice d'un crépuscule envahissant comme on n'en trouve qu'en Angleterre, phénomène redouté des femmes de chambre qui croient soudain voir oreillers et draps blancs s'imprégner d'une laide couleur de quetsche, et aussi des amateurs de sherry qui, pour éviter que leur nectar préféré ne donne l'impression d'avoir viré au jus d'aubergine, s'écartent alors précipitamment des fenêtres offrant sur le jardin (pourtant le poste le plus agréable pour savourer un verre de sherry, surtout si le jardin comporte des topiaires dont les tonalités bronze s'accordent à merveille avec le mordoré du vin).

La Lownes elle-même, rivière insignifiante, se creuse de trous noirs. Les roseaux qui la bordent deviennent plus épais et plus sombres d'instant en instant.

Emily estime qu'il lui faudra au moins trois heures pour rejoindre Chippingham. À condition de n'être pas attaquée par un chien, à condition aussi que les Dunlop de la bicyclette résistent aux échardes et aux cailloux acérés, à condition surtout de ne pas s'égarer au milieu de l'inextricable lacis des chemins de terre sinuant à travers champs.

Pour la première fois depuis le début de son escapade, elle met pied à terre pour allumer la lanterne de sa bicyclette.

Dans un ruisseau qui doit être un capillaire de la Lownes, Emily puise de quoi noyer généreusement les galets de carbure de calcium disposés dans le réservoir de la *Tourist Confidence*. Elle sait devoir attendre que la réaction entre l'eau et le carbure produise une pression suffisante pour que le gaz commence à fuser, mais elle ignore combien de temps cela prendra ; Jayson a bien dû le lui dire à un moment ou à un autre, mais elle n'y a pas prêté attention, trop occupée à ruminer sa déception de recevoir une bicyclette au lieu du cheval tant espéré – les chevaux, eux, n'ont pas besoin de lanternes, Emily se rappelle comme ils galopent dans la nuit, sautant les obstacles avec la même aisance qu'en plein soleil.

Un animal, sans doute un blaireau, effrayé par le bruit de la bicyclette qui vient de tomber sur le flanc, se faufile dans un bouquet de sureaux, laissant derrière lui une odeur musquée qu'Emily prend pour celle de l'acétylène. Du coup, elle bat un briquet qu'elle approche du bec de la lanterne. Une flamme encore courte et timide, d'un bleu très dense, se met à sautiller. Puis le bleu s'éclaircit au fur et à mesure que s'équilibre la proportion d'air et d'acétylène, jusqu'à ce que la flamme soit tout à fait blanche. Dissimulé dans les sureaux, le blaireau renifle bruyamment, puis émet des sortes de chevrotements assourdis. La jeune femme le salue avec respect, remonte sur sa bicyclette et pédale aussi vite qu'elle peut.

À peine la New Rapid s'est-elle mise à tressauter sur les pavés disjoints de Chippingham qu'Emily aperçoit plusieurs lueurs qui se déplacent dans la nuit.

C'est Jayson qui vient à sa rencontre, accompagné de quelques hommes qu'il a enrôlés pour l'aider à la rechercher.

Horace Tredwell est parmi eux, ainsi que Spriggs avec son air de furet – et Emily se fait la remarque qu'il en a également l'odeur –, l'épicier Chamberlain est là lui aussi, et John Gallagher, et le révérend Agathurst qui ferme la marche, essayant tant bien que mal de protéger du vent le chandelier d'église dont il s'est stupidement équipé.

– Vous feriez mieux de descendre de cette machine, miss O'Carrick, dit Tredwell. Ce n'est certes pas un passe-temps digne d'une jeune personne qui sera mariée dans quinze jours. Si du moins rien ne vient faire obstacle à cette union, ajoute-t-il en orientant le faisceau de sa lanterne vers le révérend qui, souffrant d'une insuffisance hépatique, a le teint presque aussi jaune que le rayon lumineux dont Tredwell l'aveugle.

Sa couleur de peau n'est pas la seule singularité d'Agathurst : il n'est pas laid, non, du moins pas d'une laideur à faire baisser les yeux, mais il a un physique où rien ne va avec rien – il est en quelque sorte dépareillé. Son nez, long et d'une finesse de lame, retombe sur une bouche au contraire si charnue et si épanouie que la lèvre supérieure se retrousse contre ses narines, son oreille gauche est grande et décollée (la rumeur voulait qu'Agathurst, lorsqu'il était enfant, ait reçu à lui seul plus de gifles, et toutes du même côté gauche, que l'ensemble des autres enfants de Chippingham), tandis que l'oreille droite est petite et plate, et il en va ainsi de toute sa personne, jusqu'à ses orteils, ceux du pied droit rebiquant avec arrogance sous la voûte de la chaussure, ceux du pied gauche recroquevillés et se chevauchant les uns les autres comme s'ils cherchaient à disparaître sous la semelle.

– Je compte sur vous pour ne pas oublier la question rituelle, révérend.

– La question ? Quelle question ?

– Allons, fait Tredwell en levant les épaules, vous le savez aussi bien que moi.

Le faisceau jaune quitte le visage du clergyman pour venir se poser sur celui d'Emily.

– Si quelqu'un a une raison de s'opposer à ce mariage, récite le constable en dévisageant la jeune fille, qu'il parle maintenant ou qu'il se taise à jamais…

Ce soir-là, Jayson s'occupe d'elle comme s'il avait failli la perdre, et comme si cette perte lui était imputable, à lui qui a eu l'imprudence de lui offrir une bicyclette.

Il ne lui vient pas à l'esprit qu'Emily ait pu prendre un si grand plaisir à rouler dans la campagne qu'elle en a perdu la notion du temps et de l'espace la séparant de Probity Hall.

Aux yeux de Jayson Flannery, Emily incarne l'innocence, presque la perfection, elle ne peut être coupable de rien.

Il la réconforte de deux verres de sherry avec jaune d'œuf battu – elle renverse la moitié du premier à cause de ses mains qui, tétanisées d'avoir été comme soudées au guidon de la New Rapid, tremblent de façon incoercible à présent que le sang les irrigue à nouveau et que leurs articulations retrouvent leur souplesse.

Puis, lui enlaçant la taille comme s'il s'apprêtait à la faire danser, il l'entraîne vers la chambre qu'elle continuera d'occuper jusqu'à leur nuit de noces.

Tandis qu'elle finit de laver son visage où la poussière des chemins a laissé des plaques grises, il ranime le feu dans la cheminée et renouvelle les braises dans la bassinoire avec laquelle il entreprend de réchauffer le lit.

Emily s'en approche avec une lenteur inaccoutumée, s'assied sur le rebord. Elle se penche en avant et, appliquant ses mains sur ses tibias, esquisse le geste de se masser les jambes.

– Tes mollets te font souffrir, croit deviner Jayson. Il fallait s'y attendre avec ce que tu leur as infligé aujourd'hui. Et remercions le ciel que tu ne sois pas tombée !

Elle lui sourit, les yeux mi-clos, à la manière des chats quand ils ressentent du bien-être. Elle lance ses jambes de côté, ce qui a pour effet de faire pivoter son fessier de quatre-vingt-dix degrés et d'orienter son corps dans le sens du lit.

Elle gémit.

– Tu as mal ? s'inquiète Jayson.

– Non, dit-elle, pas du tout.

– Mais tu as gémi.

– C'était un soupir d'aise. À l'idée de m'étendre et de me détendre.

Ses épaules et son dos s'abaissent jusqu'à toucher le drap, alors elle ramasse ses jambes sur son ventre, soulève des deux mains le rabat du drap et de la couverture, puis lance brusquement ses jambes pour les enfourner dans cette sorte de tente qu'elle vient de dresser et qu'elle laisse s'affaisser aussitôt que son corps est blotti dans sa tiédeur.

Elle étale ses cheveux noirs sur l'oreiller, elle regarde Jayson, lui sourit :

– C'était merveilleux. Ne t'en fais pas. Avec le temps, mon corps s'habituera.

En se penchant sur elle pour l'embrasser, il ne peut s'empêcher d'effleurer ses seins à travers le drap.

Elle a un sursaut, un rire, elle se retourne vivement sur le ventre.

Jayson songe qu'il a été son père à l'âge où il aurait pu être son mari, et que le voilà son mari à l'âge où il devrait être son père.

5

Pierres grises et grès chamois, charpente à blochets saillants, Sainte-Marie-Madeleine-in-the-Fields, l'église de Chippingham, est réputée dater du seizième siècle.

Mais trois vitraux dont les traverses supérieures relèvent indiscutablement du dixième siècle anglo-saxon jettent le doute, entretenant une âpre (mais ô combien délicieuse) querelle parmi les érudits locaux. Selon le clan auquel on se rattache, on prend place parmi les papillons de lumière multicolore qu'éparpillent les trois vitraux représentant des anges conduisant des élus vers les délices du paradis, ou dans la partie plus sombre de l'église, là où l'on ne peut déchiffrer le livre de chants qu'en l'orientant vers le buisson lumineux des cierges votifs.

Comme c'était prévisible, le mariage de Jayson Flannery et de sa fille adoptive attire le ban et l'arrière-ban de la société de Chippingham et des environs. On recense même, sur le pré de l'ancien cimetière où ont été inhumées plusieurs générations d'habitants (on peut encore trébucher sur une pierre tombale datant de 1618) jusqu'à ce qu'il soit désaffecté pour cause d'émanations méphitiques, la présence d'une dizaine de voitures automobiles, presque toutes venues de Londres, dont une somptueuse Daimler décapotable aux banquettes de cuir rouge ; certains conducteurs se sont d'ailleurs proposés pour reconduire les mariés à Probity Hall à l'issue de la cérémonie, mais Emily a refusé : ce serait trahir le cheval de noces, l'andalou à la robe grise porte-bonheur que Jayson a loué et attelé à une calèche pour les mener jusqu'à l'église.

Tout le monde s'est extasié sur la décoration de cette calèche, sur ces feuillages si frais, ces rubans, ces gros nœuds de tulle piquetés de fleurs printanières, épervières, clochettes de muscari, potentilles, campanules, nielles des blés, dommage que les muguets soient en retard cette année-là, pensées des champs, pâquerettes, oxalis, trientales – mais qui a pris le temps de s'arrêter un instant devant la tête du cheval pour croiser son regard rond et doux ? Les gens n'en ont que pour les automobiles qui jettent des taches arrogantes de rouge, de bleu, de jaune, au milieu des tombes écroulées.

Emily se reconnaît pourtant dans ce cheval né quasiment noir et qui se retrouve à présent presque blanc. Elle a adoré voir se tortiller son cul pommelé tandis qu'il trottinait vers Sainte-Marie-Madeleine à travers les rues de Chippingham. Elle a alors compris, admis, et pour ainsi dire reçu comme un hommage, que des hommes tels que John Gallagher, Spriggs-le-furet, le vieux Brigstock et tant d'autres, prennent plaisir à regarder ondoyer, gigoter, frétiller, vibrionner ses fesses à elle – elle imagine par avance comme ils vont trépigner, applaudir, siffler, jubiler quand ils la verront tout à l'heure danser à sa façon, la façon des Sioux, *The Shepards Crook* ou *Sally in Our Alley*.

Ils ont raison, les hommes : il n'y a rien de plus beau que la chair d'une femme en mouvement.

C'est à cause de cette beauté-là que Jayson est tombé amoureux des contorsions magnifiques de Florence quand elle triomphait de ses liens, et c'est sa rigidité soudaine qui l'a foudroyé, quand elle est morte.

Quand la chair ne tressaille même plus sous l'effet de la douleur, et Dieu sait que Florence avait souffert dans les derniers temps, alors elle devient froide, livide avec des marbrures, et elle se met à sentir mauvais.

Cette odeur écœurante, douceâtre, est aussi le dernier souvenir qu'Emily garde de son peuple tassé sous la laine humide et fumante des couvertures, dans l'église de Pine Ridge.

On ne savait plus qui avait succombé à ses

blessures, qui s'accrochait encore à la vie. La nuit qui avait suivi le massacre, des Lakotas vivants tombaient des bancs trop étroits où on les avait allongés et ils écrasaient des Lakotas mourants qu'on avait posés par terre faute de place. On avait vu une énorme femme s'effondrer d'abord sur un vieillard dont elle avait fait craquer les os comme s'il se fût agi d'une punaise, d'un cafard, puis elle avait continué à rouler, entraînée par sa propre masse, laissant derrière elle une trace visqueuse, rougeâtre, et elle avait écrasé le corps frêle d'une jeune fille.

La haine qu'Emily éprouve pour la mort est impossible à dire, vraiment.

L'affluence dans l'église est telle, les invités si agglutinés les uns contre les autres, l'odeur des fleurs blanches si capiteuse, que trois femmes s'évanouissent et qu'un petit garçon, Billy Maydwell, est pris de convulsions ; mais le Dr Lefferts rassure ses parents : il ne peut s'agir d'épilepsie, laquelle, à sa connaissance du moins, n'a jamais été provoquée par l'odeur des lys ni par le fait d'être compressés sur des bancs de chêne.

Tandis que l'église continue de se remplir, le révérend Agathurst confère sur le parvis avec Amalia Pickridge et Margot Dobson, deux de ses Petites Dames que Jayson a sollicitées pour servir de demoiselles d'honneur à Emily.

Elles ont accepté avec empressement, ravies de

se voir offrir ce rôle de composition pour lequel elles vont devoir donner l'illusion d'être plus jeunes d'un demi-siècle au moins. À cet effet, elles se sont acheté des rubans de satin pâle, des fards roses, des postiches dits « coiffure à l'ange », des ombrelles aux pommeaux avec inclusions de nacre, elles se sont parfumées à l'eau de cédrat.

— L'usage, est en train de leur expliquer Agathurst, veut que la future mariée entre dans l'église au bras de son père. Sauf que mister Flannery ne peut pas être à la fois le père qui conduit sa fille à l'autel, et le fiancé qui, à ce même autel, attend qu'on lui amène sa promise.

— Ça m'avait effleurée en montant dans le train à King's Cross, avoue miss Dobson. Et ça n'a cessé de me préoccuper jusqu'à ce qu'un gentil steward — je crois que c'était après l'arrêt à Doncaster — nous distribue des sandwichs au concombre. Je me suis fait la remarque qu'il semblait y avoir deux sandwichs par voyageur, ce qui pouvait sembler généreux de la part de la compagnie, mais à y mieux regarder j'ai constaté que ces sandwichs étaient triangulaires, et donc que chacun ne représentait en réalité que la moitié d'une tranche de pain de mie carrée. J'ai alors cherché dans quels termes je pouvais écrire à la compagnie pour lui exprimer mon étonnement devant cette façon d'embrouiller ses clients, et la question de savoir si Jayson Flannery pouvait ou non conduire à l'autel celle qui était à la fois sa fille et sa fiancée m'est complètement sortie de l'esprit. Cela dit, révérend, j'imagine que ce n'est pas la première fois que vous allez marier une jeune fille qui n'a pas de père ?

– Certes non, miss Dobson. Mais d'habitude, on pallie l'absence du père en faisant appel à un autre membre de sa famille. Le plus souvent un oncle, ou bien un cousin, même s'il ne l'est que par alliance. Enfin, il se trouve toujours quelqu'un. Sauf dans le cas de miss O'Carrick puisque, aussi déconcertant que cela soit, la pauvre enfant n'a apparemment plus personne.

– Taratata, dit Tredwell qui s'apprête à entrer dans l'église et finit d'enfiler la chasuble en satin jaune qui distingue les membres de la chorale de Sainte-Marie-Madeleine-in-the-Fields dont il fait partie. Je veux bien admettre qu'elle n'ait aucune famille ici, à Chippingham. Mais là-bas d'où elle vient, dans son Irlande des pommes de terre pourries, impossible qu'elle n'ait personne. Ces gens-là se reproduisent comme des lapins, c'est bien connu.

– À supposer que vous ayez raison, fait Agathurst, combien faudrait-il de temps pour rallier le port irlandais le plus proche ?

Si le constable fuit les voyages, il n'en tient pas moins un inventaire précis, quotidiennement réajusté, de tous les itinéraires, distances et horaires, des divers moyens de transport du Royaume-Uni. Le trafic des barges sur le

Bridgewater Canal ou celui des *narrow boats*[1] sur le Shropshire Union Canal n'ont pas de secrets pour lui. Il s'informe tout aussi scrupuleusement de ce qui se passe au-delà des frontières, et suit de très près les efforts du comte allemand von Zeppelin qui, après un premier échec, s'apprête à faire voler un deuxième ballon dirigeable au-dessus du lac de Constance.

– Eh bien, répond-il sans hésiter, je compte une heure pour rejoindre Hull en calèche, cinq heures de train de Hull à Liverpool, puis neuf heures pour traverser la mer d'Irlande, soit quinze heures, à condition évidemment de trouver le Hull-Liverpool à quai et sous pression, et la malle-poste de Dublin prête à appareiller.

– Après quoi il faudrait encore se rendre à Skibbereen, tout au sud de l'Irlande, d'où est originaire la famille d'Emily.

Tredwell confirme, précisant que la ligne à emprunter serait alors celle de Cork passant par Kildare, Ballybrophy, Limerick Junction et Mallow, qui est réputée pour sa ponctualité.

– Je suis moi aussi ponctuel, gronde le révérend Agathurst, et je vous préviens que je commencerai la célébration dans dix minutes au plus tard, en espérant que, d'une façon ou d'une autre, la mariée aura fait son entrée dans l'église.

---

1. Navires étroits adaptés à la navigation sur les canaux britanniques dont la largeur est souvent très réduite.

C'est alors qu'Amalia Pickridge a une idée.

– Puisque Emily a été adoptée par les gens d'ici comme elle l'a été par Jayson, et qu'elle fait donc désormais partie des enfants de Chippingham, pourquoi ne serait-elle pas conduite à l'autel par celui qui, symboliquement, est un peu le grand frère des citoyens de cette ville ?

– De quel grand frère voulez-vous donc parler ? demande Agathurst.

– Mais du constable Tredwell, bien sûr ! triomphe miss Pickridge.

Après s'être demandé s'il descendrait l'allée centrale vêtu de sa chasuble jaune de membre de la chorale ou bien de son uniforme de constable de la police de Chippingham, et opté pour la première solution qui aura l'avantage de dissimuler la tache qu'il a faite sur son uniforme en mordant dans une saucisse de Cambridge un peu trop juteuse, Horace Tredwell offre son bras à Emily.

Et comme résonnent les premières notes de *Bohemia* de Dvořák (Jayson a jugé ce morceau mieux adapté aux origines exotiques de sa future femme, sans pour autant les dévoiler, que la *Marche nuptiale* de Mendelssohn), Margot Dobson et Amalia Pickridge, prenant place trois pas derrière Emily, soulèvent délicatement, entre le pouce et l'index, sa traîne en dentelle de Battenberg.

D'après les répétitions, il faut à peine plus de trois minutes à Emily pour atteindre l'autel au pied duquel l'attendra Jayson. Mais elle n'a pas besoin de tout ce temps pour régler le problème que risque de poser Tredwell.

– Constable, murmure-t-elle (elle a hésité : comment doit-elle l'appeler ? Mister Tredwell est un peu guindé, Horace trop familier, constable lui confère une sorte de respectabilité – non ?), je vous remercie d'avoir accepté de m'escorter. J'imagine que vous avez dû vous faire violence pour vous afficher ainsi avec moi.

– Je ne pouvais décemment pas vous laisser descendre la nef toute seule, miss O'Carrick. Je connais la population, ça aurait soulevé une belle indignation.

Bien que la tradition veuille que celui qui conduit la mariée à l'autel regarde droit devant lui sans jamais se laisser distraire par quoi que ce soit, Tredwell ne peut s'empêcher de se tourner vers Emily et de lui adresser un sourire protecteur.

– J'espère que ce n'est pas pour m'infliger pire encore, chuchote-t-elle.

– Que voulez-vous dire ?

– Lorsque le révérend demandera si quelqu'un a un motif de s'opposer à mon mariage, n'allez-vous pas vous dresser et vous écrier que oui, vous avez un motif ?

– Un motif, miss O'Carrick ? De quel motif voulez-vous parler ?

– Eh bien, je suppose que le fait qu'un des futurs époux se présente sous une fausse identité suffit à rendre le mariage impossible. Du moins jusqu'à ce que la vérité soit rétablie...

Il continue de lui sourire, mais son sourire s'est figé comme celui des personnes que Jayson supplie de garder la pose devant son objectif.

– ... et vous savez parfaitement que je ne m'appelle pas Emily O'Carrick.

Il laisse échapper un très long soupir de soulagement.

– Pour ça, miss O'Carrick, il y a longtemps que je m'en doute.

– Et que je ne suis pas irlandaise.

– C'est l'évidence même.

– En fait, je ne suis pas née en Europe.

– Vous êtes américaine, je sais, je l'ai tout de suite deviné. À votre façon de sauter par-dessus les flaques d'eau.

Elle écarquille les yeux, fronce les sourcils, arrondit ses lèvres pour former un oh ! de stupéfaction.

– Parce que les Américains ont une façon particulière de sauter par-dessus les flaques d'eau ?

– Nous autres, Britanniques, préférons les contourner pour épargner nos souliers. Les Français marchent carrément dedans. Les Italiens prennent le temps d'y contempler leur reflet. Les Américains sautent par-dessus avec enthousiasme. Elle ne peut s'empêcher de rire.

– Je n'ai cessé de vous observer, ajoute Tredwell. À titre professionnel, comprenez-vous ? Mais laissons cela. Ce que je crois, c'est que mister Flannery vous aura trouvée endormie dans une encoignure de porte, ou faisant la queue avec d'autres misérables au seuil d'un hospice. Les livres de Dickens sont pleins de petites créatures comme vous. Je suis allé entendre ce Dickens un soir à Hull, à la Grammar School, c'était épatant, il y avait tellement de monde que certains auditeurs étaient grimpés sur les lustres. Tant et si bien qu'un des lustres s'est descellé du plafond, et que ceux qui le montaient se sont flanqués par terre. Il y a eu deux ou trois jambes cassées. Les blessés poussaient des cris déchirants, mais la salle leur intimait l'ordre de se taire, ou du moins d'attendre que mister Dickens soit parvenu au terme de son chapitre.

– Autrefois, dit Emily, mon nom était Ehawee.

– Ça sonne très américain, apprécie Tredwell.

– Sauf que c'est un peu plus compliqué que ça. Ehawee est un nom lakota.

– Lakota ?...

– Sioux, si vous préférez.

Le constable la dévisage sans comprendre.

– Vous voulez dire que vous êtes comme ces filles exhibées par Buffalo Bill ? J'ai vu son spectacle, le *Wild West Show*, lorsqu'il est venu à

Nottingham avec sa troupe. Il a fallu pas moins de trois trains pour emmener tout ce monde, les chevaux, les caisses d'accessoires, et huit cents personnes dont une centaine d'Indiens. Ceux-là, les gens du show nous encourageaient à les toucher, il paraît que ça faisait venir la chance. Mais je crois que c'est surtout aux Indiens que ça portait bonheur, parce qu'on ne manquait pas de leur donner quelques pennies en échange.

– Moi, fait remarquer Emily, vous me touchez sans que ça vous coûte rien.

Ils passent à cet instant devant la chaire sur les marches de laquelle sont perchés, comme sur les lignes d'une portée, les musiciens qui jouent *Bohemia*. Flûtes, cors anglais, clarinettes, trompettes et accordéon accélèrent légèrement la cadence, comme pour encourager Emily.

Miss Pickridge salue à droite, miss Dobson à gauche. Impressionnée par tant de beauté, la ramasseuse d'épingles Mary Giles sanglote.

À présent, Tredwell, la tête tournée sur sa gauche, fixe Emily sans pouvoir en détacher son regard.

– Je ne dirai rien, miss O'Carrick – ou plutôt...
– Ehawee.
– ... miss Ehawee.
– Ehawee tout court. On ne dit pas miss chez les Lakotas.
– Ehawee, répète-t-il. C'est doux en bouche. Un peu comme si on mâchait un nuage, je trouve.

– Merci, murmure-t-elle.

– Aveu pour aveu, dit-il après un silence (cinq ou six secondes tout au plus, mais qui, au cours de cette marche lente et solennelle, donnent l'impression d'un laps de temps beaucoup plus long), imposture pour imposture, je ne suis pas constable. Je ne l'ai jamais été. Il y a longtemps, une quarantaine d'années, je suis allé à la foire de Sheffield. J'étais alors un tout jeune homme. Et un jeune homme sans importance, dois-je préciser. Quand s'ouvrait la saison des baleines, je m'enrôlais pour la chasse. Je détestais la mer, le bateau, les baleines me répugnaient, la puanteur de leur graisse, de leur chair blême, mais c'était d'un bon rapport, même quand on ne faisait, comme moi, que manier la hache, la pique à gras et le louchet pour dépecer la bête. Après, quand on fermait aux baleines, je travaillais pour les tavernes le long de la Humber – mais jamais en salle, toujours dans les caves à rouler des barriques, à remplir des bouteilles, ou bien comme veilleur de nuit. Je crois que personne n'aurait pu dire quel genre de visage j'avais. Ni quel genre de voix.

« Ce jour-là, le jour de la foire de Sheffield, il y avait beaucoup de brouillard, on ne m'a pas vu quitter Chippingham. Une fois là-bas, à Sheffield, sur le champ de foire entre Exchange Street et Broad Street, j'ai acheté un uniforme. Le fripier m'a dit qu'il avait appartenu à un constable tué par le malfaiteur qu'il s'apprêtait à arrêter. Il y avait une estafilade dans la veste, sans doute la trace du couteau meurtrier. Je l'ai recousue. Je suis rentré à Chippingham habillé en constable, surgissant du brouillard comme une apparition. Tiens, ont dû penser les habitants, voilà un constable qui nous tombe du ciel – sacrée bonne chose, nous n'avions personne de ce genre. Ils n'ont fait aucun lien avec l'ancien chasseur de baleines-rouleur de futailles. Je suis allé voir les policiers de Hull, la ville dont nous dépendions pour notre sécurité, je leur ai expliqué que j'avais été nommé pour assurer l'ordre à Chippingham. Ils n'ont rien trouvé à redire. Rien vérifié non plus. Ils m'ont cru. Le pouvoir de l'uniforme. Et surtout, ils étaient contents d'être débarrassés du souci de veiller sur Chippingham – depuis le meurtre du petit Thomas Craxford, il n'y avait rien eu à traiter ici que des histoires d'ivrognes, ce n'est pas avec ça qu'on peut espérer faire carrière.

Il marque un temps, puis, sans quitter Emily des yeux :

– Voilà qui nous met à égalité de mensonges, miss O'Carrick.

Elle ne répond pas tout de suite, surprise par la confession du constable – autant par son contenu que par sa spontanéité. Éprouve-t-il une forme de jouissance à se livrer ainsi à elle, à lui confier, afin qu'elle puisse la détruire si ça l'amuse, cette respectabilité volée, usurpée, qu'il a mis des années à se fabriquer ?

La respiration de Tredwell s'est accélérée, de fines gouttes de sueur emperlent son front et le dessus de sa lèvre.

– Du calme, dit Emily. Je ne vous trahirai pas.

Elle le dévisage, essayant de l'imaginer en tricot rayé et vareuse de toile huilée.

Jayson a toujours emmené Emily à Hull chaque fois qu'il devait réceptionner les flacons de produits chimiques que *Steinheil* ou *Falz & Werner* lui acheminent depuis Munich ou Leipzig par le bateau de Zeebruges.

Après avoir récupéré ses colis, il a pour habitude d'inviter Emily au *Neptune Inn*, un pub des docks qui sert de bureau de commerce aux minotiers, aux mareyeurs, aux assureurs maritimes et aux innombrables courtiers assurant la prospérité de Kingston-upon-Hull comme deuxième port d'Angleterre.

Selon la saison, Emily a droit à une citronnade (au gin) ou à un lait chaud (au rhum). C'est à cette occasion qu'elle a croisé des hommes que Jayson lui a dit être des chasseurs de baleines. Elle ne les a pas trouvés si différents des autres marins rencontrés dans les ruelles derrière Whitefriargate, sinon qu'ils laissent derrière eux une odeur de mouette morte, avariée.

Ces harponneurs sont râblés, les yeux à fleur de tête à force de scruter l'horizon, la plupart claudiquent pour avoir eu les jambes brisées lorsqu'une baleine a, d'un coup de sa queue magistrale, retourné, fracassé, lancé vers le ciel gris le doris qu'ils armaient – projetant quelquefois l'embarcation si haut qu'elle disparaissait dans le coton de brume qui stagnait sur la mer, et que personne ne la voyait jamais retomber.

Horace Tredwell n'a rien de commun avec ces hommes aux traits raides, rongés par le sel, aux lèvres noires et parcheminées à force d'avoir été gelées – mais lui, bien sûr, n'a jamais été un tueur de baleines, on ne l'a embarqué que comme racleur de carcasses, comme une sorte de vautour en somme.

Il rappelle à Emily les *winktes*, ces jeunes Lakotas qui choisissent brusquement de rompre avec la tradition qui veut qu'un homme soit un guerrier, un chasseur, un reproducteur, et qui se mettent à s'habiller, à se coiffer, à se parer – à se dandiner – comme les femmes, se plaisant à effectuer les mêmes corvées qu'elles.

– Si j'avais été votre fille, quel nom m'auriez-vous donné ?

Les Lakotas ont tous un nom secret, connu seulement de celui qui le donne et de celui qui le reçoit. Ce nom leur est attribué par un *winkte*, et c'est un puissant talisman car, ayant fait de l'homme-devenu-femme un être différent des autres, le Grand Esprit accorde à celui-ci certains pouvoirs en compensation, des capacités de prophétie, de guérison par les plantes, et cette faculté de donner des noms qui portent chance. Logique.

Justice. Emily n'a pas eu le temps de savoir si un *winkte* lui avait donné un nom secret, ni quel était ce nom si toutefois elle en a reçu un. À cause de quoi elle ressent parfois comme une sorte de nudité, au point d'en frissonner.

— Moi ? Un nom ? Un nom à vous ? Qu'est-ce que j'en sais !

— Cherchez, insiste-t-elle. Et trouvez. Vite. Encore deux rangées de bancs et nous serons arrivés, et vous devrez lâcher mon bras. Donnez-moi un nom. Tout de suite. Ne réfléchissez pas, baptisez-moi du premier mot qui vous passera par la tête. On s'en fiche s'il est ridicule, nous ne serons jamais que tous les deux, vous et moi, à le connaître.

— Miel, dit-il en respirant son haleine qui sent la mélasse mélangée de foin coupé, odeur plaisante bien qu'un peu lourde.

Regrettant aussitôt de ne pas avoir choisi un mot qui l'aurait mieux représentée, un mot comme avillon qui définit la griffe d'un oiseau de proie, car Emily est capable de déchirer, pas avec ses ongles qu'elle porte très courts mais par l'acuité de son regard, ou un mot comme coumarine, prodige, soie, lande à callune, pelouse à nard, alliance, aménité, candeur (de préférence à pudeur), vivacité, équité, indépendance, renaissance, oréade, smaragdite, ariane saphirine (Tredwell a vu la reproduction de ce petit oiseau bleu dans un livre sur le

Venezuela à l'époque où il pensait aller un jour poursuivre là-bas les baleines à bosse).
— Miel, répète-t-il. Emily Ehawee Miel Flannery.

— Nous sommes réunis aujourd'hui sous le regard de Dieu, commence le révérend Agathurst, pour unir cet homme, Jayson Flannery, et cette femme, Emily O'Carrick…
— Pardon, corrige Jayson (il porte ce jour-là une redingote croisée sur un gilet blanc, une chemise à jabot et un pantalon gris en cachemire rayé), il faut dire Emily Flannery.
— Eh bien oui, c'est le nom que vous allez lui donner en l'épousant, mais en attendant…
— C'est le nom qu'elle porte déjà, depuis que j'ai reçu des autorités américaines le droit de la considérer et de l'élever comme ma propre fille. Ainsi qu'en atteste le registre de l'église épiscopale de la Sainte-Croix, à Pine Ridge, Dakota du Sud. C'est au lendemain de la tragédie de Wounded Knee, le 30 décembre 1890, que ces mentions concernant Emily et moi ont été tracées à l'encre bleue, d'une large et belle écriture, celle d'Élaine Goodale, institutrice, avant d'être paraphées par l'évêque William H. Hare et le révérend Cook, représentant l'Église épiscopale, ainsi que par le Dr Eastman, chirurgien de l'armée des États-Unis. Ceux qui le désirent peuvent aller vérifier sur place. C'est un assez beau voyage, vous savez.
Aucun des habitants de Chippingham n'a la

moindre idée de l'endroit du monde où se trouve le Dakota du Sud, ni de ce que peut bien être Pine Ridge.

Ce qui s'est passé à Wounded Knee n'est jamais venu à la connaissance de ces gens, et l'auraient-ils appris qu'ils auraient sans doute refusé d'y associer Emily de quelque façon que ce soit : depuis toutes ces années qu'elle est parmi eux, ils se sont habitués à voir en elle la fillette orpheline de Liam et Máirín O'Carrick, et ils n'en démordront plus. Pour eux, Liam et Máirín ont fini par acquérir la même réalité que n'importe quel habitant de Chippingham dont la pierre tombale se dresse à l'ombre de l'église.

Le « mensonge Emily » s'est enkysté dans la chair de la ville, et personne ne songe à l'en extirper. Le propre des mensonges n'est pas leur nébulosité mais au contraire leur dureté, leur résistance – on doit pouvoir s'appuyer dessus aussi sûrement qu'on traverse la Welland à pied sec quand elle est prise par les glaces.

Troisième partie

1

– Thé ou sherry ? propose Jayson.

Le Dr Lefferts opte pour le sherry – mais avec un trait de gin, précise-t-il. Tandis que Jayson le sert, Lefferts regarde en direction de la cour comme s'il attendait que quelqu'un la traverse en compagnie de trois grands chiens gambadant et aboyant.

– La nouvelle mistress Flannery n'est pas là ? questionne le médecin. Ce n'est pourtant pas l'heure de l'ouvroir.

– Emily ne fréquente pas l'ouvroir.

– Oh, fait Lefferts.

– Oh quoi ?

– Florence n'aurait manqué aucune réunion.

Jayson se souvient des innombrables ouvroirs dont Florence s'est dispensée, préférant rester à Probity Hall pour faire l'amour avec lui, tous deux s'emberlificotant sensuellement dans les cordes blanches et rouges qu'elle avait gardées de ses numéros d'escapologiste. Ils jouaient à ne plus pouvoir se séparer, deux amandes dans une même coquille, ils attendaient que sonne minuit et alors le premier qui s'écriait : « Bonjour, Philippine ! » gagnait un cadeau, et c'était bien sûr toujours le même cadeau, à savoir refaire l'amour, mais cette fois sans les cordes blanches et rouges.

Jayson se garde bien d'en rien dire à Lefferts, il insiste au contraire sur l'assiduité de son ex-femme à fréquenter l'ouvroir, car tout ce qui peut contribuer à sanctifier Florence lui semble augmenter d'autant la culpabilité du praticien qui n'a pas su la sauver.

Jayson se demande combien un médecin comme Lefferts a pu perdre de malades au cours d'une carrière ; certainement plusieurs centaines, même si l'on ne défalque pas du compte les patients très âgés pour lesquels, de toute façon, aucune science ne peut plus rien.

Lefferts n'aurait-il pas dû au moins présenter ses excuses à l'instant où le cercueil de Florence descendait dans la tombe ?

Mais non, il s'est contenté d'une couronne mortuaire dans les tons de mauve, et d'une pathétique statuette d'ange en porphyre, il les a posées l'une et l'autre sur le cercueil comme un invité se débarrasse discrètement sur la desserte de l'entrée du bouquet de fleurs et de la bouteille de vin qu'il a apportés.

Les statuettes en porphyre et les atroces fleurs mauves faisaient-elles partie des frais incontournables d'un médecin de l'East Riding of Yorkshire ? Et si oui, combien cela pesait-il dans son budget annuel ?

– Emily fait de la bicyclette.
– De la bicyclette ?
– Oui. À travers la campagne. Elle roule tous les jours.
– N'est-ce pas dangereux ?
– Rassure-toi, elle s'abstient les jours de pluie.
– Ce n'est pas tant la pluie qui m'inquiète.
– Les chiens errants, peut-être ? J'y ai pensé. Je lui ai offert un petit pistolet à quatre coups spécialement conçu pour faire détaler les molosses sans les blesser. Il est en permanence accroché sous sa selle ; et j'en graisse moi-même le mécanisme tous les quinze jours.
– Ce ne sont pas non plus les chiens que je crains, dit Lefferts.
– Tu crois qu'elle pourrait être importunée par un homme animé de mauvaises pensées ?
– On ne peut pas l'exclure, évidemment, encore que...
– Aux États-Unis, coupe Jayson, la méthode de défense couramment pratiquée par les femmes cyclistes consiste à foncer droit sur l'agresseur et à le percuter avec la roue avant. Emily n'hésitera

pas si elle se sent en danger. Elle sait qu'elle devra viser juste entre les jambes, en plein dans les testicules.

— Provoquant une torsion du canal spermatique, apprécie Lefferts, voire une lésion de l'épididyme, peut-être même une contusion de l'urètre.

— Le problème, c'est que la femme doit agir vite, en tout cas avant d'être bousculée, désarçonnée et jetée au sol. Ce qui exige d'elle une exacte appréciation des intentions de son agresseur supposé – je dis bien supposé, car on a recensé certains cas où des cyclistes se sont précipitées un peu trop spontanément sur des malheureux qui n'avaient en réalité aucun dessein de leur nuire.

— J'imagine qu'il ne doit pas être évident de garder son équilibre sur deux roues tout en évaluant la dangerosité d'un inconnu, concède Lefferts.

— À dix miles à l'heure, c'est même un exploit.

— Je te suis reconnaissant d'avoir attiré notre attention mutuelle sur cette partie du corps – les testicules de l'assaillant potentiel, je veux dire. Ça va me permettre de t'exposer plus sereinement l'objet de ma visite. As-tu jamais entendu parler de Robert Latou Dickinson ?

— Je ne crois pas, non.

— C'est un confrère à moi, dit Lefferts. Il vit à New York, j'exerce à Hull, nous ne nous sommes jamais rencontrés, mais je l'ai lu : *La Pratique de la bicyclette par les femmes du point de vue du gynécologue*, et *Quelles selles et quelles postures pour aller sur deux roues*.

— Intéressant ?

En fait, Jayson s'en fiche éperdument. Tout en s'efforçant de soutenir la conversation, il ne cesse de regarder au-dehors. Il surveille la progression des nuages qui s'agrègent les uns aux autres, s'empilent en formant des enclumes. Les Nordiques avaient raison, Dieu est un forgeron. Mais bien que Thor ait la réputation de protéger les jeunes mariés, Jayson est inquiet pour Emily. Ce soir encore, elle est en retard.

— Je te fais juge, dit le médecin. Selon Dickinson, la pratique de la bicyclette se rapproche de la masturbation. Il a l'habitude de faire remplir à ses consultantes, à leur première visite, un questionnaire sur leur histoire personnelle et familiale ; or l'une de ses patientes, une jeune femme paraît-il très avertie en matière de sexualité, a avoué qu'elle se procurait ses jouissances les plus intenses grâce à l'usage de la bicyclette. Elle avait pourtant un mari qui, d'après elle, était plutôt performant sur le plan sexuel, mais le malheureux avait beau faire, son épouse ne lui trouvait plus autant d'attrait qu'à sa bicyclette. Elle ne tarda d'ailleurs pas à demander le divorce. Un juge le lui accorda pour incompatibilité physique avec son conjoint, et l'assortit d'une confortable pension que la jeune dame utilisa pour acheter une boutique de cycles quelque part à Brooklyn. Un autre de mes confrères, le

Dr Wance, rapporte le cas d'une adolescente soudain tombée dans un état d'épuisement dramatique. Les médecins consultés n'y comprenaient rien. Jusqu'à ce que Wance découvre que la jeune fille pratiquait la vélocipédie avec passion, et que sa selle, mal verrouillée, pivotait de bas en haut selon un angle tel que le bec de cuir pénétrait l'orifice de son sexe en agaçant son clitoris. C'est cette masturbation à outrance qui conduisait irrémédiablement la pauvre enfant à la cachexie...

– Mais toi, tu en penses quoi ?

– Plusieurs publications, notamment françaises, notent que les ouvrières qui pédalent pendant des heures sur des machines à coudre subissent des frottements des lèvres vaginales et du clitoris qui, dans certains cas, provoquent des crises de lubricité et de nymphomanie. N'as-tu pas remarqué que ta femme, en rentrant de ses randonnées, avait le teint cireux, des cernes sous les yeux, la voix plus rauque, qu'elle respirait de façon saccadée, je dirai même haletante, qu'elle soupirait plus souvent et plus profondément qu'à l'ordinaire, qu'elle faisait la moue devant la soupe de courge mais qu'elle se jetait sur le roastbeef, surtout s'il était bien saignant, et qu'elle ne rechignait pas à boire un deuxième, voire un troisième verre de ce que les Français appellent le sherry post-coïtal, après quoi elle s'endormait comme une bûche sans même avoir satisfait au devoir conjugal ?

– Tu n'y es pas du tout, dit Jayson. Il me semble

au contraire que le pédalage la met dans une forme éblouissante.

Il l'a récemment surprise lors d'une de ses courses à travers la campagne.

Au volant de la Sheffield Simplex héritée de Margot Dobson (en décembre 1910, le chien noir qui hantait la comédienne a fini par l'entraîner dans cette promenade sans retour qu'elle redoutait tant, et l'on a retrouvé près des docks le cadavre de la vieille dame, flasque, desséché, ne sentant guère plus mauvais que celui d'un hanneton), Jayson suivait la route d'Elloughton Dale lorsque, levant la tête, il avait aperçu Emily filant au-dessus de lui, profitant d'un sentier qui épousait le dessin des collines entre High Hill et Waulby Gates.

Elle orientait son guidon de la main droite, la gauche retenant sur sa tête un chapeau de paille dont les longs rubans orange flottaient dans son sillage.

Malgré la distance et le raffut des trente chevaux de l'automobile, Jayson l'avait entendue chanter.

Elle se jouait des montées avec presque autant de facilité – et tellement plus d'élégance ! – que la Sheffield dont la mécanique menait un sabbat du diable et donnait l'impression de vouloir démantibuler le capot cylindrique qui l'abritait.

À un certain moment, le soleil avait allongé l'ombre d'Emily sur tout le dévers d'une colline ; lorsque sa voiture s'était glissée dans cette ombre,

Jayson avait ressenti la même impression de fraîcheur que lors d'une éclipse de soleil, quand le crépuscule envahit brusquement le plein jour, et que toutes les bêtes se taisent. Il avait alors coupé son moteur. Et la chanson d'Emily était venue jusqu'à lui, portée par le vent elle était entrée sous la capote de la Sheffield, et Jayson avait trouvé merveilleux (dans la double acception du mot : ravissant et surnaturel) d'entendre de la musique dans l'habitacle d'une automobile, doutant de jamais pouvoir revivre une expérience aussi délicieuse – il n'avait plus que cinq ans à attendre l'invention de l'autoradio, mais il n'en savait rien.

Emily avait continué sa route. Elle avait disparu aux yeux de Jayson, emportant ses rubans orange et sa chanson.

Le photographe avait souri : sans doute la jeune femme n'avait-elle pas reconnu la Sheffield, sinon elle serait descendue jusqu'à lui, et ils se seraient assis côte à côte sur le large marchepied pour admirer le soleil irisant les collines, et se souvenir des Lakotas ; car certains jours du printemps quand l'herbe était très verte, aux heures où la lumière faisait ressortir les vestiges des anciennes falaises calcaires, et c'était précisément l'un de ces jours et l'une de ces heures, les collines du Yorkshire ressemblaient étrangement aux ondulations herbues du Dakota du Sud.

Quand Jayson voulut repartir et rattraper Emily, le moteur de la Sheffield toussa, cogna, produisit quelques pétarades accompagnées d'une forte odeur d'huile brûlée, puis il resta coi. Le photographe dut marcher jusqu'à une ferme où il loua une paire de bœufs pour tirer son automobile jusqu'à Chippingham.

Il était plus de minuit lorsqu'il arriva enfin à Probity Hall. Mrs. Brook lui avait préparé une assiette de viande froide. Emily dormait, avec aux lèvres un sourire que Jayson ne lui connaissait pas.

Il s'ébroue, essayant de retrouver le fil de ce que lui conte Lefferts.

– ... le problème, pérore ce dernier, se pose lorsque l'excitation sexuelle que ressent la jeune cycliste devient trop intense. Alors, elle accélère. Surtout dans les descentes. Pour ressentir davantage de plaisir, comprends-tu ? Et sa jouissance est si grande qu'elle ne discerne même plus les obstacles. Une demoiselle est morte ainsi, il y a quinze jours, en percutant une charrette de foin dans la combe de Brempthorn.

– À quel degré de félicité faut-il parvenir pour ne pas voir une charrette de foin ! soupire Jayson.

Prétextant l'orage qui menace, Lefferts s'invite à dîner. En attendant l'arrivée d'Emily, il poursuit, verre en main, son exposé sur les liaisons dangereuses entre la cyclomanie et la sexualité féminine.

Devant l'incrédulité de Jayson, il lui propose de procéder à un test au cours duquel sa femme et sa gouvernante pédaleront sans interruption pendant trois heures, Emily sur sa bicyclette, Mrs. Brook sur sa machine à coudre Bradbury. Afin de s'assurer qu'elles n'interrompent pas leur pédalage, fût-ce de quelques secondes, Lefferts suggère que l'expérience se déroule dans la cour de Probity Hall où Emily pourra tourner en rond sans être gênée par aucun obstacle, tandis que Mrs. Brook s'installera au centre du cercle.

Au terme de l'épreuve, le médecin examinera les deux femmes afin de déterminer si elles ont éprouvé une quelconque excitation sexuelle.

Il pense que ce sera probablement le cas pour Mrs. Brook, car il a lu des communications dont la conclusion était que la pratique intensive du pédalage sur machine à coudre soumettait les couturières à un cycle infernal d'antéversions et de rétroversions de l'utérus.

– Ce qui veut dire ? questionne Jayson d'un ton où perce une légère inquiétude.

Le médecin laisse passer quelques instants, le temps d'allumer une de ces cigarettes ovales que Jayson fait venir de Turquie dans des boîtes en acajou où elles sont alignées par cinquante.

– En eux-mêmes, ces mouvements de l'utérus ne représentent pas une pathologie préoccupante. Tout au plus pourraient-ils avoir des conséquences sur la fertilité de la couturière. Mais à l'âge de mistress Brook, je suppose que la question ne se pose plus. Par contre, la friction des lèvres et du clitoris induite par les membres inférieurs a toutes les chances de provoquer des bouffées de lubricité et, dans les cas les plus aigus, des crises de démence sensuelle.

Jayson se rappelle que Lefferts a déjà soulagé la gouvernante d'une suffocation de la matrice – s'agirait-il d'une récidive ?

– Et à quoi verrons-nous que mistress Brook est devenue lubrique ?

– Délire verbal, exhibitionnisme, tentatives d'attouchement sur elle-même ou sur l'un d'entre nous...

– Diable ! fait Jayson. Tout ça à cause d'une machine à coudre ?

– Et possiblement d'une bicyclette. J'espère me tromper, note bien. Mais je crois qu'il est de mon devoir de t'avertir avant qu'il soit trop tard.

– Merci. Dommage que tu ne m'aies pas pareillement prévenu que Florence allait mourir.

Lefferts ne relève pas.

– Ce qui importe, dit-il en s'éventant avec un numéro de la *Royal Photographic Society*, c'est d'épargner à ta femme les risques d'une vaginite, d'ulcérations diverses, de maladies des ovaires et de la matrice, ou même une hémorragie. Suppose qu'elle se mette à perdre son sang alors qu'elle dévale toute seule une route de campagne ?

2

– Quel orage ! Quel orage ! scande Emily chaque fois que sa bicyclette traverse une flaque en projetant une gerbe d'eau sale qui retombe en mouchetant de boue sa robe en coton lustré vert amande et son mantelet dont les parures en dentelle de Venise ont pris l'allure de vieux mouchoirs détrempés.

Le dos rond, la tête dans les épaules, aveuglée par ses cheveux dégoulinants que le vent de la course lui plaque sur les yeux, elle pédale rageusement vers Hull où elle sait pouvoir trouver un abri le temps de laisser passer la tourmente avant de reprendre sa route vers Chippingham.

Quelques automobiles sont immobilisées sur le bord de la route, moteur et habitacle noyés. Sous le poids de l'eau qui s'y accumule, les capotes de toile se creusent et finissent par tordre leurs arceaux ; quant aux habitacles, les grêlons qui tombent par salves de plus en plus nourries les martèlent au point d'y imprimer des cratères comme avec un poinçon.

Un cheval erre sur le bas-côté, désemparé, traînant ses rênes au bout desquelles il n'y a plus de cocher.

Emily suit Bricknell Avenue jusqu'à Chanterlands, s'engage dans Walton Street où elle se souvient d'avoir vu un magasin de cycles et de gramophones.

Ça l'a frappée car, a priori, il n'y a pas de relation entre ces deux machines. Sauf à considérer qu'elles sont toutes deux équipées de surfaces rondes, tournantes et destinées à procurer du plaisir.

Hehaka Sapa, ou Élan Noir, dit que, pour les Lakotas, le cercle est tout et que tout est cercle. Les créatures, les éléments, les mondes hors de la Terre (le soleil et la lune ne sont-ils pas ronds ?), tout cela dessine un cercle. La vie de l'homme aussi, et les nids des oiseaux, et le cycle des saisons. Le cercle ne se discute pas, ne rompt pas, ne se divise pas. Seule une épouvante extrême peut le briser, rendre l'existence incompréhensible, absurde, engendrer le doute, et à la suite du doute le désespoir, mais c'est très rare, c'est tout de même arrivé quelquefois, c'est arrivé à Wounded Knee où les Lakotas avaient dressé leurs tipis en cercle au fond de la combe, où les soldats apparurent eux aussi en cercle mais en hauteur, sur le pourtour de la combe d'où leurs tirs plongeants – et d'encerclement, donc – furent plus meurtriers que leurs tirs tendus au cours de la poursuite.

Emily a oublié, ou occulté, elle ne garde du monde des cercles que de vagues souvenirs de rondes d'enfants, de chevaux qu'on fait tourner au bout d'une longe, de chanteurs autour du tambour, et de huttes de sudation où l'on s'asseyait en rond autour du feu central dans l'odeur entêtante de l'armoise.

À peine s'est-elle réfugiée sous l'auvent de la boutique de cycles et gramophones qu'un enfant, un petit rouquin, traverse la rue en courant et vient s'abriter près d'elle. Il est vêtu d'une chemise verte trop grande pour lui, il l'a bourrée sous une veste de toile renforcée de cuir au col et aux poignets qui, elle, est au contraire trop étriquée, ce qui empêche le gamin de la boutonner et l'oblige à laisser sa poitrine à la fois maigre et proéminente (un bréchet de poulet, cette poitrine) exposée aux intempéries. L'averse qu'il a reçue sur la tête a drôlement modelé sa tignasse dont les mèches, luisantes et détrempées, donnent l'impression qu'il est couronné de poissons rouges.

Il tient sous un bras une quinzaine de numéros du *Strand Magazine*. Il en fait glisser un exemplaire du repli de son coude à sa main, le tend à Emily et, d'une voix éraillée à force d'avoir crié les titres du journal à travers les rues, il dit :

– Vous voulez voir des photos de fées, m'dame ?
– Des photos de quoi ?
– De fées.

Elle cherche dans sa mémoire. Le mot fée ne signifie rien pour elle. Ni Jayson ni les professeurs du *Chippingham Ladies College* ne lui ont jamais parlé des fées. Sans doute parce qu'elle avait des mots plus importants à mémoriser, et qu'il y avait peu de chances qu'elle ait à utiliser celui-ci dans la vie courante.

– Je ne sais pas ce que c'est, dit-elle. Ça ne doit pas être si intéressant.

– Oh si, m'dame ! Jetez donc un coup d'œil, ça va vous plaire.

Simon, c'est son nom, agite sous le nez d'Emily un exemplaire du *Strand* qu'il vient de dissocier des autres.

Le magazine sent l'encre fraîche, le dessous de bras (le gamin tenait les numéros serrés sous son aisselle), le brouillard et la bière, et le poireau parce que le garçon et sa pile de *Strand Magazine* ont dû s'attarder dans une pièce où une femme (la mère du petit, peut-être ?) épluchait et faisait cuire des poireaux pour la soupe.

– Quinze cents le numéro, m'dame. Pas cher. Mais faut vous décider vite si vous en voulez un, il m'en reste presque plus, j'en ai vendu deux cents en trois jours.

Le gamin est sûr de lui. Elle sera séduite elle aussi, les fées sont si gracieuses sur les photos, et si passionnant, si envoûtant est l'article qui accompagne les images. Simon ne sait pas lire, mais on lui a bien recommandé, quand il a pris possession de sa pile de revues, de vanter le style et le sérieux de l'auteur du reportage, sir Arthur Conan Doyle.

Emily pose le magazine sur la selle de sa bicyclette, l'ouvre, le feuillette.

Les photos – il y en a cinq – ont été prises dans un étroit vallon du Yorkshire, une sorte de saignée où court un ruisselet parmi les ronces, les orties, les aspérules, la menthe des champs, les fougères et les ancolies, à proximité d'une cascade.

Sur la première, Frances, une fillette qui doit avoir une dizaine d'années, des yeux d'écureuil, un sourire malicieux, des fleurs piquées dans ses cheveux. Devant elle, tout près de son visage (il suffirait que l'enfant soupire un peu fort pour les envoyer promener), dansent quatre petites créatures ailées.

Ce ne sont pas des lucioles, ni des libellules, ni rien de ce genre : ces êtres ont des corps, des membres (leurs bras si déliés, leurs jambes si délicates), des visages, des postures de vraies femmes. Mais elles sont minuscules, plus petites que la main de Frances.

Une autre étrangeté, c'est leurs ailes. Elles les portent implantées dans le dos, assez haut entre les épaules. Ce sont de très jolies ailes, ourlées et décorées comme celles des papillons. Bien que la photographie ne rende pas compte du mouvement, on imagine que ces ailes palpitent, s'ouvrent et se referment rapidement. Tout en voletant devant le visage de Frances, l'une des créatures joue d'un instrument qui paraît être un genre de hautbois très simplifié. On se demande quel son pointu peut sortir d'un aussi petit hautbois.

Trois autres photos montrent Elsie, la cousine de Frances. Elsie a seize ans. Elle a un beau visage encadré de boucles brunes (peut-être châtain dans la réalité, les clichés sont un peu sombres, ils ont été pris dans un environnement végétal assez dense où la lumière du soleil a dû peiner pour percer), des boucles qui retombent sur ses épaules, sur sa poitrine.

Sur une des photos, Elsie s'amuse des évolutions, presque sous son nez, d'une des créatures volantes.

Sur la deuxième image, une fée (c'est du moins ainsi que l'appelle ce Mr. Doyle qui a écrit l'article) dont la coiffure à la garçonne contraste avec les boucles d'Elsie se tient debout sur une feuille de laurier, ou de quelque plante du même genre, et paraît vouloir offrir quelque chose à la jeune fille.

Sur un autre cliché, Elsie, assise par terre, joue avec un gnome aux souliers pointus. Il est muni lui aussi de deux ailes enluminées attachées dans son dos. Le petit être fait mille grâces à l'adolescente, et il danse ce qui semble être un saltarello médiéval, en évitant que ses souliers pointus ne piétinent le bas de la robe que porte Elsie, une robe blanche qui s'étale autour d'elle, sur l'herbe drue.

Une dernière photographie, où n'apparaît cette fois aucune des deux jeunes filles, montre des fées prenant un bain de soleil.

– Je n'ai jamais vu pareilles bestioles, dit Emily en rendant le magazine à son compagnon d'orage. Est-ce que ça pique ?

– Qui est-ce qui pique, m'dame ?

– Ces demoiselles volantes. Et cette espèce de vieux gros bourdon.

– Lui, c'est un gnome. Les gnomes sont toujours vieux, dit Simon. Ils naissent vieux.

– Es-tu certain que ton journal ne se moque pas de ses lecteurs ? demande Emily. Tu fais peut-être une mauvaise action en le vendant.

– Sûrement pas ! se défend Simon. Mister Conan Doyle est un gentleman, et même plus que ça.

Comme Emily fait la moue, il ajoute :

– Vous voyez qui c'est, au moins ?

– Doyle ? Non. Mais toi, tu as l'air de le connaître, alors raconte.

– En fait, j'en sais trop rien non plus, avoue piteusement le gamin.

Il pleut toujours sans discontinuer quand Emily rejoint Probity Hall.

Laissant derrière elle un sillage humide, elle traverse des pièces lambrissées qui sentent l'encaustique et la souris. Les tomettes hexagonales se sont par endroits soulevées à cause du jeu qu'a pris la maison ; sous l'une d'elles, qui bâillait dans la bibliothèque, Emily a un jour découvert un papier fragile, genre papier de soie, couleur ivoire, portant une inscription :

> *Le monde visible me remplit d'effroi*
> *ce pourquoi*
> *j'ai vécu comme un fantôme*

Pas de signature, mais l'encre, qui devait être noire à l'origine, a tourné au vert bronze, ce qui donne à penser que cette phrase sibylline a dû être écrite il y a longtemps. Qui a tracé ces mots, et pourquoi les avoir cachés sous une des tomettes de la bibliothèque ?

Jayson s'est réjoui de la trouvaille. S'il ne croit pas aux fantômes, il croit en son manoir. Situé à proximité de la cité d'York qui, avec ses cent quarante spectres recensés, a la réputation d'être la ville la plus hantée d'Europe – or, depuis la fin de la guerre, les Anglais se passionnent pour la communication avec les morts, les ectoplasmes, les âmes errantes –, Probity Hall ne pourrait-il pas, grâce à ce message qui sent bon l'outre-tombe, entrer dans le cercle très fermé des demeures hantées ? Voilà qui, à coup sûr, rehausserait son prestige. Et sans doute aussi sa valeur vénale.

Emily s'arrête devant la porte de la salle à manger. Elle fait palpiter ses narines : la fragrance miellée de l'encaustique est toujours très présente, mais l'odeur de souris a fort heureusement laissé place à des volutes chaudes, légères, ourlées comme des rubans, de poussière de charbon et de cigare.

Jayson ne fumant pas, le cigare doit signifier la présence d'un invité de dernière minute, tandis que la poussière de charbon veut probablement dire qu'on vient de recharger le poêle, sans doute pour le confort du fameux invité au cigare.

En entrant, Emily découvre en effet le Dr Lefferts, cigare en bouche – il fume un *Lords of England*, cape brun clair aux veines apparentes.

– Chêne, cuir et noix, décrète Emily en agitant une main pour rabattre la fumée vers ses narines – puis, rectifiant : non, plutôt noisettes que noix ; et il y a comme des traces de cannelle.

Lefferts la dévisage, sidéré.

À moitié englouti dans la haute cheminée où il fustige à grands coups de tisonnier la montagne de bûches qu'il y a enfournées et qui peinent à s'enflammer, Jayson ne peut voir la stupéfaction du médecin, mais il la devine, il rit de bon cœur, et son rire monte en volutes joyeuses comme devraient le faire, s'il y avait une justice pour les allumeurs de feux, les pitoyables flammèches qui rampent, plates et molles, sur les cendres de la flambée de la veille.

– Le flair d'Emily est exceptionnel, dit Jayson. Si je ne l'avais pas confinée à Chippingham, elle aurait pu composer des parfums étourdissants.

De fait, elle les compose. Son corps est une palette de fragrances qu'il suffit, pour faire chanter, d'embrasser de la tête aux pieds, du boisé de sa chevelure à l'odeur laiteuse et vanillée de sa bouche, du paprika très doux de ses aisselles à la touche de framboise et de beurre de ses aréoles bleutées, en finissant par son sexe qui sent le thé poivré.

Jayson émerge des profondeurs de l'âtre, effleure les joues de sa jeune femme du bout des doigts – à peine un frôlement car, en présence d'un tiers, il continue de lui manifester une pudeur qui est davantage celle d'un père que d'un époux.

Mais pas elle.

Elle lui prend le visage à deux mains, l'approche du sien, cherche sa bouche. Dès que leurs lèvres se joignent, elle entrouvre les siennes tout en déplaçant ses mains sur la nuque de Jayson et en les y pressant pour l'empêcher de s'écarter d'elle.

Quand elle se sépare de lui, ses lèvres sont légèrement tuméfiées, mais son regard apaisé. Elle a un petit soupir de contentement, un mouvement de la tête comme pour faire voler ses cheveux, mais ceux-ci sont alourdis, collés par la pluie, et elle ne réussit qu'à chasser de grosses gouttes jouf-flues qui, en retombant, s'illuminent brièvement du reflet des lampes.

En s'inclinant devant elle, mais sans attirer vers ses lèvres la main d'Emily comme il le faisait autrefois de celle de Florence, non, il se contente de plier le buste avec une sorte de raideur, le Dr Lefferts hume la jeune femme.

– À propos de parfum, vous sentez surtout le parapluie mouillé.

Elle ne s'en offusque pas, ne trouvant rien d'exécrable à un parapluie, même mouillé, bien au contraire.

– Si cela vous déplaît, docteur, je vais me changer.

– Oh, certainement non, proteste-t-il. Encore que vous feriez peut-être aussi bien de passer des vêtements secs. Juste avant votre arrivée, j'entretenais Jayson des périls qu'il y a pour une jeune femme à aller à bicyclette. J'allais justement aborder le sujet des pneumonies. Eh bien, vous apportez de l'eau – si j'ose dire – à mon moulin. Si vous prenez froid...

– Mais il me plaît d'avoir froid, coupe-t-elle avec une pointe d'agacement. Jayson et moi, nous nous sommes rencontrés sous le signe du froid. Quand je frissonne, je pense à nous deux. Le froid ne me fera jamais de mal. Par contre, je ne suis pas loin de mourir de faim.

Du geste elle invite Jayson et Lefferts à passer à

table. Pendant qu'ils s'asseyent de part et d'autre de la nappe en damassé de lin blanc, Emily va chercher de quoi mettre le couvert supplémentaire pour le médecin.

Elle n'a pas à se demander dans quelle armoire du couloir aux porcelaines elle trouvera des assiettes appareillées à celles déjà sur la table : lorsqu'elle sait que la jeune femme va rentrer d'une longue course dans la campagne, et comme pour l'aider à poursuivre encore un peu son escapade, Mrs. Brook choisit de sortir le service Wedgwood décoré de vieux châteaux hiératiques, souvent austères, mais représentés dans des paysages charmants dont chacun semble résumer par ses bosquets, ses ruisseaux et ses ponts ventrus, toute l'Angleterre qu'Emily découvre à bicyclette.

Elle entend, venant de la salle à manger, Jayson dire à Lefferts que, depuis qu'il a épousé Emily, il ne rêve plus aussi souvent de Florence ; et quand cela arrive, c'est à travers des songes effilochés où Florence ressemble de moins en moins à la femme qu'il a tant aimée, des rêves où elle ne fait plus que passer comme une figurante, chaque fois un peu plus floue.

– Elle s'éloigne, constate-t-il.

Il y a de la mélancolie dans sa voix, mais ce n'est plus la nostalgie douloureuse des premiers temps.

Lefferts sourit, ne dit rien. S'il croyait en Dieu, il prierait pour que le processus non seulement se poursuive mais s'accélère, pour que le souvenir de Florence s'estompe, comme cette photo d'elle que Jayson lui a donnée quand elle est morte, et qui, sans doute à cause d'un fixateur de mauvaise qualité, a rapidement jauni avant de s'effacer tout à fait.

Car alors il pourra enfin avouer à Jayson que Florence s'était glissée hors des liens du mariage avec la même détermination, la même aisance, la même élégance aussi, qu'elle mettait à se libérer des chaînes, sangles et cordes, dans lesquelles les grooms de l'*Alhambra Palace* entravaient son corps tendre.

Elle était ainsi devenue la maîtresse de Lefferts. Et sans doute de quelques autres.

3

Après avoir disposé le plat de gigot froid devant Lefferts pour qu'il découpe la viande « avec la précision d'un chirurgien, n'est-ce pas, docteur ? », Emily lui demande s'il lit le *Strand*.

– À l'occasion, répond le praticien. Mais je ne suis pas un de leurs lecteurs assidus. Le *Lancet* occupe l'essentiel du temps que je consacre à la presse. Et toi, Jayson ? interroge-t-il en déposant dans l'assiette de son hôte deux tranches de mouton si parfaitement égales en taille et en épaisseur qu'on croirait deux tirages du même négatif.

– Je l'achète quelquefois. Autant pour le plaisir de me confronter aux problèmes à peu près insolubles de leur rubrique de casse-tête que pour des raisons professionnelles.

Il espère depuis longtemps que le magazine lui achètera la photographie d'une ancienne actrice.

Mais il semble que les Petites Dames de Jayson plongent dans l'oubli avant même que le journal ne songe à honorer l'une ou l'autre d'un de ses *Portraits de Célébrités*.

En se glissant à table, Emily lui demande s'il a jamais entendu parler d'un certain Conan Doyle.

– Le *Strand*, justement, publie régulièrement ses textes, répond Jayson. Conan Doyle, c'est un peu son fonds de commerce.

– Mais toi, toi personnellement, ce nom te dit quelque chose ?

– Oh, *beaucoup* de choses.

La première fois qu'il a relevé le nom de Doyle, c'était sur le paquebot immobilisé par les glaces de l'Hudson, juste avant de descendre à terre, de retourner au *New York Foundling Hospital* pour y reprendre (y arracher, y voler si nécessaire, y kidnapper comme ils disent en Amérique) la petite Indienne pathétique qui, grandie en femme magnifique, bien qu'humide ce soir de toutes les pluies d'Angleterre, lui demande s'il sait qui est Conan Doyle.

Jayson plisse les yeux. Les Lakotas ont raison de penser que la vie d'un homme est un cercle, que tout finit par se rejoindre. Ainsi le nom du Dr Doyle qui le renvoie aux relents de charbon brûlé et de métal mouillé du *City of Paris*, et puis à ceux, aigrelets, presque vinaigrés, de la cabine où il s'était confiné avec une très petite fille en proie au mal de mer, une Emily grise et molle comme un chiffon, ou encore aux fragrances des pots-pourris de Noël, aux agrumes piquetés de clous de girofle, de cannelle et de badiane, parce que c'est à Noël, Noël 1887, que Florence lui avait offert son dernier cadeau, le *Beeton's Christmas Annual* qui, cette année-là, avait à son sommaire *Une étude en rouge* du Dr Doyle, avec ces phrases que Jayson n'a pas oubliées : « *Cette enfant, c'est la vôtre ? – Pour sûr que c'est la mienne ! Vous savez pourquoi ? Parce que je l'ai sauvée. Alors maintenant, personne ne peut plus me la reprendre.* »

Conan Doyle, depuis, est devenu le romancier le plus populaire d'Angleterre. L'auteur emblématique du Royaume-Uni. On ne lui dit plus « bonjour, docteur » en soulevant son chapeau d'une chiquenaude, mais « mes respects, sir Arthur », et l'on se découvre cette fois en levant haut le chapeau (assez haut pour en laisser voir la doublure satinée, surtout s'il vient de chez James Lock, dans St. James Street), puis en l'abaissant à hauteur de cœur en même temps qu'on marque sa déférence par une inclination d'environ vingt degrés.

Doyle a été anobli par le roi pour avoir défendu le comportement des troupes britanniques durant la guerre des Boers. Ça n'est pourtant pas ce qu'ils ont fait de mieux, le roi et Doyle, songe Jayson qui a vu des photos d'enfants morts de malnutrition dans le camp de concentration anglais de Bloemfontein, État libre d'Orange, enfants dont les corps squelettiques lui ont rappelé ceux des Sioux pétrifiés de Wounded Knee, car au fond les postures des victimes varient peu : survivants résignés ou cadavres médusés dans leur désespoir, c'est toujours maigreur et rigidité, torsions absurdes, suppliantes, abandonnées, déhanchées, brisées, ossements réduits, mauve des chairs tuméfiées, blanche immensité glacée des yeux, abîmes noirs s'il s'agit d'orbites vides.

N'empêche. Lorsque Conan Doyle a décidé de faire mourir le personnage de Sherlock Holmes pour pouvoir se consacrer à autre chose, des dizaines de milliers d'Anglais ont manifesté leur affliction en nouant à leur bras un crêpe de deuil.

Devant la demande croissante d'illuminés qui voulaient être photographiés en Sherlock Holmes afin de postuler auprès de Scotland Yard pour remplacer le détective disparu, Jayson Flannery a dû faire confectionner par Mrs. Brook un long macfarlane coupé dans un confortable tweed à carreaux, fermé par cinq boutons sur le devant, ainsi qu'une casquette *deerstalker* assortie. Chez un antiquaire de Hull, il a eu la bonne fortune de dénicher une pipe à peu près conforme à l'idée que le public se fait de celles utilisées par Holmes – Jayson a en effet privilégié la pipe à tuyau courbe, alors que Conan Doyle n'indique nulle part cette particularité, et qu'il semble en réalité que Holmes ait apprécié une pipe droite, probablement en terre noire ou en bruyère.

Et puis, la guerre ayant donné aux Britanniques l'occasion de pleurer la disparition de familiers plus réels et plus proches d'eux que le détective de Baker Street, les demandes de portraits en costume de Sherlock Holmes se sont taries. Effondrées, même. Jayson en a été quitte pour revendre à une troupe de théâtre ambulant, à perte évidemment, la toile de fond qu'il déroulait pour ces photos, et qui représentait le château maudit des Baskerville se profilant, par une nuit de pleine lune, sur un paysage de lande et de marécages. S'il endosse à présent le vieux macfarlane et coiffe la casquette *deerstalker*, c'est pour aller jardiner sous la pluie ou curer les bords de la Welland. Sauf Tredwell qui prend ça pour une pierre dans son jardin (l'autre jour, au *Royal George and Butcher*, n'a-t-il pas affirmé que Flannery, par rancune, faisait exprès de le narguer en se pavanant dans le costume du plus admirable détective de tous les temps ?), personne ne prête attention au fait que Jayson s'habille quelquefois en Sherlock Holmes. Il faut dire que le macfarlane est raide de boue, constellé de taches de sève, qu'il lui manque sur le devant deux boutons sur cinq, et que la casquette a perdu une de ses oreillettes.

– Dirais-tu que Conan Doyle est un homme respectable ? demande Emily.

– Certainement oui, dit Jayson.

– Quelqu'un en qui on peut avoir confiance ?

Jayson ne répond pas tout de suite. Il pense au camp de Bloemfontein.

– Précise le sens de ta question.

– Est-ce qu'il dit la vérité ?

Jayson est soulagé – pour ça, il peut répondre.

– Il est susceptible de s'égarer, comme tout le monde. Mais c'est un homme de bonne foi. Si tu considères qu'un menteur est un effronté qui sait pertinemment qu'il ne dit pas la vérité, quelqu'un qui cherche sciemment à te tromper, alors non, je ne crois pas que Conan Doyle soit un menteur.

Emily brasse la salade. La sauce exhale une forte odeur de vinaigre qui lui remplit la bouche de salive. C'est Mrs. Brook qui l'a préparée. Atteinte depuis deux ans d'une agueusie inexpliquée, la gouvernante ne peut plus compter que sur sa mémoire pour doser les condiments. Or, cette mémoire elle-même commençant à lui jouer des tours, Mrs. Brook sale, sucre et poivre à tort et à travers.

– Mais pourquoi cet intérêt soudain pour Conan Doyle ? s'enquiert Lefferts.

– Il croit aux fées, dit Emily.

Jayson et Lefferts échangent un regard.

– C'est ce qu'il affirme dans le *Strand*, insiste la jeune femme.

– C'est un conte que le journal lui aura commandé, dit Jayson. Un conte de fées pour célébrer Noël. Il n'y a là-dedans pas un mot de vrai.

– Parce que les fées n'existent pas ?

Jayson rit dans son verre, le souffle de son rire fait pétiller son vin, de petites bulles lui éclatent sous le nez.

– Mais il y a le village, dit Emily. Il existe, lui.

– Quel village ?

– Celui où vivent les filles qui ont photographié les fées. Il s'appelle Cottingley. Le *Strand* – enfin, mister Conan Doyle – dit que derrière la maison de Frances et d'Elsie, il y a une espèce de petit torrent qui dévale d'une jolie cascade, et puis qui se sauve en sinuant sous des arbres. D'après mister Doyle, les fillettes adoraient aller jouer là-bas. Mais elles rentraient ensuite avec des robes pleines de boue. On les grondait, elles répondaient qu'il leur était impossible de ne pas se salir car – mettez-vous à leur place – elles étaient bien obligées de s'asseoir dans l'herbe mouillée pour se trouver à la hauteur des fées.

– Je suppose qu'on a dû leur laver la bouche au savon pour leur apprendre à ne plus mentir, sourit Lefferts.

– Pas du tout, corrige Emily, le père d'Elsie est un passionné de photographie, il venait justement de s'acheter un *Midg*...

– S'il s'agit du *Butcher Midg n° 1*, coupe Jayson, c'est un appareil convenable, du moins si l'amateur n'est pas trop exigeant.

– ... il l'a garni d'une plaque sensible, il l'a réglé au cinquantième de seconde avec un diaphragme ouvert à onze, et il a dit à Elsie : « Si c'est ça, allez donc les photographier, vos fameuses fées… »

Emily pousse le *Strand* sous les yeux du médecin. Celui-ci ouvre le magazine, en feuillette les pages, s'arrête sur les photographies des fées qui dansent pour Frances et Elsie.

– Ces clichés, ce sont vos amies elles-mêmes qui les ont pris ?

– Elles ne sont pas du tout mes amies, corrige Emily. Je ne les connais même pas. D'ailleurs, aucune petite fille anglaise n'a jamais essayé d'être mon amie, vous savez.

Elle se lève pour prendre sur la desserte la moitié d'un staffordshire des landes de Cheddleton, fumé au bois de chêne.

– Qu'en penses-tu ? questionne Jayson en tendant au médecin un couteau à manche de corne.

– J'ai un problème avec le fromage, avoue Lefferts. Surtout avec le staffordshire et le wensleydale. Ceux-là, je ne peux plus m'arrêter d'en manger dès que j'y ai goûté. Rien que pour ça, je suppose que j'aurais détesté être une fée : elles doivent avoir des estomacs tellement minuscules ! Car enfin, as-tu remarqué comme elles sont petites ? La taille d'un papillon, genre piéride du chou ou de la rave, guère davantage. Quelle quantité de staffordshire crois-tu qu'une piéride puisse ingurgiter, à condition bien sûr de tomber sur un papillon amateur de fromage, ce qui me semble assez improbable ?

– Ma question portait sur l'authenticité des fées. Je me fous éperdument de la capacité des papillons à se gaver de staffordshire – puissent-ils d'ailleurs tous en crever...

Jayson Flannery est lépidophobe. Il tolère les mites, les libellules, les sauterelles, les hannetons, il aime assez les araignées, mais si un papillon le frôle, surtout un papillon de nuit, il pâlit, se couvre de sueur, son cœur bat la chamade, il lui est déjà arrivé un jour, ou plutôt un soir, dans une pièce sans doute trop éclairée, toutes fenêtres ouvertes, de perdre connaissance à cause d'un essaim de ces insectes agglutinés sous un abat-jour qu'ils faisaient résonner du battement de leurs ailes. Il en veut au médecin de lui avoir imposé ce rapprochement entre les fées de Cottingley et les papillons.

– C'est toi le photographe, réagit Lefferts, tu dois savoir mieux que moi ce qu'il convient d'en penser.

Jayson hésite à peine :
– Ces photos sont truquées.
– D'habiles tromperies ?
– Disons des mensonges poétiques.

Durant les années de guerre, Jayson a travaillé pour un éditeur de cartes de vœux. On lui confiait la fabrication de compositions mêlant, sur une même photo, des soldats tués au combat et des membres de leur famille. Il partait de la photo rituelle du jeune héros posant pour la première fois en uniforme (et souvent cette photo avait été prise par lui, dans la serre-studio de Probity Hall, Jayson croyait encore entendre le rire du soldat, sentir l'eau de lavande Yardley dont il s'était inondé pour faire propre avant d'aller « au photographe »), et il la greffait sur un autre cliché représentant le décor d'un souvenir heureux, d'un événement familial, une fête de Noël, un déjeuner sur l'herbe, une sortie au théâtre, une excursion au bord de la mer.

Le plus délicat était d'harmoniser l'attitude, l'échelle et la tonalité du sujet premier avec celles des personnages figurant déjà sur le cliché receveur. C'était devenu la spécialité de Jayson, il réalisait des prouesses, il avait même réussi à incruster un sous-officier tombé à Hébuterne, dans le nord de la France, parmi les valseurs d'un bal royal donné à Windsor.

La famille n'ayant pu lui fournir qu'une photo du soldat prise à l'hôpital militaire juste après son décès, il s'était surpassé pour rendre, en plus de la position verticale, une illusion de vie à ce pauvre mort, et pour métamorphoser les bandages enveloppant son thorax en une sorte d'élégant spencer.

– Si leurs fées sont le résultat d'un truquage, reprend Lefferts, où et comment ces jeunes filles, forcément inexpérimentées, ont-elles acquis les compétences techniques nécessaires à une pareille tromperie ?

Jayson essuie les parcelles de staffordshire qui lui collent aux doigts, attire à lui le *Strand Magazine* et examine à nouveau les clichés.

– La mystification est plutôt réussie, j'en conviens. Mais rien ne prouve que les petites y soient pour quelque chose. Pour moi, leur rôle s'est limité à figurer sur les clichés. Sur ordre. L'œil vague, le regard rêveur. J'ai souvent fait poser des jeunes personnes qui n'en avaient aucune envie, des fillettes obéissantes qu'on avait habillées, coiffées, débarbouillées tout exprès pour la séance : tiens-toi droite mais penche un peu la tête sur le côté – fierté et modestie, ça marche à tous les coups –, mouille tes lèvres, fais un sourire, mais un sourire flou, juste esquissé, bouge tes oreilles d'avant en arrière, ça retend la peau du visage, prends une inspiration, longue, profonde, remplis d'air tes poumons, ça fait saillir les seins, etc. Ces photos sont probablement l'œuvre d'un ou plusieurs adultes ayant, eux, des connaissances poussées en photographie – et en jeunes filles. Pourquoi pas le père d'Elsie Wright, que le *Strand* présente comme un amateur assez passionné pour avoir installé sous son escalier un laboratoire où il développe lui-même ses photos ? De là à les retoucher, il n'y a qu'un pas.

Emily dépose sur la table le dôme noir d'un pudding au sommet duquel dansent, avec la même gracilité que les fées de Cottingley, les petites flammes bleues d'un flambage au brandy.

– D'après le journal, dit-elle, ce mister Wright a d'abord douté de la réalité des fées. Il n'y croyait pas du tout, persuadé que ces créatures avaient été dessinées par sa fille.

Le *Strand*, c'est-à-dire Conan Doyle, écrivait que, toute petite, Elsie gribouillait déjà des fées, des lutins, des farfadets.

Elle en barbouillait partout, se servant de son index comme d'un pinceau, elle le trempait dans l'encre, la sauce tomate, le café, la confiture de mûres, peut-être même dans ses excréments.

Jayson ferme les yeux. Imaginant des latrines dans la partie déshéritée d'un jardin, au milieu des folles avoines, des mâches et des orties brûlantes, une porte verte percée d'un losange, et à l'intérieur, sur des murs chaulés, de naïves cohortes de créatures féeriques marronnasses, noirâtres, merdeuses dans tous les sens du terme, comme ces défilés de serviteurs, tous de profil, ornant les tombes d'Égypte.

– Pauvre Dr Doyle, dit Jayson, reconnaissons-lui des circonstances atténuantes : la guerre et ses conséquences lui ont pris un fils, un frère, deux beaux-frères et deux neveux. Comment lui reprocher de chercher des signes de l'existence d'un autre monde ? À propos, jeune dame, mon amour, fait-il en se tournant vers Emily, est-ce que les Lakotas croient aux fantômes ?

– Ils croient aux hommes, dit-elle. Ils croient aussi aux Esprits, ils ont une danse qui s'appelle justement la danse des Esprits ; mais elle ne leur a rien apporté de bon, tu sais ça, tu y étais, n'est-ce pas, Jayson ?

Elle a retrouvé le même ton incrédule qu'elle avait auparavant, toute petite fille, pour le questionner, dans sa langue qu'il ne comprenait pas, sur le monde où il l'entraînait, les locomotives, la ville immense, les bains publics, l'orphelinat, et surtout cette première nuit en mer où elle avait découvert avec terreur qu'il n'y avait autour d'elle que de l'eau, de la fumée charbonneuse, des murs de fer, et plus du tout d'herbe ni de feuilles, ni de baies ni de fleurs. Aussi loin que portait son regard, elle ne voyait que des masses informes qui se soulevaient, se chevauchaient, s'effondraient les unes sur les autres dans un bruit de tonnerre, et une poussière blanche qui lui arrivait en gifles sur le visage, brûlant ses yeux, posant un goût salé sur ses lèvres, rien de comparable avec celle, brune, dorée, que levait la course des bisons dans le soleil – et d'ailleurs le soleil, lui aussi, avait disparu.

C'est l'océan, lui avait dit Jayson avec une sorte de fierté heureuse dans la voix, comme s'il lui présentait un univers splendide.

Emily avait sangloté toute la nuit, secouée de spasmes.

Elle en frissonne aujourd'hui encore, alors Jayson l'attire à lui, l'enlace pour lui transmettre sa chaleur, elle se fait molle comme un chat, se blottit contre lui, et il poursuit :

– Il y a une trentaine d'années, il est arrivé à Doyle une chose assez singulière. Il venait de s'inscrire à la *British Society for Psychical Research*[1], lorsqu'on lui demanda de partir pour le Dorset afin d'enquêter sur une demeure appartenant à un respectable colonel dont l'épouse et la fille n'en pouvaient plus d'entendre chaque nuit des gémissements à fendre l'âme. Assisté de deux autres membres de la SPR, Doyle passa plusieurs nuits dans la maison du colonel Elmore. Les premiers soirs, les trois hommes n'entendirent rien du tout. Quelques nuits plus tard, ils étaient sur le point d'abandonner leurs investigations lorsque la maison se mit à trembler sur ses fondations, ébranlée par un vacarme effroyable qui leur glaça le sang. Ce n'était plus cette plainte lancinante d'une âme perdue qui avait troublé la famille du colonel, c'était le déchaînement rageur de tous les démons de l'enfer. Conan Doyle était persuadé que la maison, si elle émergeait jamais de ce cauchemar, en sortirait complètement saccagée. Mais il n'en fut rien : le charivari cessa aussi brusquement qu'il avait commencé, les tiroirs qui bâillaient à la lune se refermèrent, les rideaux interrompirent leur danse de Saint-Guy et se raidirent de nouveau contre les croisées, les volets cessèrent de battre et

---

1. Société britannique pour la Recherche Psychique (en abrégé SPR), fondée en 1882 par des physiciens, des philosophes, des écrivains et des journalistes.

les chaises de courir sur le parquet. Doyle rédigea un rapport dans lequel, en homme honnête qu'il était et qu'il est toujours, il disait ne pas pouvoir déterminer si la hantise était réelle ou s'il s'agissait d'une illusion particulièrement bien mise en scène.

— Le doute étant le fondement de la raison, fit Lefferts, j'en conclus qu'il n'est pas un illuminé.

— En effet. Et il attendit prudemment la suite des événements avant de prendre une position plus affirmée. Mais quand on découvrit le corps d'un garçon d'une dizaine d'années qui avait été assassiné et enterré dans le jardin, Doyle n'hésita plus : les manifestations effrayantes qui les avaient si fortement troublés, ses compagnons et lui, avaient dû être provoquées par l'esprit de la petite victime qui réclamait qu'on lui donnât une sépulture plus convenable que le pied d'un arbre dans un coin de jardin. Bien que les jardins du Dorset soient parmi les plus délicieux d'Angleterre, au point que je serais comblé de passer mon éternité sous les rhododendrons de Minterne House, ou enseveli dans la vase légère d'une des pièces d'eau de Kingston Maurward, le domaine où Thomas Hardy, qui vient de fêter ses quatre-vingts ans et dont Emily est en train de lire *Jude l'Obscur*...

— Livre infâme ! coupe Lefferts. Rappelle-toi : l'évêque d'Exeter l'a fait jeter au feu. Tu ne devrais pas laisser ta femme se salir l'esprit avec cette cochonnerie.

Jayson ne relève pas (c'est à peine si ses yeux se plissent comme pour accompagner un sourire), et il poursuit :

— ... où Thomas Hardy, disais-je, vécut une troublante histoire d'amour avec une femme mariée, une certaine mistress Julia Augusta Martin — mon Dieu, il n'avait alors que huit ans, et elle en avait trente !

— Tu t'égares, grommelle le médecin.

— C'est si vrai, admet Jayson, que je ne sais plus où j'en étais...

— À Conan Doyle, dit Emily, quand il apprend qu'on a trouvé un cadavre dans le jardin du colonel.

— Il n'empêche que Thomas Hardy déshonore la littérature britannique, s'obstine le Dr Lefferts (qui n'écoute plus ni Emily ni Jayson).

— Oui, le cadavre, dit Jayson (qui, lui, n'écoute plus Lefferts), il a suffi qu'on exhume ce cadavre pour que le créateur du pourtant très rationnel Sherlock Holmes acquière la conviction que les morts ne sont pas aussi morts que nous le pensons, et qu'ils se donnent même un mal de chien pour nous communiquer leurs impressions sur l'Au-Delà.

Emily fait remarquer que, pour ce qu'elle en sait, les fées n'ont rien à voir avec les trépassés — sont-elles seulement mortelles, d'ailleurs ?

Jayson admet que la question est intéressante, bien que de si petits organismes, en supposant qu'ils aient une once de réalité, doivent être d'une trop grande vulnérabilité pour prétendre à l'immortalité. Selon lui, l'espérance de vie d'une fée ne doit guère dépasser celle d'un moineau.

Tandis que Lefferts poursuit son réquisitoire contre Thomas Hardy, le crépitement de la pluie se mue en un ruissellement souple, continu, on dirait qu'une rivière a submergé la maison, une humidité fade suinte des murs, l'odeur piquante de l'ozone apportée par l'orage est à présent dominée par celle, argileuse et lourde, de la terre noyée.

Jayson s'empare de la bouteille de brandy qui a servi au flambage du pudding, remplit trois verres.

– Il suffisait de soumettre à des experts les photos prises par les fillettes, et l'on aurait eu le fin mot de cette stupide histoire, énonce sentencieusement Lefferts qui a enfin épuisé la liste de ses griefs contre Thomas Hardy. Mais non, on a préféré en appeler à Conan Doyle – oh, pardon : sir Arthur ! –, un homme qui a renoncé à la médecine pour étourdir ses contemporains avec des histoires à dormir debout.

– Je n'ai fait que parcourir l'article du *Strand*, dit Jayson, mais j'ai vu tout de suite qu'on y citait le nom de Harold Snelling. Avec derrière lui trente ans d'expérience en photographie, il est considéré comme l'un des meilleurs spécialistes des images falsifiées, en particulier des clichés truqués de soi-disant ectoplasmes.

— Snelling a exaucé votre vœu, mon cher docteur, renchérit Emily en couvrant les restes du pudding d'une cloche en verre, puis en la soulevant aussitôt pour chasser, en soufflant dessus, une mouche qui s'y était glissée.

Lefferts ne peut s'empêcher de penser que cette mouche ne connaît pas sa chance d'être enveloppée, bousculée, emportée comme un noyé par l'haleine chaude et certainement troublante d'Emily ; d'autant que les mouches possèdent un odorat infiniment plus performant que celui des hommes, qui leur permet de repérer une odeur à plusieurs miles – alors, à bout portant, pensez !

— Il a examiné les négatifs des photos, poursuit Emily (elle a finalement décidé de se servir du coin d'une serviette pour expulser l'insecte que l'abus de wensleydale a alourdi au point qu'il ne peut plus s'envoler), et sa conclusion est qu'ils n'ont subi aucune manipulation frauduleuse. Il exclut notamment l'hypothèse d'une retouche en studio avec des silhouettes peintes.

Lefferts allonge le bras pour, à son tour, prendre la bouteille de brandy et remplir à nouveau son verre. Il omet de resservir Jayson et Emily, comme s'il estimait que leur délire à propos des fées de Cottingley est le signe qu'ils ont déjà trop bu.

Puis il se lève, fait craquer les articulations de ses doigts, offre un instant son dos au feu comme pour faire provision de bien-être avant d'affronter le déluge.

Emily s'empresse d'aller lui chercher son manteau, son chapeau, ses gants et la serviette à soufflets en cuir noir dont il ne se sépare jamais, qui contient son stéthoscope, un spéculum, un jeu d'abaisse-langue, deux ou trois seringues, des pansements, quelques fioles, et, tout au fond, un vibromasseur électrique Weiss qu'il s'est procuré pour traiter les suffocations de la matrice – la petite machine soulage la patiente en une dizaine de minutes, alors qu'il fallait plus d'une heure de massage manuel pour arriver au même résultat.

– Et avec tout ça, soupire-t-il en attendant son vestiaire, nous avons négligé de reparler de ce pour quoi j'étais venu t'importuner ce soir. Je t'assure, Jayson, que tu dois procéder à cette expérience.

– Une expérience ?...

– Ne me dis pas que tu as déjà oublié : Emily pédalant sur sa bicyclette, mistress Brook sur sa machine à coudre. Oh ! tu seras édifié, j'en suis sûr. Et compte sur moi pour donner à la chose la tournure scientifique – ce n'est jamais qu'une question de jargon – qui nous ouvrira grand les portes des publications médicales. Je souhaite évidemment que cette communication soit illustrée de photographies que tu auras prises pendant l'expérience – ne dis pas non, Jayson, ça contribuera à te faire connaître dans un nouveau milieu, et, qui sait, à attirer sur ton travail l'attention d'un éditeur d'ouvrages d'ethnologie qui sera peut-être enfin intéressé par ton magnifique *Omnipresence of Death*.

– Non, dit Jayson, il est trop tard. Qui peuvent émouvoir ces vieilles figures si banales, si anodines comparées aux visages monstrueux des soldats que la guerre a défigurés, mâchoires emportées, orifices béants à la place du nez ou des oreilles, joues arrachées, orbites vides, bouches sans lèvres, ni dents, ni langue ? J'envisage tout autre chose. J'ai demandé un entretien à Ashwell, l'éditeur, je vais lui proposer un livre sur la bitrochosophobie.

Devant le regard perdu de Lefferts, il précise :

– La bitrochosophobie, c'est la peur des bicyclettes.

– Et tu es compétent pour traiter le sujet ?

– Parfaitement compétent : je ne suis pas seulement lépidophobe, je suis également bitrochosophobe.

– Permets-moi de douter que tu puisses être atteint de cette phobie au nom imprononçable, alors que tu as fait de ta femme – laquelle, si ma mémoire est bonne, n'était encore que ta fille – une vélocipédiste acharnée.

– Pourtant si, dit Jayson. Je suis terrifié quand je la vois enfourcher cet engin et disparaître tout au bout de l'allée, les rubans de son chapeau flottant au vent. J'ai peur de ne pas la revoir. Peur à en éprouver des nausées. Je l'aime. Je l'aime comme je n'aurais jamais cru pouvoir aimer à nouveau.

Jayson Flannery se frotte vigoureusement les yeux. Geste qu'il justifie en expliquant que la fumée du feu de bois le fait toujours larmoyer les jours de pluie, car alors la cheminée tire mal.

4

À l'aube du jour fixé pour l'entretien avec Ashwell, le vent tourne au nord-ouest. Ce qui présage un ciel de traîne joliment bigarré sur la partie la plus maritime de l'East Riding of Yorkshire. Jayson, qui n'est pourtant pas féru de paysages, décide qu'avant de gagner la gare de Hull pour prendre le train de Londres, il fera un détour pour photographier le reflet des nuages sur l'estuaire de la Humber.

Emily guette le remue-ménage de vaisselle entrechoquée et de chaises déplacées que provoque immanquablement Mrs. Brook en arrivant vers six heures pour prendre son service. Mais ce matin, n'ayant rien entendu, elle se lève en hâte pour préparer le petit déjeuner : bacon grillé (surtout pas frit) épais d'un quart de pouce, pommes de terre coupées assez finement pour paraître presque translucides, puis frites jusqu'à prendre une belle coloration brune, des œufs cassés dans des ramequins frottés au gras de jambon, saupoudrés de persil, de sel et de poivre, des coquilles Saint-Jacques émincées, roulées dans la chapelure, passées au four et servies très chaudes avec une coulée de vinaigre (le vinaigre à l'initiative de Mrs. Brook, persuadée, comme beaucoup de ménagères, que ce coquillage rose et tremblotant a été classé par erreur parmi les comestibles, et qu'il faut le vinaigrer à outrance pour lui ôter sa virulence), ainsi que des pilons de volaille macérés dans une sauce à base de moutarde, de poivre de Cayenne, de sauce aux anchois et de Worcestershire.

Jayson froisse sa serviette qu'il a tachée de jaune d'œuf, incline sa chaise en arrière, se balance un instant en regardant la nuit pâlir.

Il dépose un baiser dans le creux de sa main et souffle dessus pour l'envoyer à Emily assise face à lui, de l'autre côté de la table.

Il sera absent deux jours, dit-il, car après son entrevue avec Ashwell il a rendez-vous avec un peintre qui souhaite lui acheter quelques-uns des portraits qu'il destinait à *Omnipresence of Death*.

D'après ce que Jayson a compris, le projet du peintre est de barioler ces photos à grands traits de gouache pistache et caca d'oie. L'artiste préfère dire : transfigurer, mais Jayson n'est pas dupe, c'est bien d'un barbouillage qu'il s'agit.

Ça lui est d'ailleurs égal que l'autre macule ses photos s'il les lui achète un bon prix. Les rides, la peau flasque, les gencives creusées, les sourcils feutrés, les yeux éteints sous leurs taies bleutées, la décrépitude en somme, le glacis de l'âge, ça n'inspire plus autant Jayson – et même ça ne l'émeut plus – à présent qu'il a devant lui la beauté d'Emily.

Laquelle écoute le ronflement de la Sheffield Simplex s'amenuiser derrière le mur du potager.

Le silence revenu, quand il n'y a plus que les premiers oiseaux du matin à chanter, Emily referme la fenêtre.

C'est alors que Mrs. Brook entre dans la salle à manger. Au lieu de sa blouse habituelle, elle est vêtue d'une robe qu'on lui a vraisemblablement prêtée car elle flotte dedans, taillée dans une étoffe sombre et lourde absorbant la lumière, et elle a coiffé un chapeau de paille noire tressée en triangle, ceint de velours et recouvert par une voilette.

Elle reste un instant à se dandiner devant la table, semblant considérer avec horreur les vestiges du repas matinal, elle met une main devant sa bouche, comme écœurée par toute cette nourriture étalée avec ostentation – c'est pourtant le même petit déjeuner, rigoureusement le même, que celui qu'elle a coutume de préparer tous les matins.

– Quelque chose ne va pas, mistress Brook ?

Les yeux de la gouvernante sont rouges et larmoyants, comme frappés de conjonctivite.

– Il est mort, dit-elle.

– Qui est mort ?

À l'instant même où elle la pose, Emily comprend que sa question est d'une stupidité accablante – la robe de deuil, le chapeau de paille noire, les yeux congestionnés, oh ! Emily...

Mrs. Brook semble offensée. Elle relève le menton, pince ses narines :

– Vous ne prêtez donc jamais attention aux autres, mistress Flannery ? C'est de cavaler à bicyclette par tous les temps qui vous fait considérer les gens comme s'ils n'étaient que des ombres sur votre route ?

– Je vous demande pardon, mistress Brook, balbutie Emily. Je suis stupide, j'aurais dû deviner – c'est mister Brook, n'est-ce pas ?

– Je l'ai trouvé ce matin. Je suppose qu'il a dû mourir au cours de la nuit, mais je ne m'en suis aperçue qu'en me réveillant. (Elle se met à sangloter.) J'ai l'habitude d'allonger la main pour le toucher, voyez-vous. Et là, il était déjà tout froid, tout raide.

Les larmes coulent sur les joues de Mrs. Brook, prennent une sorte d'élan en franchissant le tremplin des pommettes (Mrs. Brook a des pommettes très développées, elle a peut-être des ascendants slaves), ce qui accélère la coulée des larmes, leur chute – et elles s'écrasent sur les dalles rouges avec un bruit de robinet qui fuit.

– Voulez-vous vous asseoir, mistress Brook ? propose Emily. Le café est encore chaud, buvez-en une tasse, ça vous fera du bien. Et je crois aussi que vous devriez manger quelque chose – une chose sucrée, de préférence.

Mrs. Brook fait non de la tête.

– Comme vous voudrez, dit Emily.

– Pourriez-vous informer mister Flannery de mon malheur ? J'aimerais tant qu'il fasse une ou deux jolies photos du pauvre mister Brook. C'est mister Flannery lui-même qui me l'a proposé quand il a su que mon Nelson ne guérirait pas – moi, vous pensez bien, je n'aurais jamais osé lui demander...

– Rentrez vite chez vous, mistress Brook. Je suppose que vous allez avoir une foule de choses à faire.

– Et pour commencer, raser, coiffer et habiller mister Brook, bien lui cirer ses souliers. Qu'il soit beau sur la photo, n'est-ce pas ?

– Il le sera, dit Emily. Mister Flannery est un véritable magicien.

C'est la première fois qu'Emily apprend la disparition de quelqu'un appartenant à son entourage immédiat. Elle ne se souvient pas de la mort de ses parents, elle était trop jeune, c'est allé trop vite, et il se peut que son inconscient en ait pâli, affadi, puis effacé le souvenir.

Nelson Brook, lui, a toujours fait partie de son paysage, au sens propre du terme. Il travaillait le reste du temps à l'entretien du parc et du potager de Probity Hall ; il suffisait à la jeune femme de jeter un coup d'œil à travers l'une ou l'autre des fenêtres de la demeure pour être sûre, même par temps de brume, de distinguer là-bas sa silhouette large et voûtée, et sa tignasse brune qui descendait bas sur sa nuque en grosses boucles épaisses et laineuses qui rappelaient à Emily la fourrure des bisons.

Emily va chercher sa bicyclette dans l'écurie qui n'abrite plus de chevaux depuis que Jayson conduit la Sheffield Simplex. La chaude odeur de pain d'épices des grands animaux s'est dissipée, remplacée par celle, ammoniaquée, des litières moisies, des restes de foin de prairie pourrissant. Mais Emily ne conçoit pas meilleur endroit pour remiser sa bicyclette.

Il ne pleuvra pas aujourd'hui, et les jours rallongent.

Emily peut envisager une longue randonnée. Elle prévoit de rouler vers l'ouest, jusqu'au village où les deux cousines, Elsie et Frances, ont photographié des fées.

C'est à l'autre bout du Yorkshire, à près de

quatre-vingts miles de Chippingham, ce qui signifie qu'elle ne pourra évidemment pas rentrer le soir même ; mais c'est sans importance puisque Jayson passe la nuit à Londres, et sans doute une grande partie du lendemain.

Emily quitte Chippingham sous un ciel pratiquement sans nuages. Seuls de petits cumulus pommelés comme des pivoines flottent au-dessus des rares points culminants – un clocher émergeant du moutonnement des toits, un bosquet isolé au faîte d'un plissement de terrain (toupet de cheveux sur crâne ridé, pense Emily – ça la fait rire, ça lui rappelle un homme-médecine, comment s'appelait-il déjà ? Čhekpá[1], wičháyapažípa[2], hetkála[3] ? Non, non, ça n'était pas ces noms-là, Emily a oublié, il n'est pas facile de se remémorer des choses aussi lointaines quand on pédale dans la campagne anglaise, sur une route poussiéreuse, sous le soleil de plus en plus chaud – et puis ça lui revient tout à coup : Tatanka Hunkeshni[4].

Au fur et à mesure qu'elle se dirige vers l'ouest, les collines se font plus nombreuses, mais toujours aussi douces à escalader. Elle roule maintenant depuis trois ou quatre heures mais n'éprouve

---

1. Nombril.
2. Frelon.
3. Écureuil.
4. Bison Lent.

aucune fatigue. Les pédales de la New Rapid lui semblent tourner sous ses pieds de façon presque autonome, sans qu'elle ait à peser sur elles. Les efforts qu'elle fournit dans une ascension sont aussitôt compensés par une descente tout en souplesse.

Aujourd'hui, en plus de son viatique habituel constitué de shortbreads, de figues et d'amandes, de viande longuement massée aux aromates, salée, séchée, elle a glissé une carte routière dans l'espèce de gibecière qui pend dans son dos.

C'est le premier voyage qu'elle effectue sans s'abandonner au hasard, sans se fier à son instinct qui, à l'approche de chaque carrefour, lui fait d'habitude plisser le nez, palpiter des narines comme un lapin, pour mieux humer la route à suivre.

Elle sait où elle veut aller, et dans quel but : elle va chercher un cadeau pour Jayson.

Il ne s'y attend pas, elle ne lui a jamais rien offert, elle ne lui a jamais dit merci que pour des gestes de tous les jours, le petit cube de fromage qu'il lui présente à la pointe de son couteau, *celui-là tu vas l'adorer, il est salé à souhait, je n'ai jamais vu quelqu'un – un être humain, je veux dire, parce que sinon il y a les chèvres... – aimer le sel autant que toi*, le châle qu'il jette sur ses épaules quand elle réprime un frisson, les anemopsis qui lui rappellent les grands étangs d'Amérique, Jayson les a d'ailleurs plantés là pour ça, il lui en fait des bouquets quand ils se promènent tous les deux le long de la Welland ; mais elle ne l'a jamais remercié de tout ce qu'il a fait pour elle depuis l'église de Pine Ridge, de cette accumulation de miracles, de mensonges, de batailles, qui ont fait d'elle une Anglaise à bicyclette.

Il y a longtemps qu'elle souhaite offrir à Jayson un cadeau qui soit digne de lui.

Elle a trouvé : elle lui fera présent des fées d'Elsie et de Frances.

Bien sûr, Emily ne prétend pas ramener une fée à Chippingham.

D'abord parce qu'il n'est pas sûr qu'elles existent – en tout cas, Jayson et le Dr Lefferts ont semblé très sceptiques.

Et puis, pour en attraper une, encore faudrait-il la voir ; ce qui, d'après sir Arthur Conan Doyle, est le privilège exclusif des jeunes filles impubères et ayant gardé toute leur innocence ; ce n'est évidemment pas le cas d'Emily qui, hardiment coachée par Jayson, pratique au lit des jeux exquis mais inavouables.

Enfin, à supposer que les deux premières conditions soient remplies, comment s'y prendre pour s'emparer d'une de ces petites créatures qui, d'après l'éminent Edward L. Gardner, membre de la Société théosophique, se situent « dans la même lignée d'évolution que les insectes ailés » ? Si elles sont donc aussi fragiles qu'une libellule, avec quoi en attraper une sans la blesser ? Avec une mousseline à papillons ? Un cornet en papier ? Une pince à épiler ? En l'emprisonnant sous un verre renversé ?

Emily préfère revenir avec l'histoire – il n'y a d'ailleurs pas tellement de différence entre une fée et son histoire.

Ce ne sera pas l'histoire que sir Arthur a rapportée dans le *Strand*, mais celle qu'Elsie et Frances vont elles-mêmes raconter à Emily, laquelle n'aura qu'à cueillir chaque mot à sa naissance sur les lèvres des jeunes filles, chaque intonation à l'instant où elle s'échappera de leurs bouches, encore parfumée de leurs souffles.

Emily n'aura aucun mal à s'en souvenir, aucun effort de mémoire à faire : depuis que leur peuple existe, les Lakotas se racontent des histoires. Ils les empilent comme les Anglais entassent des bûches sous l'appentis. La différence est que le bois anglais part en fumée, tandis que les histoires lakotas, après avoir réchauffé le peuple, ou contribué à le nourrir, d'une autre nourriture que la viande de bison mais qui n'en est pas moins vitale, reviennent indéfiniment.

Car les histoires sont inusables. Elles sont la seule chose au monde sur quoi le temps n'a pas d'emprise.

Une histoire qui ne finira jamais – et Emily a eu l'impression que Jayson était touché par celle des fées, ses yeux s'étaient mouillés, ce n'était pas seulement l'effet du feu de bois, allons donc ! – est un cadeau vraiment digne du merci, lui aussi sans fin, qu'elle doit à l'homme qui l'a sauvée.

Sans descendre de sa bicyclette, elle mord dans sa viande fumée.

Sur son guide routier – un livret présentant sur la page de droite un fragment de carte à l'échelle de douze miles pour un pouce[1], et sur celle de gauche des adresses pratiques (essentiellement des auberges et des garages) – elle repère les chemins de halage qui accompagnent les cours d'eau : damés par les sabots des mariniers et les fers de leurs chevaux, ils présentent une surface presque toujours aussi plane que celle des routes, et la présence de l'eau et des arbres y procure une fraîcheur délicieuse après la chaleur torride du plein soleil et de la rocaille des sentiers à moutons, cahoteux, défoncés, que le routier, édité et distribué par un brasseur qui a sans doute intérêt à assoiffer ses lecteurs, préconise comme raccourcis.

Après des sous-bois humides et chauds aux odeurs de champignon et d'humus, Emily longe les banquettes hérissées de berces, de carottes sauvages et de fougères, du canal qui, à présent désaffecté, a longtemps été emprunté par les péniches qui distribuaient le charbon dans la région de Barnsley.

---

1. Environ 19 km pour 2,50 mm.

La nuit tombe lorsque Emily entre dans les faubourgs de Bradford.

Elle arrête sa bicyclette sous le halo d'un réverbère, l'équilibre en étirant ses jambes jusqu'à toucher terre des deux pieds (sensation tellement agréable de déplier ses articulations, de libérer ses muscles et ses tendons).

Elle pose son routier sur le guidon, l'oriente de façon qu'il reçoive la lumière du bec de gaz, l'ouvre à la page Bradford en quête d'une auberge susceptible de loger une jeune femme seule.

Le guide recommande *The Three Sisters*, qui tient son nom des sœurs Brontë. Emily se souvient d'avoir entendu parler d'elles, en tout cas de l'une des trois, celle qui porte son prénom, Emily, par une des Petites Dames de Jayson, Amalia Pickridge, qui, malgré ses quatre-vingt-deux ans, avait absolument voulu poser dans le costume de Catherine Earnshaw et de sa fille Cathy dont elle avait incarné les deux jeunes et ravissants visages dans une pièce adaptée du roman de cette petite Brontë, *Les Hauts de Hurlevent*.

Emily n'a pas lu *Les Hauts de Hurlevent*, elle est trop occupée à sillonner le Yorkshire à bicyclette pour ouvrir des livres ; mais le titre du roman lui fait imaginer une Emily Brontë coiffée d'un vaste chapeau que le vent âpre soufflant sur la lande d'ajoncs et de bruyère mauve l'oblige à retenir d'une main – voire des deux, et en y enfonçant bien les ongles lorsque les rafales se font plus violentes – malgré qu'elle l'ait, par précaution, attaché sous son menton avec un ruban assorti à la couleur de ses yeux.

Amalia disait avoir été choisie pour le rôle parce qu'elle avait les yeux verts comme Emily (Brontë). Ce qui avait fait regretter à Emily (Flannery) de ne pas les avoir verts elle aussi.

Alors elle les avait frictionnés avec des herbes et des feuilles de ce vert incomparable que miss Pickridge appelait le vert Emily, mais n'avait réussi qu'à les irriter au point qu'ils étaient devenus rouges comme ceux des lapins.

À l'auberge *The Three Sisters*, une servante conduit Emily à travers un empilage d'escaliers étroits aux marches laquées de blanc jusqu'à une chambre mansardée.

Emily aime bien la pente de la toiture, ça lui rappelle celle des tipis, mais elle ne s'y sent pas à l'aise, elle éprouve même une sorte de désarroi : c'est la première fois depuis le voyage de nuit dans la voiture 23 du *New York Central Railroad* qui les emportait de Chicago à New York, qu'elle devra s'endormir sans que Jayson soit à portée de sa voix – cette nuit-là, après lui avoir entravé une cheville avec une courroie de son fourniment, il était allé dîner sans elle au wagon-restaurant. Il était revenu ivre, il s'était affalé, s'était endormi. Elle avait passé une partie de la nuit penchée depuis la couchette du haut à le regarder dormir. Il rêvait quelquefois, elle le voyait à sa façon de tressaillir, de respirer plus vite, aux mouvements de ses yeux sous les paupières, ça le prenait surtout quand le train tressautait sur un aiguillage, ou franchissait un pont métallique dans un bruit de tonnerre.

Elle comprend aujourd'hui que c'est probablement cette nuit-là, la nuit du *New York Central Railroad*, qu'elle est tombée amoureuse de Jayson.

5

Au 31 Main Street, Arthur et Polly Wright, les parents d'Elsie, habitent une maison d'angle. C'est une demeure d'apparence banale, en briques, comportant un étage et un grenier. Derrière la maison s'ouvre un jardinet qui n'est qu'à quelques mètres du ruisseau dont Elsie et sa cousine Frances ont fait leur royaume.

Emily tourne l'angle, suivant comme un fil le bruissement de la cascade. À cette heure matinale (six heures viennent de sonner au clocher de Saint-Michel-et-tous-les-Anges), un silence douillet enrobe Cottingley comme un brouillard ; le maréchal-ferrant n'a pas encore ouvert sa forge, et la seule industrie du village, une tannerie reconvertie en filature, est plus odorante que bruyante.

Emily engage prudemment sa bicyclette sur la berge, pédalant du seul pied droit, le gauche frôlant le sol et prêt à marquer un arrêt brutal en cas de besoin. La banquette de terre est étroite, traversée par des racines noueuses qui parfois la délitent en y ouvrant des failles qui sont autant de pièges pour une roue de bicyclette.

La jeune femme est d'abord un peu déçue par l'aspect étranglé du cours d'eau qui tient plus du ruisseau que du torrent.

Mais elle se dit que l'extrême fragilité des fées, si tant est que celles-ci ressemblent aux créatures diaphanes photographiées dans le *Strand*, est sans doute incompatible avec la vivacité et la puissance d'une vraie rivière. Il doit être plus conforme à leur nature délicate de fréquenter ce genre de rigole parsemée de pierres qui cassent la frénésie de l'eau et la font friser, cette eau qui n'est pas pour autant une eau morte car, en dévalant les degrés de sa cascade, elle est brassée, ravivée, blanchie, et elle file entre les cailloux avec une énergie nouvelle.

Emily profite d'un pont en dos d'âne pour changer de rive. Elle quitte l'espèce de margelle en sous-bois pour la berge champêtre. Les pneus de la Rapid chuintent dans une herbe fraîche et fournie dont l'humidité est entretenue par la buée et les éclaboussures de la chute d'eau, par la porosité des banquettes de la petite rivière et par l'ombre portée des chênes, des saules et des frênes.

D'après les images reproduites dans le *Strand*,

c'est par ici qu'Elsie et Frances ont photographié des fées.

La première plaque, celle qui montre quatre fées dansant sur un buisson, a été impressionnée à brève distance de la cascade dont la chute écumante est visible en arrière-plan, sur la droite de Frances.

Puis les cousines ont pris une deuxième photo un peu plus loin – et cette fois c'est la petite Frances qui tenait l'appareil, elle a photographié Elsie en train de regarder danser un gnome.

À l'instant même où Emily pense identifier l'endroit avec une quasi-certitude en comparant la forme et la perspective des arbres sur le cliché à celles qu'ils ont dans la réalité, le pneu avant de sa bicyclette émet un long sifflement qui s'achève en soupir. Le Dunlop, qui a maintenant l'allure pitoyable d'une couleuvre écrasée sur la route, sort de sa jante. La roue avant faseye comme une voile mal réglée qui flotte et bat dans le vent, la Rapid s'arrête net.

Emily descend de sa machine, ausculte la roue. Une tige fine et pointue, terminée par une perle noire, a transpercé le pneu. Emily la retire. C'est une épingle à chapeau. Elle est rouillée, signe qu'elle a dû séjourner assez longtemps dans la terre humide et l'herbe détrempée. La perle est plutôt jolie, en forme de goutte (ce genre de gouttes qui s'attachent au bec des robinets et n'en finissent pas de s'étirer en poire avant de tomber), mais ce n'est probablement qu'une perle de verre sans valeur ; s'il s'agissait d'une vraie, la personne qui l'a perdue l'aurait cherchée, et elle aurait fini par la retrouver car elle gisait à fleur de terre, ce qui explique d'ailleurs qu'il a suffi de lui rouler dessus pour qu'elle redresse sa pointe et perfore le pneu.

Emily retrousse sa robe pour s'agenouiller afin d'examiner de plus près la crevaison du Dunlop. Si les dégâts se limitent à un trou dans le pneu, la jeune femme pourra réparer elle-même ; mais si la chambre à air, fragilisée d'avoir été beaucoup sollicitée, s'est déchirée, elle devra faire appel à un mécanicien.

Alors qu'elle finit de fléchir ses genoux pour les poser à terre, elle ressent dans l'un d'eux une douleur fulgurante, quelque chose comme une piqûre d'abeille ou de guêpe.

Emily baisse les yeux et constate qu'une deuxième épingle, chapeautée cette fois d'une perle blanche, s'est enfoncée en biais dans son genou droit.

Elle a traversé l'épiderme, le derme, et est entrée dans la synoviale.

La première pensée d'Emily est qu'il serait inconvenant, vu l'heure précoce, de frapper à la porte du 31 Main Street. Pourtant, entre son pneu crevé et son genou poignardé (l'épingle est toujours fichée dans sa chair, la prescription des chamans étant de ne jamais arracher soi-même la flèche qui vous a frappé), elle a besoin d'aide.

Or la maison la plus proche est celle des Wright ; d'où elle se trouve, Emily peut voir la fumée monter de ses cheminées en deux rubans distincts qui, au fur et à mesure de leur ascension, se rejoignent et se fondent pour former un petit nuage ardoisé qui, telle l'étoile de Bethléem, reste en suspension au-dessus du logis comme pour lui indiquer la direction du salut.

La jeune femme rebrousse chemin vers le village. Malgré sa jambe droite sur laquelle elle ne peut s'appuyer tant une douleur intense irradie son genou à chacune de ses tentatives pour poser le pied par terre, elle doit pousser sa bicyclette qui, rendue déjà pénible à mouvoir du fait de son pneu flasque, s'alourdit à chaque tour de roue d'un emplâtre de terre molle et d'herbe mouillée.

Comme dérivatif à sa souffrance, Emily imagine l'accueil plutôt revêche auquel elle suppose devoir s'attendre de la part du père d'Elsie :

– C'est au sujet des fées ?

– Pas vraiment, mister Wright, bien que d'une certaine façon... en fait, je... eh bien, je m'appelle Emily Flannery et...

– Ma fille en a assez de ces histoires. Et nous aussi. Passez votre chemin.

Il amorcera sans doute le geste de refermer la porte, et elle devra faire un pas en avant pour l'en empêcher – pas facile avec un genou paralysé par la douleur.

– Attendez ! Cette histoire, comme vous dites, c'est tout de même bien votre fille et sa cousine qui l'ont inventée ?

– Inventée ? (Goguenard :) Ah bon, parce que vous croyez que c'est des inventions ? (Scandalisé :) Dites, vous nous voyez, ma femme Polly et moi, et toute notre famille, et celle de la petite Frances Griffiths, nous faire les complices de pareils enfantillages ? Au début, je l'avoue, j'ai pensé à une mystification. Elsie a toujours été si imaginative. Et si artiste – oh ! elle est tout à fait capable d'avoir dessiné les petites créatures qu'on voit sur les photos. Mais si elle avait fait ça, on l'aurait su. Parce que vous n'avez pas idée du nombre d'experts auxquels nous avons soumis ces clichés, aussi bien les tirages que les négatifs sur plaque ; tenez, j'ai même envoyé ces fameuses plaques au siège des laboratoires Kodak, à Londres. (Réjoui :) Ils les ont analysées, et eux non plus n'ont trouvé aucune preuve d'une quelconque manipulation. (Triomphant :) Et je ne parle pas de sir Arthur Conan Doyle qui a pris fait et cause pour les petites. Si vous trouvez que sir Arthur n'est pas une caution suffisante, alors je ne sais pas ce que demande le peuple !

Emily se retiendra de répondre qu'après la perte de plus de huit cent mille de ses compatriotes morts sur les champs de bataille et celle de deux cent cinquante mille victimes de la pandémie de grippe qui a suivi le conflit, le peuple ne demande *justement* qu'à croire aux fées.

Surtout si celles-ci sont devenues assez raisonnables pour donner enfin des preuves de leur existence en acceptant de se laisser photographier – et dès lors, comment traiter d'idiotie puérile ce qu'on affirme en même temps être un acte raisonnable ?

Seuls des intellectuels à l'esprit chagrin, ce qu'ils sont d'ailleurs presque tous, grognassent devant ces apparitions féeriques, ce pétillement, cette souplesse, cette jeunesse – voire cette immortalité, ou en tout cas une mortalité infiniment moins hideuse que la nôtre, car, comme l'explique sir Arthur dans les conférences qu'il donne à travers le monde, aux États-Unis, au Canada et jusqu'en Australie : « Il n'y a pas, dans le monde des fées, véritablement de naissance ni de mort au sens où nous l'entendons, mais un mode d'existence infiniment plus subtil que le nôtre, qui se traduit par une émergence progressive et qui s'achève par un effacement de même – sachant qu'entre les deux, une fée peut vivre un millier d'années[1]... »

Partagé entre le plaisir anticipé de pouvoir détailler la liste des soutiens, tous plus honorables les uns que les autres, qui se sont manifestés en

---

1. Il allait bientôt (1922) l'écrire dans *The Coming of the Fairies* (*Les Fées sont parmi nous*, JC Lattès, édité par Sylvie Marion).

faveur d'Elsie et de Frances, et le dérangement que va immanquablement entraîner la visite de cette jeune vélocipédiste (il faudra lui offrir une tasse de thé, des scones et des confitures, pendant que Polly montera réveiller Elsie et Frances qui dorment encore, qu'elle les débarbouillera, les peignera, les habillera proprement et les poussera au salon après leur avoir fourré dans la bouche des pastilles au coquelicot), Arthur Wright ne saura plus s'il doit ouvrir ou fermer sa porte.

Parions qu'il l'ouvrira, qu'il l'ouvre, qu'il l'a ouverte – ça y est, Emily est dans la place.

Laissant sa bicyclette dans l'entrée, appuyée contre le mur orné de dizaines de photos de famille dans des cadres disparates, face à l'escalier sous lequel est incrusté le cagibi où Arthur Wright a aménagé son laboratoire, Emily pénètre dans la salle à manger.

Au milieu se trouve une table ronde au plateau d'acajou si parfaitement luisant qu'il semble avoir été coulé dans du verre.

Mrs. Wright, qui était justement occupée à l'astiquer, prend les mains d'Emily dans les siennes et lui demande de ne pas lui en vouloir si elle lui sert sa tasse de thé à la cuisine, car mieux vaut éviter de poser des objets sur la table qui doit rester éblouissante jusqu'à ce soir où, comme tous les mois, Polly Wright recevra des membres de la Société de théosophie à laquelle elle appartient.

– Théosophie ? demande Emily.

– Polly et ses amis comparent les religions, les philosophies et les sciences, intervient Arthur Wright.

– Pour trouver la meilleure ?

– La meilleure est la vérité, dit Polly. Notre doctrine est qu'il n'y a pas de religion supérieure à la vérité, mais que chaque religion contient une partie de la vérité.

– Je vois, fait Emily.

La douleur l'empêche de former des phrases de plus de deux ou trois mots. Et elle sent que, bientôt, elle ne pourra plus émettre autre chose que des gémissements.

– Si cela vous intéresse, sourit Mrs. Wright, je serai ravie de vous donner des brochures. Nos recherches ne se cantonnent pas aux religions, nous étudions aussi les lois inexpliquées de la nature – ce qui ne veut pas dire inexplicables, bien sûr, mais encore inexpliquées à ce jour.

– Les fées, murmure Emily.

Son genou saigne de plus en plus, de grosses gouttes rouges s'écrasent sur le tapis. Elles tombent toutes au même endroit, ce qui finit par produire un petit bruit à la fois mat et mouillé qui attire l'attention des Wright.

– Mon Dieu, s'écrie Polly, mais vous êtes blessée !

– Ce n'est rien, dit Emily.

– Qu'est-ce que vous vous êtes planté dans la jambe ? Une fléchette ?
– Une épingle à chapeau.

Le cœur au bord des lèvres, elle réussit à relever légèrement son genou où, au centre d'une petite source de sang, affleure la perle blanche.

– Par exemple ! s'exclame Polly Wright. On dirait tout à fait l'épingle que j'ai égarée voici trois ans. Si ce n'est pas elle, c'est sa sœur jumelle. Je la reconnais à la perle.

– Une vraie perle ? demande Emily.

Elle s'en veut de se présenter chez ces gens avec, fichée dans son genou, une perle qu'ils ont dû chercher partout.

– Non, ce n'est que de la verroterie sans valeur. Mais je déteste perdre mes affaires. D'autant que je me souviens d'avoir, en l'espace d'une semaine, égaré trois ou quatre épingles à chapeau.

– La loi des séries, constate Mr. Wright.

Emily se dit que les Wright se réjouiraient sans doute d'apprendre que la loi des séries joue dans les deux sens, puisque juste avant l'épingle à perle blanche, elle a retrouvé celle à perle noire.

Mais il y a déjà quelques minutes que ses mains sont devenues glacées, que son front se couvre de sueur et qu'elle a dans les oreilles le bourdonnement assourdissant d'un monstrueux essaim d'abeilles.

Entre un effort insurmontable pour commenter la façon dont s'enchaînent parfois des événements pourtant hautement improbables, et la jouissance passive mais ineffable de se laisser couler dans l'espèce d'ouate noire qui a soudain envahi le salon d'Arthur et de Polly Wright, Emily choisit les délices de la seconde proposition – et elle s'évanouit.

6

Emily reprend conscience dans une pièce mansardée qui tient tout à la fois de la chambre d'enfant par ses poutres bleu pâle et son papier peint à motif de fillettes jouant au cerceau, et du grenier par l'accumulation de livres d'images, de chapeaux d'été, de souliers dépareillés, de travaux de couture, de tricot, de broderie à peine commencés que déjà abandonnés, de cailloux polis trouvés dans la rivière, de fleurs séchées, de pastilles d'aquarelle, de faux bijoux, de poupées, de boîtes pleines de souvenirs de guerre, boutons de cuivre frappés d'une ancre, brochettes de décorations, médailles pendantes, bandeau blanc sur lequel le sang a séché, est devenu noir, monocle percé d'un trou – il y a peut-être un lien entre le monocle et le bandeau, sûrement même.

Une jeune fille est penchée sur Emily. Son souffle sent le coquelicot.

Autant qu'Emily puisse en juger – la jeune fille est si proche d'elle qu'elle est un peu floue, à moins que cet aspect brouillé ne soit une séquelle passagère de la syncope –, elle est très jolie. Vêtue d'une longue chemise de nuit blanche et toute simple, un ruban dans les cheveux pour dompter les lourdes boucles qui retombent jusque sous ses seins, elle a un visage d'un ovale parfait, un grand front qu'elle cache en partie sous une frange, un nez droit au bout légèrement retroussé, des yeux allongés sous des sourcils fins et rectilignes, une bouche peut-être un peu large mais aux lèvres tendres et aux dents régulières et très blanches.
– Vous allez mieux ?
– Oh, tout à fait bien, dit Emily. Qu'est-ce qui m'est arrivé ?
– Vous avez perdu connaissance. À cause de votre genou, je suppose. L'épingle avait pénétré profondément. Dieu merci, mon père a pu la retirer sans qu'elle se brise. Il a nettoyé la plaie avec un désinfectant, mais c'est un fond de flacon qui date de la guerre, il n'est peut-être plus très actif, alors il vaudrait mieux que vous montriez votre genou à un médecin.
– Je verrai le Dr Lefferts.
– Lefferts ? Oh, c'est parfait, approuve la jeune fille en hochant la tête.

C'est sans doute la première fois qu'elle entend prononcer ce nom, car l'hypothèse qu'il y ait à Cottingley un autre Dr Lefferts serait une coïncidence encore plus troublante que la perte (et les retrouvailles) à répétition des épingles à chapeau. Mais la jeune fille a dû recevoir ce genre d'éducation qui lui interdit de contrarier d'aucune façon une femme allongée, blessée, toute pâle encore, et qui sort à peine d'une longue syncope.

– N'êtes-vous pas Elsie Wright ? fait Emily.

– C'est moi. Et voici ma cousine Frances.

Un rire frais attire l'attention d'Emily vers la tête du lit où elle est étendue. Elle se redresse et découvre une fille plus enfantine qu'Elsie, plus mutine, elle aussi avec un nœud blanc dans les cheveux.

– Maman a dû se rendre à Bradford, dit Elsie. Une obligation qu'elle ne pouvait différer. Mon père l'y a conduite en voiture, il en a profité pour emporter la roue de votre bicyclette, il la fera réparer là-bas car nous n'avons pas de mécanicien, ici à Cottingley.

– Alors ma tante Polly a bien été obligée de vous confier à nos soins éclairés, enchaîne Frances. Rassurez-vous, vous êtes en bonnes mains : Elsie et moi, nous avons déjà sauvé du trépas tout un tas de petits animaux, conclut-elle d'un ton espiègle.

– J'imagine en effet que la rivière Beck pullule de grenouilles, de salamandres, de libellules, de martins-pêcheurs...

– ... et de cincles plongeurs, complète Frances. Avez-vous déjà vu un de ces drôles d'oiseaux marcher sous l'eau – je dis bien « marcher », et le plus tranquillement du monde ?

– Oui, confirme Emily. J'habite moi aussi près d'une rivière, la Welland. Mais je n'y ai jamais rencontré aucune fée, ajoute-t-elle après une hésitation.

Frances rougit et recule. Elsie pâlit et, au contraire de sa cousine, se penche davantage sur Emily, la caressant de son haleine coquelicot.

– Qu'est-ce que vous savez de cette histoire ?

– Ce qu'en savent les gens qui ont lu le *Strand*. Mais pas seulement.

Elsie tripote nerveusement ses boucles.

– Pas seulement ? Que voulez-vous dire avec votre « pas seulement » ?

– Les épingles à chapeau, énonce Emily. J'en ai déjà retrouvé deux sur les bords de la rivière, et je suis prête à parier qu'en cherchant bien j'en trouverai deux de plus – ce qui fera autant d'épingles que de fées sur chacune de vos photos.

– Qu'est-ce que la dame raconte ? piaille Frances.

– Elles ont un rapport avec vos fées, n'est-ce pas ?

– Qu'est-ce qui a un rapport ? grince Elsie.

– Les épingles. Je ne sais pas à quoi elles vous servaient, mais vous vous en êtes débarrassées après avoir pris les photos.

– Nous sommes désolées pour votre bicyclette, dit Frances. En fait, nous avions l'intention de rapporter les épingles à la maison – elles sont à tante Polly, voyez-vous. Et on les a perdues dans la prairie. Mais en quoi est-ce que ça vous regarde, tout ça ?
– Frances a raison, insiste Elsie, ce ne sont pas vos affaires. En tout cas, nous ne reconnaîtrons jamais en avoir parlé avec vous.
– D'accord, consent Emily. Je ne veux à aucun prix vous mettre dans l'embarras. Si vous le souhaitez, je suis prête à jurer que nous ne nous sommes jamais rencontrées.
– Ce n'est que la vérité, fait Frances.
– La très pure vérité, appuie Emily. Mais puisque nous n'existons pas les unes pour les autres – ni les fées non plus – dites-moi au moins avec quoi vous les avez faites…
Elle a les larmes aux yeux. Elle sait depuis longtemps que les plus belles choses retombent sur le dos comme des hannetons à l'agonie, mais elle supporte mal que ce soient des enfants qui les retournent pattes en l'air.
Lesquelles enfants s'assoient sur le lit, chacune d'un côté, encadrant Emily, agitant leurs chemises de nuit d'où s'échappent des odeurs tièdes, curieusement chocolatées.
– Est-ce vous qui avez dessiné les petites créatures, miss Elsie ? Votre père dit que vous avez beaucoup de talent.

– Je n'ai rien dessiné du tout, proteste Elsie. Frances et moi n'avons fait que piquer dans l'herbe les épingles à chapeau. Le jeu consistait à les planter au hasard, les yeux fermés, on recevait un gage quand on transperçait le cœur d'une fleur. Je suppose que c'est ce qui a attiré les fées – ce genre de hoochie coochie.
– Ce genre de... quoi ?
– Hoochie coochie. Vous ne savez pas ce que c'est ? Attendez, je crois qu'on a quelque part un journal qui en parle. Ce grenier n'a l'air de rien, mais il contient le monde entier. Enfin, presque. Nous gardons tous les papiers où il y a quelque chose d'imprimé. Un jour, nous les collerons dans un registre à couverture noire, et ce sera la plus grande encyclopédie de tous les temps. Frances, tu veux bien essayer de retrouver ce journal ?

Frances saute du lit, se met à fourrager dans un coffre qui déborde de livres et de vieux papiers. Au fur et à mesure qu'elle les sort, elle les rejette derrière elle comme un chiot qui creuse le sable.

– Et voilà, s'exclame-t-elle enfin, pas plus difficile que ça !

Il s'est tout de même écoulé une dizaine de minutes entre l'instant où elle a plongé sa frimousse dans le coffre, et celui où elle en émerge en brandissant fièrement une page de journal jaunie, aux bords grignotés par les souris.

– Extrait du *Chicago Tribune*, été 1893, l'année de la foire mondiale qui a eu lieu là-bas : sous l'appellation hoochie coochie, mot supposé évoquer une sorte de balancement des hanches, un coup pour hoochie, un coup pour coochie, le *Tribune* désignait des danseuses presque nues qui se produisaient dans une tente réservée aux spectateurs adultes. En se contorsionnant autour du mât central de la tente, ces filles prenaient des poses – comment diriez-vous, jeune dame ?

– Suggestives ? risque Emily.

– Suggestives, c'est ça, c'est le mot qu'ils ont marqué sur le journal, vous êtes rudement douée – moi, je ne sais pas trop ce que ça veut dire...

L'article est imprimé en tout petits caractères, alors Frances doit suivre le texte en s'aidant de la pulpe de son index à l'ongle souligné de noir et au pourtour hérissé de peaux mordillées.

– Le *Chicago Tribune*, poursuit-elle, affirme qu'il faut avoir assisté à un numéro de hoochie coochie pour comprendre à quel degré d'abjection un être humain peut descendre. Tout homme marié qui va perdre son temps et son âme – c'est toujours le journal qui parle – devant un tel spectacle devrait payer une amende, disons deux dollars pour commencer, trois s'il y retourne. Comment des foires dignes de ce nom peuvent-elles interdire ces personnages répugnants qui mangent des serpents en public et tolérer les hoochie coochie ?

– Nos fées n'ont jamais dansé de façon provocante, dit Elsie. Elles se servaient de nos épingles à chapeau juste pour s'y appuyer, pour reprendre haleine un instant. À propos, vous aimeriez peut-être vous reposer ? Je suppose qu'il doit être épuisant de revenir à soi. Je ne me suis jamais évanouie, j'ai juste failli, ça me fait peur et en même temps ça m'attire. Nous allons vous laisser, il vous suffira d'appeler si vous avez besoin de quoi que ce soit. Viens donc, Frances, on rangera ces vieux papiers plus tard.

Emily les entend descendre l'escalier. Elles sautillent de marche en marche. Elles parlent de faire des scones, ou peut-être plutôt du porridge. Elles se demandent si la jeune dame aura recouvré assez de forces pour reprendre la route avant ce soir, ou s'il faudra l'héberger pour la nuit.
S'il en est ainsi, les cousines devront lui céder un de leurs lits et se partager l'autre, comme lorsque sir Arthur Conan Doyle s'est arrêté au 31 Main Street pour leur poser des tas de questions sur les fées.
Certes, il n'a pas dormi dans la chambre des filles, ça n'aurait pas été convenable, on a descendu pour lui le lit d'une des cousines au salon, à sa demande on l'a installé à l'aplomb d'une des fenêtres donnant sur l'arrière de la maison, avec vue sur la rivière Beck – c'était une nuit de pleine lune, sir Arthur espérait peut-être apercevoir des fées.

Mais il n'a rien vu du tout, et le lendemain on a remonté le lit chez Elsie et Frances.

Polly Wright a dit qu'il était inutile d'en changer les draps : comme tous les médecins, sir Arthur devait être un homme d'une hygiène exemplaire.

Quand Elsie a enfoui son visage dans l'oreiller, elle y a découvert les notes chyprées d'un parfum masculin, et la senteur boisée du tabac dont Conan Doyle bourre sa pipe. Ce qui l'a fait éternuer à plusieurs reprises, après quoi elle s'est endormie en rêvant qu'elle avait un mari et qu'elle courait Londres sous la pluie pour lui acheter des ciseaux à moustache.

À présent, Emily est seule dans la chambre des cousines. Derrière la fenêtre, le ciel verdit, se brouille. Elle rencontrera la pluie pour rentrer à Chippingham. La pluie et, ce qu'elle redoute davantage, la nuit, même si Arthur Wright réussit à faire réparer son pneu et à le lui rapporter avant midi.

Elle espère que Jayson prendra le dernier train pour Hull et qu'il ne sera pas à Probity Hall trop longtemps avant elle. Elle s'en veut d'avoir été imprévoyante, elle aurait dû lui laisser un mot pour lui dire où elle allait, mais bien sûr sans citer Cottingley afin de ne pas déflorer le cadeau qu'elle pense lui faire, précisant qu'elle s'en allait loin, à l'autre bout du Yorkshire et qu'elle pouvait donc difficilement prévoir avec certitude son heure de retour.

Jayson est un homme tellement inquiet.

Il prétend l'avoir toujours été, mais Emily voit bien que ça empire. Il lui arrive quelquefois de frôler le ridicule, c'est le cas par exemple quand ils se promènent tous les deux le long de la Welland et qu'il la retient par le bras, durement, jusqu'à imprimer l'empreinte de ses doigts dans sa chair, pour l'empêcher de s'approcher de la berge.

A-t-il oublié que les rivières du Dakota, les rivières indiennes de l'enfance d'Ehawee, étaient autrement violentes ? Elle les a franchies à gué ou au creux d'un *bullboat*[1] tournoyant sur le fleuve, ligotée dans le berceau de peau que sa mère Huyana portait sur son dos, riant aux éclats quand le flot éclatait contre un rocher et s'envolait plus haut que leurs deux têtes pour leur retomber dessus en leur coupant le souffle, alors elle léchait les filets d'eau au goût pierreux qui ruisselaient sur la nuque de sa mère, elle suçait comme une friandise ses nattes froides et trempées.

Quelle que soit l'heure à laquelle Jayson regagnera Chippingham, Emily devine qu'elle arrivera plus tard que lui, beaucoup plus tard – elle aura peut-être dû passer la nuit à bicyclette, sur les

---

1. Embarcation faite d'une peau de bison tendue (avec ses poils à l'extérieur pour renforcer l'étanchéité) sur une armature en bois de saule de forme circulaire.

routes noyées de brume, son genou l'empêchant de pédaler à son rythme habituel.

Elle se lève.

Mais à peine a-t-elle pris appui sur son pied droit qu'elle ressent une douleur aiguë à l'endroit où s'est enfoncée l'épingle à chapeau. Aussitôt la tête lui tourne, sa bouche devient sèche, ses oreilles bourdonnent – ça recommence, se dit-elle, je m'évanouis.

Contrairement aux fées de la rivière Beck qui, entre deux danses, avaient les épingles à chapeau des cousines Wright pour leur servir de tuteurs, il n'y a rien à portée d'Emily qu'elle puisse saisir pour ne pas tomber. Puisque c'est inéluctable, elle se laisse choir sur le sol, mais doucement, en contrôlant sa chute (atterrir sur les fesses, et surtout pas sur le genou droit!), tout à côté du coffre d'où Frances a sorti le *Chicago Tribune*.

Pour l'avoir éprouvé tout à l'heure, Emily sait que la finalité du malaise est l'évanescence, le gommage progressif du monde tangible qui l'entoure, comme pour la priver de ses repères les plus familiers et pouvoir ainsi plus facilement l'engloutir.

Alors, les mains tendues devant elle comme une aveugle, elle cherche une résistance, le contact de quelque chose de ferme et de solide.

Le coffre fera l'affaire.

Elle arrondit ses bras autour de lui. C'est une malle de voyage au couvercle bombé, avec poignées, renforts et écoinçons en laiton, d'où monte une odeur de camphre et d'étoffe humide. Elle regarde à l'intérieur, oblige ses yeux à en déchiffrer les papiers froissés, cisaillés, déchirés, amputés, privés de sens, elle se force pourtant à lier des syllabes pour en faire des mots, à assembler ces mots en phrases, elle décrypte des images, des chromos de magazines pour dames, des albums de coloriages, et un joli livre illustré et à présent tout dépenaillé, le *Princess Mary's Gift Book*[1], qui contient vingt histoires brèves dont le poème *Big Steamers* de Rudyard Kipling, *A Holiday in Bed* par J. M. Barrie, *Magepa the Buck* de H. Rider Haggard, et un récit d'Arthur Conan Doyle, *The Debut of Bimbashi Joyce*.

Pour empêcher ses sens de s'engourdir, Emily s'efforce de calculer l'âge qu'avait Elsie quand on lui a offert le livre – celui-ci porte 1914 comme date de publication, la petite Wright est née en 1901, elle avait donc... elle avait... elle avait...

– Treize ans, fait Elsie en ouvrant la porte. Ça n'est pourtant pas bien difficile à calculer. Évidemment, on ne peut pas passer sa vie à bicyclette et en même temps apprendre à compter. Mais comme vous êtes pâle ! Est-ce que vous avez eu un nouveau vertige ?

---

1. *Livre Cadeau de la Princesse Mary*. Plus ou moins dans la lignée des almanachs, les livres cadeaux, très prisés en Grande-Bretagne, étaient des ouvrages dont l'aspect artistique comptait davantage que le contenu. Très joliment illustrés, ces livres s'offraient surtout au moment des étrennes.

— Elle a dû se lever trop brusquement, diagnostique Frances. Elle aurait mieux fait de rester allongée. D'ailleurs, ajoute-t-elle en dévisageant la jeune femme d'un regard plein de soupçon, qu'est-ce qui vous intéresse tellement dans ce livre ?

— Rien, dit Emily tout en continuant à feuilleter machinalement le *Princess Mary's Gift Book*. Je l'ai ouvert au hasard. Si j'ai été indiscrète...

— Vous avez failli l'être, coupe Frances en lui prenant le livre des mains.

Elle l'enfouit dans le coffre et s'empresse de le recouvrir en jetant dessus, comme des pelletées de terre lors d'un enterrement, les innombrables papiers qu'elle a tout à l'heure éparpillés dans la pièce.

— Dommage qu'il lui manque une page, remarque pensivement Emily. Ça lui retire beaucoup de son intérêt.

— Oh, mais il n'a plus *aucun* intérêt, dit Frances. Elsie et moi l'avons lu je ne sais combien de fois. Quand on connaît la fin des histoires, pourquoi les relire ?

— Que racontait celle dont la page a disparu ?

Les deux cousines échangent un regard embarrassé. Elles haussent les épaules.

— Mais encore ? insiste Emily.

— Ce n'était pas à proprement parler une histoire, dit Frances. Plutôt un poème. Je me souviens du titre : *Un excellent sortilège pour faire apparaître une fée.*

– Quelque chose comme ça, confirme Elsie qui, après avoir pris une profonde inspiration, se met à réciter d'une seule traite : « *Pour faire apparaître une fée / prenez d'abord une grande gamine décharnée / – mais attention, avancez sans bruit et parlez bas – / trouvez une enfant sauvage en guenilles, qui n'ait plus de larmes pour pleurer / issue de ce monde d'en dessous le monde / prenez une enfant de sept ans, fanée / toute fumante des fanges de la Cité / faites-la passer de l'enfer à votre ciel / et là, sur le thym, faites-la s'agenouiller / et puis placez-la sur un trône enchanté / revêtez-la et nourrissez-la de votre compassion / et laissez-la toute seule une heure durant*[1]... »

– Et une fée m'apparaîtra ? s'étonne Emily.

– En tout cas, c'est ce que semblait promettre le poème.

– Et vous avez essayé ?

– Nous n'avons pas eu besoin de sortilèges pour profiter de la compagnie des fées. Nous nous sommes magnifiquement amusées avec elles.

– Et maintenant ?

– Elsie et moi sommes trop grandes à présent. Les fées ne se montrent qu'à de jeunes enfants. Et puis, nous sommes impures.

– Impures ?...

---

1. Alfred Noyes, *A Spell for a Fairy.*

— Enfin quoi, chuchote Frances, vous savez bien, c'est pour toutes les filles pareil, une affaire de lune et de sang. D'ailleurs, c'est aussi bien qu'on ne puisse plus voir de fées. Les gens nous regardaient comme des bêtes curieuses.

Elsie ajoute alors que, si elles pouvaient, elles écriraient aux rédacteurs du *Strand* pour leur dire d'informer leurs lecteurs que ce n'est pas la peine qu'ils s'obstinent à venir, toujours plus nombreux, sur les bords de la rivière Beck dans l'espoir d'apercevoir les fées : elles n'y sont plus.

— Qu'est-ce qui vous empêche d'envoyer cette lettre au *Strand* ? demande Emily.

Elsie hésite – puis :

— Si on leur dit que les fées n'y sont plus, ils en concluront qu'elles n'y ont jamais été. Ils écriront des articles pour se moquer de tous ceux qui ont cru que nos photos étaient vraies, et qui sont très nombreux, je crois.

— Oh, des centaines, dit Frances en hochant gravement la tête.

— Des centaines de *milliers*, corrige Emily. Et plus probablement des millions.

— Tous ceux-là, reprend Elsie, on s'en fiche : on ne les connaît pas. Mais sir Arthur, c'est différent. Lui, il a cru en nous, il nous a défendues contre tous ceux qui nous traitent de menteuses, de tricheuses, de truqueuses.

— La vérité est terrible, murmure Frances. Des fois, la nuit, elle me fait pleurer.

– La vérité, dit Elsie en entourant sa jeune cousine de ses bras, c'est que mister Doyle a besoin de nos fées. Elles sont pour lui la preuve qu'il existe un autre monde. Ça rend la mort moins horrible, comprenez-vous ? Pas la sienne, je suis sûre qu'il n'a pas peur pour lui-même, mais celle de ceux qu'il a aimés et qui sont morts. Alors, si le *Strand* écrivait que nous avons falsifié les photos, qu'il n'y a jamais eu la moindre fée à Cottingley, quel effondrement pour le pauvre mister Doyle ! Il me semble que ce serait comme si les fenêtres de sa maison se retrouvaient tout à coup barbouillées de peinture noire. Avec lui à l'intérieur.

Emily ferme un instant les yeux, s'efforçant de percevoir ce que peut ressentir quelqu'un dont on aveugle les fenêtres.

– Nous devons absolument le protéger, conclut Elsie. Quoi qu'il nous en coûte.

L'histoire qu'Emily va rapporter à Jayson n'est pas celle qu'elle prévoyait : s'il existe des fées à Cottingley, ce ne sont pas de minuscules hybrides de femmes et de papillons, mais deux cousines, l'une comme une longue graminée souple, brune, genre carex des renards, l'autre comme une renoncule rose et joufflue.

Peu importe qu'elles ne sachent pas voler : avec cinq photos plutôt frustes, elles ont envoûté la moitié de l'Angleterre, l'autre moitié regrettant de ne pas être assez crédule pour les suivre.

— Nous ferions aussi bien de descendre, propose Emily. Il me semble avoir entendu le bruit d'une voiture. Sans doute mister Wright qui revient avec mon pneu.

— Un instant, quémande Elsie avec une nervosité inattendue, s'il vous plaît, mistress Flannery, attendez…

La jeune fille soulève le couvercle du coffre, y plonge les bras jusqu'aux petits dômes blancs des manches ballons de sa chemise de nuit. Comme Frances tout à l'heure, elle fait le chien fouisseur qui envoie voler le sable derrière lui.

Le *Princess Mary's Gift Book* remonte des profondeurs du coffre.

— Tenez, dit Elsie en tendant le livre à Emily, il vaut mieux que vous l'emportiez. Si mon père le trouve, s'il le feuillette et constate qu'une page a été arrachée, il n'aura de cesse de savoir ce qu'il y avait dessus. Ce qui lui sera facile en consultant un exemplaire intact.

— Il y découvrira le poème que vous m'avez si joliment récité tout à l'heure : *Un excellent sortilège pour faire apparaître une fée*. Ça n'a rien de compromettant.

— Sur la même page que le poème, dit Elsie, il y avait des illustrations.

Avant qu'Emily ait pu répondre, Frances s'agrippe à elle comme un chaton à un arbre :

— Et si un jour vous rencontrez des fées, lui souffle-t-elle à l'oreille, rappelez-vous qu'elles raffolent des fleurs de mauve musquée, des fruits du cornouiller, et par-dessus tout du safran qu'elles mettent à toutes les sauces, vraiment. S'il vous arrive qu'elles sautent sur vos genoux pour y danser, vous serez surprise par cette forte odeur de safran qu'elles exhalent : leur haleine sent le safran, ainsi que leur sueur – et leurs petits pets aussi, forcément, ajoute-t-elle en pouffant derrière sa main.

7

Il est près de quatre heures du matin lorsque Emily franchit la grille de Probity Hall.

Aucune des fenêtres du manoir n'étant éclairée, elle en déduit que Jayson a dû renoncer à guetter son retour. Sans doute épuisé par son voyage à Londres, par l'appréhension de ne pas trouver les arguments pour convaincre Ashwell de publier l'ouvrage définitif sur la bitrochosophobie, asphyxié par le fog, et s'il n'y a pas eu de fog c'est qu'il aura plu, et de toutes les façons moulu par l'inconfort du train de nuit, il aura fini par aller se coucher sans l'attendre.

Et il a bien fait, pense-t-elle en rêvant de pouvoir, elle aussi, étendre bientôt ses jambes nouées et courbatues par les longues heures de pédalage qu'elle leur a imposées.

Mais alors qu'elle se dirige vers l'écurie pour y remiser sa bicyclette, elle aperçoit comme une sorte de phosphorescence dans la serre.

Elle met pied à terre et, tenant la Rapid par le guidon, s'approche de la verrière.

La luminescence provient d'une lampe renversée, tombée sur le sol sans se briser. Son ampoule continue à émettre une lumière assourdie par les vitres badigeonnées au blanc d'Espagne.

Une des grandes toiles de trente pieds sur six[1] dont Jayson se sert comme fond de décor gît sur le sol, à moitié déroulée. Le monument représenté sur le rouleau toilé est le portique des caryatides de l'Érechthéion.

Emily connaît d'autant mieux les trompe-l'œil qu'utilise son mari que c'est elle qui a la charge de les nettoyer en passant dessus un pinceau imprégné de sa salive (ainsi que le préconise Helmut Ruhemann, restaurateur de tableaux à la National Gallery).

Mais elle n'avait jamais vu ce décor grec. Jayson l'a sans doute rapporté de son voyage à Londres. Il a dû choisir ce monument antique dans l'intention de faire le portrait d'une nouvelle Petite Dame qu'il aura recrutée dans un pub de Covent Garden, probablement une ancienne interprète des tragédies d'Eschyle, de Sophocle ou d'Euripide – des auteurs dont Jayson n'a jamais

---

1. Environ dix mètres sur deux.

vu les pièces, mais sur lesquels il est intarissable grâce à Margot Dobson, Amalia Pickridge et Ellen Barrow-Mutter qui, pendant les séances de pose, lui en parlaient comme de leurs plus chers vieux amis.

D'un réalisme scrupuleux dans sa reproduction du portique et de l'Érechthéion en arrière-plan, le peintre a changé de manière en figurant les six jeunes filles dont il a, de façon intuitive et troublante, reproduit le léger déhanchement, le fléchissement des genoux, la souplesse et le soyeux des chevelures, et surtout la légèreté ondoyante des robes qui révèlent plus qu'elles ne dérobent la juvénilité et la sensualité des corps.

Le rendu satiné du marbre, le bleu à la fois profond et doux du ciel d'Athènes au-dessus de l'Acropole, renforcent cette illusion que les jeunes filles sont vivantes, qu'il suffirait de les appeler pour qu'elles se détachent de la lourde tribune qui pèse (serait-ce une punition, un supplice ?) sur leurs têtes.

Emily ne sait rien des caryatides, mais leur beauté la bouleverse.

Les fées d'Elsie et de Frances lui paraissent en comparaison de vilains petits laiderons.

Sans quitter des yeux la toile peinte étalée sur le sol, elle longe la verrière jusqu'à la porte. Bien qu'éreintée par son voyage, elle n'imagine pas se glisser dans son lit sans avoir admiré les jeunes filles de plus près.

Elle sait déjà que c'est la première chose dont elle parlera à Jayson demain matin quand il se penchera sur elle pour l'éveiller : « Comme elles sont belles, les six demoiselles que tu nous as ramenées de Londres ! Bien qu'au lieu de t'en faire compliment, je serais sans doute mieux inspirée d'en être jalouse... »

Il rira, il s'assoira sur le bord du lit pour lui raconter l'épopée que ça a été de traverser Londres avec ce grand rouleau, de le caser dans le train, puis de trouver moyen de l'arrimer sur le toit de la Sheffield Simplex pour remonter de la gare de Hull jusqu'à Probity Hall.

En s'approchant, Emily remarque qu'en plus des six jeunes filles il y a un septième personnage sur le rouleau. Il n'était pas visible au premier abord, car, plus sombre que les caryatides, il se confond avec l'ombre de l'entablement.

Continuant d'avancer, Emily voit maintenant qu'il n'est pas habillé à l'antique : vêtu d'un complet veston bleu nuit à fines rayures d'un bleu plus léger, il a posé sur son visage un chapeau qui masque ses traits, ne laissant visible que son menton, comme s'il avait cherché à protéger son regard d'une lumière trop violente.

Allongé dans l'intervalle entre la deuxième et la troisième caryatide, il a un bras replié sous la nuque, l'autre le long du corps.

Le sentiment d'harmonie et de sérénité que diffuse l'image des caryatides est contredite par une partie de la toile – précisément celle où l'homme est étendu – qui a été froissée, griffée, plissée jusqu'à faire apparaître des lignes de cassure dans la couche d'apprêt destinée à lui donner de la raideur.

Le dormeur geint faiblement sous son chapeau, et Emily croit reconnaître cette façon de gémir en rêvant.

– Jayson ? C'est toi, Jayson ?

Elle s'agenouille. Très doucement, le saisissant par les bords, elle soulève le chapeau, le fait glisser du visage jusque sur la poitrine de l'homme. De sa bouche entrouverte monte une odeur d'alcool et de vomi.

– Oh Jayson, dans quel état tu t'es mis !...

Un reflet argenté attire son regard. C'est une lame de rasoir qui semble voleter comme un papillon sur le ciel peint de l'Acropole.

Emily redresse Jayson, lui ôte son veston, lui arrache sa chemise, elle cherche sur son torse, sur ses bras, des coupures, des estafilades. Elle ne trouve rien, s'affole. Elle lui ôte son pantalon au cas où il se serait ouvert l'artère fémorale, puis ses souliers et ses chaussettes en quête d'une éventuelle entaille des veines des chevilles ou des pieds.

Il se plaint, proteste, lui demande d'arrêter ça. Elle embrasse ses pieds nus, elle le supplie de lui pardonner, elle n'avait pourtant pas l'impression d'être brutale. Il lui dit qu'elle n'est pas brutale, oh non, pas du tout, mais elle le chatouille en lui agaçant la plante des pieds avec ses longues mèches défaites.

Elle sourit, relève la tête pour renvoyer ses cheveux en arrière. Elle lui demande s'il a avalé quelque chose de nocif. Il répond oui, de l'alcool, il ne se rappelle plus très bien ce qu'il a bu, mais il en a ingurgité une quantité impressionnante. Il explique qu'il a cru qu'elle ne rentrerait pas, soit qu'elle ait eu un accident, soit qu'elle ait choisi de le quitter. Elle le secoue violemment (au risque de lui cogner la tête sur le sol), elle est en colère, comment s'est-il imaginé qu'elle pourrait le quitter, qu'est-ce qui lui a fait croire une chose aussi imbécile ? Il ne sait pas trop, dit-il, il a été tellement décontenancé de trouver la maison déserte, livrée aux ténèbres, au froid, pourquoi n'avait-on allumé aucun feu dans aucune des cheminées ? Parce que Mrs. Brook n'est pas venue à Probity Hall depuis quarante-huit heures, tout ça à cause de son pauvre Nelson qui est mort, dit Emily en serrant Jayson contre elle pour le réchauffer, elle ne sait pas pourquoi il tremble comme ça, si c'est de froid ou d'ivrognerie, ou d'avoir vomi à s'en retourner l'estomac, ou de la peur qu'il a eue de l'avoir perdue, elle lui demande ce qu'il comptait *vraiment* faire de la lame de rasoir qu'elle a trouvée flottant dans le ciel peint, il plisse toutes les petites fronces autour de ses yeux, il en a de plus en plus, c'est attendrissant, pense Emily, mais c'est tout de même le signe qu'il vieillit, qu'il est déjà vieux, alors ce vieil homme qu'elle blottit contre sa poitrine la dévisage et dit : à quoi crois-tu que puisse servir une lame de rasoir quand ce n'est pas pour se raser ? Je n'envisageais tout simplement pas de vivre sans toi, Emily, et je ne pourrai jamais l'envisager, tu as été à toi seule toutes les femmes dont un homme peut rêver : mon étrangère, ma différente, mon orpheline, mon adoptée, ma petite fille stupéfaite dont je tenais la main sur le quai des gares et le pont des transatlantiques, ma jeune fille si appliquée à comprendre ma vie, mon pays, mon assistante passionnée, dévouée, ma fiancée assez effrontée pour accepter le scandale et l'amour avec moi, et défier le Tout-Chippingham, le Tout-Londres, et s'il le fallait le Tout-Royaume-Uni, toi ma femme, mon adorable Anglaise à bicyclette.

Elle rit pour cacher qu'elle est émue. En somme, dit-elle, si le désespoir n'avait pas poussé Jayson à boire au point de se rendre malade et de s'écrouler sur ces innocentes caryatides en laissant échapper sa lame de rasoir, il se serait ouvert les veines ; voilà qui devrait fournir au Dr Lefferts le thème d'une communication destinée au *Lancet* sous le titre *Quand la consommation excessive d'alcool sauve des vies*, ce qui ne serait pas plus absurde que ses théories sur les dérèglements sexuels que l'usage de la bicyclette est censé provoquer chez les femmes.

Certes, Emily est en train de passer, avec des petits jappements d'excitation, de l'attitude agenouillée (dite « à la vestale ») à une position à quatre pattes (« le pont transbordeur »), avant d'abaisser lentement son corps, par flexion des coudes et dérobade glissée des genoux, jusqu'à le mettre au contact de celui de Jayson, abdomen contre abdomen, bouche contre bouche, ses jambes frottant sur celles de son mari à la façon des élytres (ce pourquoi Jayson et elle appellent cette posture « les grillons ») – mais cette danse horizontale, de plus en plus haletante, n'a rien à voir avec le fait qu'Emily vient de descendre de sa bicyclette après avoir pédalé sur près de cent miles et en avoir couvert autant la veille : les frémissements de la jeune femme, l'iris de ses yeux qui s'élargit, l'humidité chaude qui commence à mouiller ses cuisses, la sensibilité soudain exacerbée de ses seins, tout cela n'est pas l'œuvre d'une bicyclette mais des paroles de Jayson, de sa voix de plus en plus dure au fur et à mesure qu'il prononce des mots au contraire de plus en plus doux (son sexe sera comme ça dans un instant : tendu, rigide, et pourtant gainé d'une peau d'une exquise douceur), de son regard perdu, et de ce vieux costume à rayures dont il s'est revêtu pour attendre Emily. Ils sont si étroitement imbriqués l'un dans l'autre que Jayson la déshabille à l'instinct, autant dire au déchiré, à l'arraché, les petits boutons de nacre s'envolent et retombent en pétillant sur le sol.

Quand elle a la poitrine nue et sa culotte de cycliste baissée jusqu'aux chevilles, il la retourne sur le dos.

Elle sent sous sa peau la rugosité de la toile peinte, elle s'imagine étendue sur la colline de l'Acropole, les épaules griffées par les herbes folles.

Plus tard, Jayson la prend dans ses bras comme une enfant pour la porter de la serre au manoir, et du hall à leur chambre.

Le jour se lève quand eux se couchent.

– Je suppose que mistress Brook nous fera encore défaut ce matin, prédit Jayson avec un soupir de bien-être. Ce qui nous autorise à rester au lit sans peur d'être jugés, et aussi longtemps qu'il nous plaira.

– Que penserais-tu d'y rester toute la vie ? suggère Emily. Je me sens assez fatiguée pour ça.

– Et maintenant, raconte-moi ce que tu as vu à Cottingley.

– J'ai vu des fées. Elles étaient deux. Elles ne vivaient pas dans les herbes mais dans une maison. Assez moche maison, d'ailleurs. Elles m'ont fait du thé. Elles ressemblent davantage à des femmes enfants qu'aux femmes papillons qu'on voit dans le *Strand*.

– Évidemment, dit Jayson. Ces photos qu'a publiées le magazine ne valent rien. J'irai même jusqu'à dire qu'elles sont franchement laides. Mais le public s'en est entiché. (Il pose sa main droite sur le sein gauche d'Emily, le caresse machinalement.) Dois-je en déduire qu'il ne servira bientôt plus à rien de faire des photographies soignées, belles, artistiques ? Que les gens toléreront des clichés flous, trop ou pas assez exposés, des cadrages approximatifs, pourvu que le sujet de la photo leur plaise ? Après tout, l'art n'est peut-être que l'équivalent de la politesse : on peut s'en passer. J'ai voyagé en compagnie d'un colonel du 8ᵉ Yorkshire qui a perdu une jambe en 1916 lors de la reprise d'un village en France, dans la Somme. Je lui ai demandé ce qu'il en était de la politesse face à la vulgarité de la guerre. Ce qu'il en restait sous les obus. Rien, m'a-t-il dit, la bienséance, la bonne éducation, appelez ça comme vous voulez, sont immédiatement solubles dans l'horreur. Et l'art, qu'est-ce qui peut le faire fondre et disparaître ?

Sa main quitte le sein gauche d'Emily et s'empare du droit. Il pense qu'elle a les plus beaux seins du monde, et il n'a peut-être pas tort. Il ne les a jamais photographiés. Il serait temps qu'il s'y mette, le médecin qu'il a discrètement consulté à Londres (autrement sérieux que ce gentil pitre de Lefferts) lui ayant annoncé qu'il n'en avait plus que pour sept ou huit mois – et encore, en étant optimiste.

– Je pense, reprend-il d'un ton égal, que l'art ne peut pas survivre sans produire de l'émotion et s'en nourrir – les deux à la fois. J'en ai encore eu la démonstration dans le train, en montrant au colonel des photos que j'apportais à Ashwell pour le cas où cet idiot ne voudrait pas signer pour un ouvrage sur la bitrochosophobie – j'avais d'ailleurs raison, il a refusé. Le colonel a regardé les photos en les approchant de ses yeux de façon qu'elles occupent la totalité de son champ de vision, qu'elles occultent tout ce qui n'était pas elles, et il passait de l'une à l'autre en les faisant glisser très, très lentement, comme s'il regrettait de devoir en détacher son regard. Elles produisaient sur cet homme une émotion profonde, et cette émotion rejaillissait sur les clichés, leur conférant une intensité, une gravité, une cruauté, mais aussi une beauté que je ne leur connaissais pas.

– Je brûle d'envie de les voir. Je suppose qu'Ashwell va les publier ?

– Non. Il prétend qu'un traité sur la bitrochosophobie ou ces photos de Wounded Knee, ce sont des sujets beaucoup trop ésotériques pour...

– Wounded Knee ? coupe-t-elle. En voilà un drôle de nom[1] ! (Elle rit.) Je ne l'ai jamais vu sur mon routier d'Angleterre. Ce serait pourtant une destination amusante. (Elle imite le ton affecté que prennent parfois les Petites Dames en sirotant leur verre de sherry.) Où donc êtes-vous allée sur votre bicyclette, très chère ? Wounded Knee,

---

1. En anglais, Wounded Knee signifie Genou Blessé.

dites-vous ? Quel toponyme étrange ! Presque aussi romanesque et inquiétant que Wuthering Heights[1]...

– Tu ne devrais pas rire, dit Jayson. Des corps pétrifiés par le blizzard, noirâtres, torves, recroquevillés sur eux-mêmes – vus d'en haut, comme par exemple un aigle pourrait les voir, ça devait ressembler aux étrons qu'une bête monstre aurait déposés sur la neige. Ta mère était l'un d'entre eux. Lequel, ça je ne sais pas. Mais elle est morte à Wounded Knee, c'est une certitude, alors je l'ai forcément photographiée. Car j'ai photographié tous les cadavres, Emily, tous. Les officiers américains m'ont dit de le faire. Qu'ils en avaient besoin pour leurs archives, que c'était important pour que l'administration puisse rapidement classer le dossier. J'ai travaillé à la chaîne, je m'approchais d'un corps, je plantais dans la neige, aussi droit que possible, le pied supportant mon appareil, je chargeais une plaque sensible, m'enfouissais sous le drap noir, pressais l'obturateur Decaux, le diaphragme s'ouvrait, je comptais mentalement les secondes, seize, dix-sept, dix-huit, dix-neuf, vingt, *out*, fin de l'exposition, je posais un capuchon sur l'objectif, la lumière n'entrait plus, j'arrachais ma chambre à sa gangue de neige, je la couchais sur mon épaule, j'avançais jusqu'au cadavre suivant, lequel n'était pas toujours facile à repérer à cause

---

1. Les Hauts de Hurlevent.

de la couche de givre qui brouillait ses contours, délavait ses couleurs, on aurait pu le prendre pour une souche d'arbre, un affleurement rocheux, mais je devinais que c'était un mort grâce à la flaque brune, quelquefois déjà noire, qui s'étalait autour de lui. C'est là-bas qu'on t'a trouvée, Emily. Une vieille femme t'a ramassée, elle s'appelait Chumani.

Elle le dévisage, stupéfaite.

– Tu as toujours prétendu que j'étais née dans une église, sous des banderoles de Noël...

– Agence de Pine Ridge, église épiscopale de la Sainte-Croix, juste sous un calicot qui disait *Paix sur la Terre aux hommes de bonne volonté*, oui, c'est là que l'institutrice Élaine Goodale, plutôt jolie – eh bien, il me semble qu'elle l'était, en fait je l'ai à peine regardée, juste le temps de remarquer son visage de chat, ses yeux gris, simple réflexe de photographe –, c'est là que cette fille t'a collée dans mes bras, c'est donc là que tu es née pour moi. Mais tu avais déjà eu un bout de vie avant ça, et Wounded Knee en avait fait partie.

– Je veux voir ces photos.

– Demain matin. L'aube est le moment idéal. Il n'y a pas meilleure lumière pour éclairer des images aussi crues, indécentes et immorales, issues des ténèbres.

8

Le lendemain, il pleut. Un ciel bas, uniforme, dont même les bourrasques de vent ne réussissent pas à entamer la grisaille.

Emily dort jusqu'à une heure avancée de la matinée. En s'éveillant, elle tâtonne sur sa gauche, constate que Jayson s'est levé avant elle.

Il a préparé le petit déjeuner et aligné les photos de Wounded Knee sur la table de merisier. Les silhouettes figées des Lakotas foudroyés alternent avec les saucisses, les frisures de bacon, la marmelade d'oranges. La neige du Dakota se confond avec le lait et la crème du Yorkshire.

– Regarde d'abord, dit Jayson, tu mangeras après.

Emily fait le tour de la table. Elle presse une main sur ses lèvres pour contenir la nausée qu'elle sent monter. Sa bouche se remplit d'un fiel amer.

Jayson a eu raison de lui conseiller d'attendre d'avoir vu les photos pour prendre son petit déjeuner.

– Et moi ? demande-t-elle. Je suis où, moi ?

– Tu n'es pas sur les photos. Tu n'étais plus dans la neige quand je les ai prises. Il n'y avait plus que des morts. Chumani t'avait déjà sortie de là. Emmenée à l'église.

Elle continue d'examiner les clichés. Elle pense qu'Ashwell a raison de ne pas vouloir en faire un livre : ce genre de photos ne se vendrait pas. Le public a déjà vu ça – ça ou pire – pendant la guerre. À présent, les gens sont blasés. Ce qu'il leur faut, c'est des fées.

– J'aurais aimé pouvoir poser le doigt sur une photo et te dire : « Vois, celui-ci était ton père ; et celle-ci, c'était ta mère. »

– Ça ne fait rien, dit-elle. Parle-moi plutôt de ta nouvelle Petite Dame.

– Comment diable sais-tu ?...

Elle s'assied, esquisse un sourire, entreprend de beurrer un toast.

– Tu as forcément acheté le décor grec en pensant à quelqu'un.

Elle s'appelle Griselda Dering, et, comme Emily l'avait pressenti la veille, c'est une ancienne tragédienne. Ce que la jeune femme n'a pas deviné, c'est que miss Dering est aveugle. Sa cécité ne l'a pas empêchée de continuer à jouer, et pas seulement des rôles d'aveugle ; mais si elle est parfaitement à l'aise sur une scène et dans l'enceinte d'un théâtre, Griselda Dering est sujette à des crises de panique quand elle doit affronter le monde extérieur, et plus particulièrement emprunter un moyen de transport.

– Elle est incapable de prendre le train toute seule, dit Jayson. Je crains que tu ne sois obligée d'aller la chercher à Londres pour la ramener ici. Car je ne peux guère m'éloigner de Chippingham tant que le vieux Nelson Brook ne sera pas enterré : je dois le photographier sur son lit de mort, préparer le discours que mistress Brook me supplie de prononcer sur sa tombe, et surtout aider la pauvre femme à retrouver le testament qu'a laissé son mari et dont elle ne sait pas où celui-ci l'a fourré ; or je suis témoin qu'il en a fait un : c'est moi qui l'ai aidé à le rédiger. Tu ne m'en veux pas trop de t'imposer cette corvée ?

– Au contraire, Jayson, je m'en réjouis.

Emily n'est pas retournée à Londres depuis que Jayson lui a fait traverser la ville, le soir de leur arrivée en Angleterre, pour passer de la gare où les avait débarqués le train de Liverpool à celle d'où partait celui pour Hull.

En évitant de les regarder à nouveau, les saisissant du bout des doigts comme s'il s'agissait de choses immondes, ce qu'elles sont d'ailleurs par certains côtés, elle rassemble les photos de

Wounded Knee, les glisse dans une grande pochette d'Eastman Kodak.

— Je ne me souviens de rien — ai-je vu cette horreur de mes propres yeux, Jayson ?

— Je ne sais pas, Emily. Si tu ne te rappelles rien, c'est peut-être que tu n'as rien vu du tout. Ou que tu as été capable de voir, mais pas de comprendre. Je suis désolé, je n'aurais pas dû te montrer ces images.

— En effet, dit-elle, tu n'aurais pas dû.

Elle déplie un plan de Londres, l'étale à la place des photos. De la pointe de son couteau encore un peu englué de marmelade, Jayson lui indique le trajet le plus court pour se rendre de la gare au quartier de Covent Garden où Griselda occupe une chambre dans la pension que dirige Mrs. Littlecott, une ancienne actrice elle aussi.

Emily note avec application toutes les informations que lui donne Jayson ; mais elle est bien décidée à suivre, une fois à Londres, un itinéraire plus capricieux qui lui permettra de passer devant quelques librairies susceptibles de posséder un exemplaire du *Princess Mary's Gift Book*.

Parce que ses accès d'agoraphobie, plus encore que sa cécité, ont rendu Griselda Dering économe de ses mouvements au point de ne pratiquement plus quitter la pension de Mrs. Littlecott, il a fallu, pour la convaincre de se rendre à Hull, que les autres pensionnaires décident de lui offrir, à l'occasion de son quatre-vingtième anniversaire, un portrait d'elle par Jayson Flannery.

Emily croyait rencontrer une vieille dame craintive et fragile, comme ces sujets en cire peinte qu'on tient sous globe dans la partie la plus sombre du salon pour éviter que le soleil ne les amollisse et ne fane leurs couleurs.

L'ancienne comédienne est au contraire une femme de grande taille, aux épaules et aux hanches larges, aux traits anguleux, les cheveux coupés au carré et bariolés par une teinture cuivrée, ces deux opérations lui ayant sans doute été infligées par une résidente de la pension aussi secourable qu'incompétente.

Pour une aveugle qui se dit affolée par l'agitation du monde extérieur, Griselda Dering marche joliment vite. Emily, qui la tient par le bras, a du mal à suivre. Il est vrai que le regard de Griselda n'est distrait par rien, tandis que celui d'Emily est perpétuellement sur le qui-vive, cherchant à repérer les enseignes des librairies.

Soudain, Emily s'immobilise. Elle serre plus fortement le bras de Griselda Dering.

– Vous me faites mal, mistress Flannery. Pourquoi nous arrêtons-nous ?

– Miss Dering, verriez-vous un inconvénient à ce que nous entrions un instant ?

– Entrer où cela, mistress Flannery ?

– Dans une librairie, dit Emily. La librairie

Wilkins, d'après l'enseigne. Et si j'en juge à leur vitrine, ils ont l'air d'avoir des livres tout à fait passionnants. J'ai bien envie d'en acheter un que je vous lirai quand nous serons installées dans notre compartiment – il doit être tellement monotone de voyager quand on ne voit rien du paysage !

– C'est fort aimable à vous, mistress Flannery, mais ne vous mettez pas en peine de me distraire. J'ai l'habitude de ces périodes vides. Poursuivons notre chemin jusqu'à la gare – à quelle heure m'avez-vous dit qu'était ce train ?

– Oh, nous avons tout notre temps, miss Dering. Sans compter que je vois se rassembler au-dessus de nous une coalition d'énormes nuages noirs. Cette librairie tombe à pic pour nous abriter le temps que passe une averse qui promet d'être musclée.

Elle a honte de son hypocrisie : le ciel est gris, certes, mais d'une grisaille fine, presque translucide, où ne se profile aucune menace ; et même il n'est pas impossible qu'un soleil voilé, mais un soleil tout de même, finisse par percer – il sera néanmoins trop pâle pour que Griselda Dering en perçoive la tiédeur.

Emily, par contre, sait qu'une pareille occasion ne se représentera peut-être jamais : à travers la vitrine surmontée d'un élégant bandeau noir où le nom de la librairie s'inscrit en lettres d'or, vitrine derrière laquelle les livres sont étagés sur des présentoirs d'une façon parfaitement ordonnée, presque maniaque, que démentent l'extravagance des titres et les élucubrations des sujets abordés, elle voit un homme parcourir les rayons, feuilleter les ouvrages exposés.

Au premier coup d'œil elle a reconnu Arthur Conan Doyle.

Sa silhouette est moins lourde que sur ses portraits officiels, mais c'est peut-être parce qu'elle le voit en pied – bien qu'il soit penché sur un livre, il est évident qu'il est grand, pas loin de soixante-quinze pouces[1].

Il fait fréquemment le mouvement de s'étirer, comme quelqu'un qui souffre du dos pour avoir travaillé trop longtemps assis. Il porte un complet beige avec un gilet croisé, une cravate club jaune et noire. La mélancolie de son regard, la couleur et la taille tombante de sa moustache, les plis épais de la peau de son visage, le font ressembler à un vieux morse.

Prenant Griselda par la main, Emily entre chez Wilkins. La librairie sent bon, non seulement l'encre, le papier, le cuir des reliures, mais l'encaustique, le thé à la bergamote, l'odeur résineuse et poivrée des cônes d'encens qui se consument dans des soucoupes.

Elle s'approche de la table sur laquelle sont alignés, toujours avec la même exigence d'ordre et de rigueur géométrique, des ouvrages consacrés à l'ésotérisme, la magie, les phénomènes occultes, la

---

1. Environ 1,90 m.

médiumnité, la théosophie, et d'une manière générale à tout ce qui concerne le monde invisible et les phénomènes inexpliqués.

Doyle est absorbé par la consultation du livre de John Lobb, *The Busy Life Beyond Death*[1], qui contient plusieurs conversations avec des personnes décédées et des photographies de ces mêmes personnes sous leur nouvel aspect d'âmes désincarnées.

– Ne nous attardons pas, mistress Flannery, implore Griselda. Ce serait terrible de manquer ce train. Ne m'avez-vous pas dit que c'était le dernier de la journée à être direct ? Si nous le ratons, nous allons devoir subir des changements, des correspondances, c'est au-dessus de mes forces. Hâtez-vous de choisir votre livre – je vous engage à prendre n'importe lequel : de nos jours, de toute façon, ils se ressemblent tous – et filons à la gare.

– J'hésite entre deux titres, murmure Emily.

Elle manipule bruyamment un livre saisi au hasard, elle en tourne les pages sèchement, faisant claquer le papier pour laisser croire à l'aveugle qu'elle est encore à chercher des raisons d'acheter ou de délaisser cet ouvrage. En fait elle ne quitte pas des yeux sir Arthur dont elle se rapproche sans donner l'impression qu'elle va l'aborder.

Sentant le regard de la jeune femme fixé sur lui, il referme *The Busy Life Beyond Death* comme

---

1. *Une vie trépidante après la mort.*

quelqu'un qui se détache d'une distraction futile pour engager une conversation sérieuse.

– Oui ? dit-il.

– Ce oui est une jolie façon d'entrer en matière, sourit Emily. Merci.

– Ne vous y trompez pas, c'est un oui de questionnement, il signifie : que voulez-vous de moi ? Peut-être avez-vous remarqué que j'ai prononcé ce oui en marquant un certain agacement – après tout, j'étais en train de lire et vous m'avez interrompu.

– Mais je ne vous ai pas parlé ! se défend Emily.

– L'insistance de votre regard était plus dérangeante que n'importe quelle parole que vous auriez pu prononcer. Je suis sensible à ces choses-là.

– Je suis confuse, mister Doyle.

Le vieil homme redresse sa tête de morse :

– Comment m'avez-vous appelé ?

– Encore une sottise de ma part ! (Emily sourit – sourire d'indulgence qu'elle se destine à elle-même.) Quand on commence à faire la bécasse, chaque tentative pour se racheter ne fait qu'aggraver les choses – bien sûr, j'aurais dû dire *sir* Arthur.

– Mon Dieu, c'est lui ? C'est vous ? bafouille Griselda Dering au comble de l'émotion.

Elle se tourne vers la place d'où, lui semble-t-il, s'est élevée la voix de Conan Doyle :

– Quand j'avais encore mes yeux, j'ai eu

l'immense bonheur de jouer le rôle de miss Sims, la directrice d'école, dans cet opéra dont vous aviez écrit le livret... voyons, comment cela s'appelait-il ?

— *Jane Annie ou le Prix de bonne conduite*. Ce fut un échec retentissant. Je me souviens, le soir de la première, d'avoir quitté ma loge avant que le rideau ne tombe — les spectateurs avaient tellement l'air de s'ennuyer ! Et personne ne m'a rappelé, personne...

Griselda ôte ses lunettes aux verres dépolis. Elle essuie la buée d'émotion qui mouille ses pupilles mortes.

— Qu'avez-vous donc aux yeux ? s'enquiert Conan Doyle. Ne voyez là aucune indiscrétion de ma part, mais il se trouve que je suis ophtalmologiste. Enfin, je l'ai été.

— Je suis devenue aveugle.

— Vous avez consulté ?

— Oui. On ne m'a laissé aucun espoir. Je me suis résignée. Qui sait, je retrouverai peut-être mes yeux dans une autre vie ?

— Soyez-en certaine, affirme Doyle. Ce qui nous attend de l'autre côté est merveilleux, incomparablement merveilleux. Tous les témoignages concordent. Peut-être savez-vous que j'ai eu la grande douleur de perdre mon fils aîné. Il s'appelait Kingsley. Il est mort — bien que, personnellement, je préfère dire qu'il s'est désincarné — d'une pneumonie au cours de son interminable convalescence pour se remettre des graves blessures reçues sur le champ de bataille de la Somme. C'était en octobre 1918. Depuis, il ne se passe pas un mois, pas même une semaine, que je n'entre en communication avec son esprit. Au point que je me sens infiniment plus proche de Kingsley que si l'armée l'avait envoyé en expédition à l'autre bout du monde et que je dusse me contenter de recevoir des lettres de lui[1].

— Vous croyez donc aux fantômes ? s'exclame Griselda Dering.

— Si vous appelez fantôme la survie de l'esprit et sa capacité à se manifester spontanément ou par l'intermédiaire d'un médium, alors oui, j'y crois. Parce que c'est une réalité qui a été prouvée. Et je ne comprendrais pas que la science dédaigne plus longtemps de s'y intéresser. Ça ne vous paraît pas vital de découvrir enfin, et autrement que par la foi aveugle en des dogmes religieux, que la mort n'est pas une épouvante ?

Sa voix, habituellement tempérée, monte d'une octave. Les clients cessent de consulter les livres exposés pour observer ce vieux géant qui se met à gesticuler en agitant *The Busy Life Beyond Death*.

— Il est urgent d'étudier ces phénomènes, poursuit-il, et de la façon la plus objective qui

---

1. Voir *Ma vie aventureuse*, traduction de Louis Labat, éditions Terre de Brume, 2003, ainsi que Maxime Prévost, *La Signature de l'homme d'honneur. Considérations sur Conan Doyle et Pierre Bourdieu*, en ligne : http://www.revue-analyses.org/index.

soit. Sherlock Holmes ne pensait pas autrement, ajoute-t-il avec un sourire malicieux qui relève la tombée si désabusée de sa moustache : « *Lorsque vous avez éliminé l'impossible,* lui ai-je fait dire quelque part, *ce qui reste, aussi improbable que cela paraisse, doit être la vérité*[1]. » Eh bien, que la science élimine l'impossible, et ce qui restera suffira à changer en certitude la vague espérance que nous avions de ne pas nous dissoudre tout à fait dans la mort.

— Cette fois, murmure Griselda Dering, la cause est entendue.

— Oh ! que non, rugit sir Arthur, le spiritisme progresse, miss Dering, mais il n'a pas encore...

— Je voulais parler du train de Hull, l'interrompt la comédienne. Il est parti sans nous.

— Nous prendrons le suivant, rétorque Emily. Ce qui va nous permettre de musarder encore une heure ou deux. Tout est si excitant, à Londres ! Je n'y suis pas revenue depuis que j'étais une toute petite fille. Autant dire que je n'en ai aucun souvenir. À propos de souvenirs, sir Arthur, vous rappelez-vous du *Princess Mary's Gift Book* de 1914 ?

— Pourquoi devrais-je m'en souvenir ?

— Il comporte une œuvre de vous tellement amusante ! Elle s'appelle *Les Débuts de Bimbashi Joyce*. La pirouette finale est une réussite.

---

1. *Le Signe des quatre*, 1890.

– C'était certainement moins ennuyeux que *Jane Annie ou le Prix de bonne conduite*, reconnaît Doyle, mais je n'appellerais pas ça une œuvre. Tout au plus une historiette un peu habile. Hodder & Stoughton, les éditeurs du *Gift Book*, n'exigeant pas des inédits – et les lecteurs non plus, qui achetaient ce genre d'ouvrage d'abord pour les illustrations –, je leur ai donné un texte que j'avais déjà publié quatorze ans auparavant. Je n'en suis pas moins ravi qu'il vous ait plu.

– J'adorerais le relire. Savez-vous où je pourrais trouver un exemplaire intact de ce *Gift Book* ?

– Intact ?

– Eh bien, il manquait une page à celui que j'ai eu entre les mains. La page 104. Quelqu'un l'avait déchirée. Je voudrais savoir ce qu'il y avait dessus.

La main de sir Arthur balaie l'espace de la librairie, les rayonnages, les tables où s'empilent les livres.

– Il y a certainement un *Princess Mary's* quelque part par là. Voyez donc cela avec Thomas.

Il désigne un jeune homme aux lèvres et aux sourcils épais, vêtu d'un sombre costume de clerc, qui ondule entre les rayons – il a une allure de frégate noirâtre, aux flancs renflés, ballottée par le courant ; il flotte d'ailleurs dans son sillage une odeur de poissonnerie.

– Thomas travaille ici depuis des années comme responsable des stocks, il connaît le catalogue

Wilkins mieux que vous ne connaissez votre propre mère.

– Ma mère ? fait Emily. Je n'ai aucun souvenir de ma mère. Morte trop tôt.

– Pardonnez-moi. Je suis désolé. Mais je répondrai à cela ce que j'ai dit à votre amie…

– Griselda Dering, rappelle l'aveugle. Miss Sims dans *Jane Annie*.

– … à savoir que nous retrouverons ceux que nous aimons de l'autre côté, dans ce monde magnifique qui nous attend.

– Moi, coupe Emily, c'est un livre que je veux retrouver.

Thomas l'entraîne dans les caves où s'empilent les ouvrages qui n'ont pas trouvé preneur, même à prix bradé. Il explique que, passé un délai raisonnable, c'est à lui qu'échoit le triste devoir d'enfermer ces livres dans des sacs de jute lestés de grosses pierres et d'aller les immerger dans la Tamise depuis l'extrémité du pier de Southend-on-Sea – serait-ce là l'origine de la curieuse odeur de poisson qu'exhale ce garçon ? se demande Emily.

Il arrive que certains volumes échappent à la noyade en se faufilant à travers une déchirure du sac. Leurs pages brassant l'eau glauque comme les pales d'une roue à aubes, ils remontent à la surface avec de lents ondoiements d'ailes de raies. Les enfants de l'estuaire les repêchent, les mettent à sécher au vent comme s'il s'agissait de morues, les revendent pour quelques farthings aux familles venues admirer la manœuvre des bateaux qui embouquent l'estuaire du fleuve.

— Notre dernier exemplaire du *Princess Mary's Gift Book* de 1914, dit Thomas en sortant respectueusement d'une armoire un ouvrage à la couverture crème. Il s'est plutôt bien vendu, notamment parce que l'éditeur s'était engagé à verser l'intégralité des bénéfices à une fondation royale destinée à aider les femmes que la guerre précipitait dans le chômage et la misère, alors que, dans le même temps, le pays avait besoin de renforts dans les usines d'armement.

— De grâce, mistress Flannery, achetez-le et finissons-en ! implore Griselda Dering. Si vous n'avez pas assez sur vous, je puis vous prêter de l'argent ; mais n'allez pas de nouveau nous faire rater le train.

— Je veux juste le consulter pour vérifier quelque chose, dit Emily.

Thomas pose le livre sur une table. Emily l'ouvre, brasse les pages qui dégagent une petite odeur de cave, de souris morte.

— Vous savez ce que vous cherchez ? s'enquiert Thomas.

— Très précisément, oui, dit Emily en s'arrêtant à la page 104.

Là, après les tout derniers vers du poème d'Alfred Noyes donnant une recette magique pour faire apparaître une fée – « *Vous entendrez un bruit semblable à celui du tonnerre / Et le voile sera arraché / Quand le prodige lui fera ouvrir grand les yeux / Là-haut sur la colline, dans la lumière de l'aurore...* » –, la page s'orne d'un dessin à la plume représentant trois jeunes filles graciles qui se livrent à une danse acrobatique en faisant virevolter et flotter d'immenses foulards.

Elles ressemblent de façon frappante aux fées de Cottingley.

9

Les coups de sifflet de la locomotive se font plus étranglés au fur et à mesure que le train approche de Kingston-upon-Hull, comme si le conducteur et son chauffeur craignaient de perturber le sommeil des habitants des premières maisons de la ville.

Il est minuit et demi quand le train entre en gare. À part des chauffeurs qui s'affairent déjà à mettre sous pression les locomotives prévues pour les premiers trains du matin, la gare est à peu près déserte.

Ne les trouvant pas à la descente du Londres-Hull de vingt heures douze, Jayson est sans doute rentré à Probity Hall, persuadé qu'Emily et Griselda Dering avaient raté leur train à cause d'une des crises d'angoisse de l'aveugle, et qu'elles s'étaient résolues à passer la nuit à Londres.

Emily l'imagine à présent endormi, un bras jeté sur l'oreiller où elle a coutume de poser sa tête en tournant le visage vers lui. Elle sourit à l'idée qu'il doit, lui aussi, penser qu'elle dort paisiblement dans une chambre d'hôtel de Charing Cross.

En sortant de la gare avec une Griselda somnolente accrochée à son bras, Emily constate que l'heure du dernier bus pour Chippingham est largement dépassée, et qu'il n'y a plus un seul taxi en station.

Elle remarque alors, arrêté près des voies, le camion d'une laiterie. Son plateau arrière, en plus de quelques gros bidons de huit gallons, supporte deux grandes cuves de lait munies de robinets sous lesquels, pendues par des fils de fer, bringuebalent des mesures métalliques de différentes capacités.

Le véhicule est d'un modèle déjà ancien, avec des roues à gros rayons, une haute cabine, et le capot taillé à la serpe des camions de la guerre. Il s'en dégage une odeur mêlée, plutôt écœurante, d'essence et de laitage un peu aigre.

Le chauffeur est un petit homme roux affublé d'une casquette au nom du collectif de fermiers pour lequel il travaille. Cette coiffe doit le gêner, car il ne cesse de la rejeter en arrière ; mais il pousse parfois trop loin son geste, au point que la casquette s'échappe de son crâne et tombe dans la poussière ; pour la ramasser, le chauffeur est forcé de poser les bidons énormes qu'il transporte de son camion jusqu'à un wagon, et il jure comme Emily n'a jamais entendu jurer aucun homme.

Après avoir transféré onze bidons, et par cinq fois perdu sa casquette, il revient se mettre au volant. Emily lui demande si sa tournée le fera passer par Chippingham. Il confirme que sa dernière livraison du petit matin sera pour l'épicerie Chamberlain, dans Church Street.

– J'accompagne une dame aveugle. Accepteriez-vous de commencer par Chippingham et de nous y déposer ?

– C'est que ça n'est pas prévu comme ça, dit le laitier en donnant une chiquenaude à sa casquette.

– Les choses sont rarement comme on les a prévues, dit Emily.

– Vous me paierez ? demande le laitier.

– Ce soir, c'est impossible : je n'ai plus d'argent sur moi, j'ai tout dépensé pour acheter un livre. Mais si vous me donnez votre adresse, je passerai dès demain et…

– On peut s'arranger autrement, coupe-t-il. Disons qu'une fois là-bas, à Chippingham, vous me laisserez vous embrasser. Vous n'avez rien à craindre, personne ne vous verra : je ne connais pas d'endroit au monde où il fasse plus sombre que dans Church Street à cette heure-ci.

Elle le dévisage, incrédule.

– Mais pour qui me prenez-vous ?

– Pour une dame rudement embêtée de ne pas pouvoir rentrer chez elle, pardi !

– Et c'est ça qui vous donnerait le droit de m'embrasser ? Vous êtes un pervers.
– Non. J'ai toujours aimé embrasser les femmes. Ça n'a rien d'original, tous les hommes sont comme ça. Je préfère par-dessus tout embrasser une fille qui vient d'avaler un verre de lait – oui, ça j'en raffole – mais rassurez-vous, je ne vous obligerai pas à en boire. Je serai déjà très heureux de simplement pouvoir vous embrasser. Ça va faire bientôt quinze ans que ça ne m'est plus arrivé.
– Pourquoi n'embrassez-vous pas votre femme ?
– Elle m'a quitté. Elle aimait faire l'amour à l'aube. Seulement à l'aube. Aux autres moments, elle était sèche. Même sa bouche devenait cartonneuse. Tandis que l'aube, c'était son truc, c'était son heure, alors elle était tout miel. Peut-être parce que, juste avant, elle avait fait des rêves épatants et qu'elle s'y croyait encore, allez savoir ! Mais moi, à l'aube, j'étais déjà sur la route : c'est au petit matin qu'on livre le lait. Eh bien, vous montez ?
– Je ne suis pas disposée à payer le prix que vous demandez.
– Ce n'est pourtant pas grand-chose.
Il hésite. Il baisse la tête, plisse les yeux, ramasse ses épaules, semble se rétrécir comme pour mieux concentrer sa pensée. Puis il dit que ça ne fait rien, qu'il la mènera à Chippingham en échange de rien, non, de rien du tout.

– Je suis comme ça, dit-il en renvoyant d'une nouvelle chiquenaude sa casquette en arrière.

Finalement, le laitier fait un détour pour déposer Emily et Griselda Dering directement devant le perron de Probity Hall.
– Sacrée belle maison, dit-il. On doit être heureux, là-dedans.
– Très heureux, confirme Emily.
Elle n'est qu'à moitié surprise de voir de la lumière briller dans le salon. Elle se doutait bien que Jayson, préoccupé de ne pas l'avoir trouvée au train de vingt heures douze, aurait quelque difficulté à s'endormir.
Peut-être a-t-il décidé de profiter de cette longue nuit pour archiver enfin les centaines de photos qu'il a faites de Florence – n'a-t-il pas précisé qu'il souhaitait être seul pour les classer ? Craignant, a-t-il dit, de faire de la peine à Emily s'il lui arrivait de fixer un peu trop longtemps son regard sur un cliché, ou s'il ne pouvait s'empêcher de passer le bout de ses doigts, furtivement, comme une caresse, sur un agrandissement du visage de Florence.
Emily lui a répondu que ça ne comptait pas pour elle, qu'elle ne se reconnaissait aucun droit sur son passé, qu'elle ne lui en voulait pas d'avoir aimé une autre femme avant elle et de se souvenir de cet amour.
Et même, a-t-elle ajouté, le savoir fidèle au-delà

de la mort serait pour elle un réconfort si elle était malade et s'en allait comme Florence. Oh, c'était très improbable, bien sûr ; mais la guerre, entre autres révélations, avait prouvé que, contrairement au dicton populaire, les bombes peuvent tomber jusqu'à cent trente-deux fois dans le même trou.

– Je vous attendais, mistress Flannery, dit le constable Tredwell.

Emily se place d'instinct devant Griselda Dering, comme pour faire obstacle entre elle et le malheur – elle ne sait pas quel visage aura celui-ci, mais elle flaire sa présence, Tredwell l'a fait entrer avec lui comme ces visiteurs qui, sous prétexte que vous habitez à la campagne et que vous devez être habitué à vivre dans la gadoue, pénètrent dans votre salon avec de la fange collée à leurs semelles.

– La porte était fermée, dit le policier, mais pas verrouillée. Je suppose que mister Flannery souhaitait que vous puissiez rentrer facilement chez vous. Ou peut-être craignait-il que vous ayez oublié vos clés – il n'a jamais vraiment cessé de vous traiter comme une enfant, n'est-ce pas ?

– Le fait est que je ne les avais pas prises, réplique-t-elle sèchement. Je pensais être de retour beaucoup plus tôt. Mais nous avons raté le train de huit heures douze.

Elle marque un temps, puis, désignant la vieille dame :

– Voici miss Griselda Dering, elle doit poser pour Jayson. Griselda, enchaîne-t-elle en s'adressant cette fois à l'aveugle, la voix que vous entendez n'est pas celle de Jayson, mais du constable Tredwell.

– Je vous suis reconnaissante de m'accueillir chez vous plutôt que de me loger à l'hôtel, mistress Flannery, mais je ne veux être une gêne pour personne : si vous avez à parler avec le constable, conduisez-moi seulement à ma chambre et ne vous souciez plus de moi. Le mieux que j'aie à faire n'est-il pas de dormir ?

– Ce dont Tredwell veut m'entretenir peut certainement attendre demain matin.

– J'ai peur que non, dit le constable. Il s'agit d'une mauvaise nouvelle.

Griselda Dering tourne en rond comme un papillon de nuit. Déroutée par ces lieux et ces aménagements inconnus, elle ne cesse de se cogner. Elle pousse alors de maigres cris plaintifs – des cris d'araignée, si du moins les araignées crient, pense Emily.

– Quelle mauvaise nouvelle ? Parlez, Tredwell, je vous écoute.

Emily se rappelle la dignité avec laquelle les chefs lakotas écoutaient, impassibles et sans jamais les interrompre, les membres du Congrès venus leur annoncer quelque fourberie ourdie contre les tribus. Après les discours des Blancs, le murmure du vent dans les plumes d'aigle des coiffes indiennes était la seule réponse des Lakotas. Les bras croisés sur la poitrine, ils n'esquissaient pas le moindre geste avant que les émissaires du gouvernement n'eussent tourné les talons pour regagner leur calèche ou leur wagon de chemin de fer. Emily était toute petite, alors. Dans l'attente de la mauvaise nouvelle promise par le constable, elle n'a pas l'impression d'avoir tellement grandi.

– C'est à propos de mister Flannery. Il semble qu'il se soit noyé dans la Welland.

– Il... semble ?

– Façon de parler. J'essayais juste de ne pas être trop brutal. À la vérité, il s'est bel et bien noyé. Cyanose des lèvres et des extrémités, pouls filant très faible, respiration interrompue. C'est un pêcheur d'anguilles – vous savez, bien sûr, que ces bêtes s'attrapent la nuit – qui a retrouvé son corps coincé contre une des piles du vieux pont de Pytchley. J'aurais plusieurs questions à vous poser. Au plus vite vous répondrez, au plus tôt je cesserai de vous importuner. Voyons, puis-je commencer ? Et d'abord, mister Flannery avait-il l'habitude d'emprunter le chemin de halage le long de la Welland ?

Elle le dévisage, éperdue. Elle ne lui a jamais reconnu une grande intelligence, mais ce soir elle admire l'aisance avec laquelle il choisit, parmi tous ceux qu'offre la langue anglaise, des mots qui, une fois assemblés, forment des phrases cohérentes – quant à elle, sa bouche est vide de mots mais elle se remplit d'un liquide chaud et aigre qui remonte de son estomac, je vais vomir, pense-t-elle, alors elle s'écarte un peu d'Horace Tredwell pour ne pas souiller son uniforme de constable (elle sait combien il y tient).

– Quelquefois, bredouille-t-elle derrière ses lèvres serrées. Quelquefois, oui, pour prendre des photos de fourmis ailées.

– De fourmis ailées ? Vraiment ?

Le constable lève un sourcil. Emily voit bien qu'il ne la croit pas, et il n'en faut pas plus pour que les larmes qu'elle refoulait se mettent à couler sur son visage.

– Ou de libellules, dit-elle.

– Mais la nuit, il n'y a pas assez de lumière pour impressionner une plaque sensible.

– Vous croyez ?

Elle semble tellement désorientée.

– J'en suis sûr, mistress Flannery.

Ici, Tredwell marque un temps – Dieu sait d'où il tient ça, mais il est convaincu que ménager des pauses est la signature d'un grand policier, le meilleur moyen de troubler et de perdre un suspect.

– Alors, reprend le constable, si votre mari n'a pas emprunté ce chemin pour faire des photos, il faut admettre que c'est pour un motif privé qu'il l'a suivi.

– Que voulez-vous dire ?

– Que mister Flannery avait sans doute un rendez-vous.

– Sur un chemin de halage ? Au milieu de la nuit ?

– Sinon, pourquoi serait-il allé là-bas ?

– Peut-être pour une sorte de pèlerinage...

– De pèlerinage ?

– Autrefois, c'est au père de Jayson que les gens de Chippingham confiaient leurs chiots en surnombre pour qu'il les noie dans la Welland. Il opérait la nuit, parce qu'il y avait toujours des enfants qui rôdaient près de la rivière ; et il ne voulait surtout pas que les gamins lui posent des questions, qu'ils lui demandent ce qui gigotait comme ça dans son sac à pommes de terre.

– Je ne crois pas que ce soit la raison, mistress Flannery.

– À la vérité, je ne le crois pas non plus, reconnaît Emily d'un ton piteux.

Le *Chipping Chronicle* ne s'est pas privé de formuler toutes les hypothèses raisonnablement envisageables, allant jusqu'à rappeler qu'on n'avait jamais eu aucune preuve officielle des véritables origines d'Emily – tantôt irlandaise, tantôt sioux, allez vous y retrouver ! –, et que la noyade de Jayson Flannery, que le Dr Lefferts a imputée à une chute consécutive à un malaise cardiaque, pouvait donc aussi bien avoir été provoquée par des membres de la vraie famille de la jeune femme décidés à venger son enlèvement.

Malgré ce léger fumet de mystère, voire de scandale, les funérailles du photographe n'attirent pas la foule.

Emily a pourtant tenu à envoyer des avis d'obsèques à toutes les personnes ayant pu, d'une façon ou d'une autre, entendre parler de Jayson Flannery.

Des lettres encadrées de noir ont ainsi traversé l'océan pour rejoindre l'institutrice Élaine Goodale et le Dr Charles Eastman (Emily les a retrouvés grâce à une lettre adressée à Jayson, où ils racontaient être tombés amoureux au lendemain de Wounded Knee, s'être mariés, avoir eu six enfants et avoir écrit des livres sur la grandeur et la misère des Sioux, lettre qu'ils terminaient en s'inquiétant de savoir si le photographe avait finalement réussi à se débarrasser de la « petite merdeuse » – au sens littéral du mot, précisaient-ils – qu'ils lui avaient collée dans les bras), d'autres faire-part sont allés vers Malory Bunch, l'homme des friandises pour chevaux (avec pour seule adresse sa raison sociale *Bunch's Horses Delikatessen, USA*), vers le contrôleur (nom inconnu, aux bons soins du *New York Central Railroad*) qui, le 3 janvier 1891, avait en charge la voiture-lits n° 23, vers l'employée (nom inconnu, là encore) de l'établissement de bains du Dr Angell, vers la communauté des Sœurs de la

Charité du *New York Foundling Hospital* (plus particulièrement à l'attention de la sœur Janice), vers Eugene Schieffelin (de la Société Américaine d'Acclimatation), Christabel Pankhurst, sir Arthur Conan Doyle, et, bien sûr, Elsie Wright, ses parents Polly et Arthur, sa cousine Frances, etc.

De tous ceux-là, aucun n'est venu.

Heureusement, les Petites Dames sont là. Du moins les survivantes. Elles font assaut de toilettes de grand deuil toutes plus théâtrales les unes que les autres, corsages ornés d'énormes fleurs noires, chapeaux à voilette surmontés de ténébreux oiseaux empaillés, châles à glands rappelant les tentures du corbillard.

À cinq heures de l'après-midi, Emily fait signe à Mrs. Brook et à Mary Giles venue lui prêter main-forte, qu'elles peuvent débarrasser la longue planche où tout à l'heure était posé le cercueil de Jayson, et sur laquelle on a jeté une nappe blanche et aligné les plats du buffet de funérailles, les tranches de jambon d'York, les bols d'oignons caramélisés, le bœuf en gelée, les salades de chou et de pommes de terre, le concombre, le pain de prune du Lincolnshire, le cheddar et les tartelettes.

Presque personne n'a rien mangé. Les guêpes, elles, s'en donnent à cœur joie dans la pénombre mauve du soir qui tombe.

10

Quatre ans se passent, puis Emily apprend incidemment que sir Arthur Conan Doyle a ouvert une librairie à Londres.

Au 2 Victoria Street, à l'ombre de la cathédrale de Westminster, elle pousse la porte de la *Psychic Bookshop* que Doyle gère avec sa fille d'un premier mariage, Mary Louise.

La boutique est en deux parties. La première est réservée à des livres de spiritisme du monde entier, ainsi qu'à des ouvrages de théosophie que la librairie édite elle-même (certains sont d'ailleurs de la plume – et surtout de la pensée – de Conan Doyle) et qu'on ne peut trouver et acheter que dans ses murs, ce qui permet, le cas échéant, de les soustraire à la censure.

L'autre partie, dont l'aménagement est encore en cours, se présente comme une sorte de musée exposant des objets, des documents, des tableaux psychiques comme les aquarelles de Charles Altamont Doyle, le père de sir Arthur, ou les toiles du mineur de fond Augustin Lesage qui, un jour qu'il donnait du piolet contre une veine de houille, entendit la voix des Esprits monter des profondeurs de la galerie et lui prédire : « Peintre ! Tu seras peintre ! » – lui indiquant par la même occasion (le commerce ne perd jamais ses droits) chez qui il devait se procurer les toiles, pinceaux et couleurs, nécessaires à son accomplissement.

Mais l'essentiel du fonds est constitué d'impressionnantes manifestations de désincarnés, dont les photographies d'ectoplasmes par William Hope sont parmi les plus spectaculaires.

Mary Louise insiste sur le fait que son père ne présente que des images dont l'authenticité a été scientifiquement éprouvée.

Emily découvre Conan Doyle au fond de son musée, occupé à rédiger des cartels destinés au rayon qu'il a consacré aux fées de Cottingley.

Doyle reconnaît la jeune femme et lui sourit :

– Nous nous sommes rencontrés chez Wilkins, n'est-ce pas ? J'aurais sans doute mieux fait de rester un des piliers de leur librairie plutôt que d'en ouvrir une à mon tour – vous n'avez pas idée de la fortune que je dois sacrifier pour la garder ouverte !

– Le public ne s'intéresse donc plus aux fées, sir Arthur ?

– Il a tellement d'autres sujets d'émerveillement, de nos jours. Êtes-vous jamais montée en avion ? Moi oui. L'avion, l'aérostat, j'ai tout expérimenté. Je suis insatiable. Mais l'avion n'ouvre que les portes de l'univers, tandis que les fées peuvent nous conduire jusqu'aux rivages de l'Au-Delà où nous attendent ceux que nous avons aimés. Croyez-vous aux fées, mistress Flannery ?

Elle pense : *Ce que je crois, sir Arthur, c'est qu'Elsie Wright, grâce à son coup de crayon particulièrement talentueux, a dessiné des fées en copiant au plus juste celles si joliment croquées par Shepperson et qui figurent page 104 du* Princess Mary's Gift Book.

Mais elle se contente de demander à Conan Doyle s'il n'a pas été frappé par la parenté troublante entre les fées de Shepperson – qu'il n'a pas pu ne pas voir puisqu'elles figurent dans un ouvrage auquel il a lui-même contribué – et celles photographiées par les deux fillettes.

– Ce que je retiens des dessins de Shepperson, répond-il, c'est qu'ils sont parfaitement conformes à ce que nous savons du Petit Peuple. Dès lors, je ne doute pas qu'il ait vu des fées – comme d'ailleurs avant lui cet ecclésiastique de l'île de Man qui, une nuit de pleine lune, rencontra toute une troupe de personnages minuscules vêtus de tulle – vous comprendrez que je sois particulièrement sensible à son témoignage quand vous saurez qu'il s'appelait Holmes. Pas Sherlock, bien sûr, mais Holmes…

Elle lui sourit toujours, et derrière son sourire continue de penser : *Après avoir recopié les petites fées dansantes de Shepperson sur une feuille de papier fort, Elsie et Frances découpent leurs silhouettes. Puis elles subtilisent à Polly Wright quelques-unes de ses épingles à chapeau pour pouvoir piquer leurs images dans l'herbe.*

– Mon très éminent ami Sherlock Holmes, dont vous reconnaîtrez qu'il y a peu de personnages dotés d'un aussi solide bon sens que lui, vous dirait qu'aucune des innombrables théories échafaudées pour nier l'authenticité des fées de Cottingley ne résiste à l'analyse. Car elles négligent un facteur essentiel : le temps – non pas le temps atmosphérique, mais celui du sablier. Reprenons l'histoire, voulez-vous ? Tout commence par une belle journée d'été, vers la fin de l'après-midi. Après avoir joué au bord de la rivière Beck, Elsie et sa cousine Frances rentrent pour le thé.

Elle pense : *Pitoyables fillettes, robes mouillées, souillées…*

– Seule la toilette d'Elsie est tachée de boue, dit-il. Ce qui place aussitôt la jeune fille sur le devant de la scène. J'emploie à dessein le mot jeune fille, car, à mes yeux, miss Elsie n'était déjà plus une fillette. Ce qui implique que la ligne de défense que, d'emblée, elle choisit d'adopter, n'est pas un enfantillage. Je n'y étais pas, mais je gage que c'est le plus sérieusement du monde qu'elle a déclaré à ses parents que c'étaient les fées – *nos amies* les fées, a-t-elle précisé, comme si Frances et elle entretenaient depuis longtemps des relations avec elles – qui avaient contribué à gâcher sa toilette : elles dansaient de façon si exubérante, si irrésistible, qu'Elsie avait voulu entrer dans leur ronde ; mais la jeune fille, elle, n'ayant pas de jolies petites ailes diaphanes pour la soutenir, et les berges de la rivière étant glissantes, était tombée dans la glaise.

Elle pense : *La danse avec les fées, oh ! le charmant alibi. Sauf qu'il n'est recevable que si l'on accorde un minimum de foi à l'existence des fées. Or le père d'Elsie, un des premiers ingénieurs du Royaume-Uni à être spécialisé en électricité, et donc un homme instruit qui mérite d'être écouté, les récuse. Pauvre Elsie ! Son père, qu'elle aime par-dessus tout, la traite non seulement de souillon, mais aussi de fieffée menteuse qui prend ses parents pour des gobe-mouches. Et il la punit.*

– La première punition dont écopèrent immédiatement les petites, sans préjuger d'autres pénitences à venir, fut l'interdiction absolue de retourner jouer au bord de la rivière. Ce qui revenait à les tenir prisonnières jusqu'à la fin de l'été. C'est sans doute ce qui incita Elsie à supplier son père de leur permettre, à Frances et à elle, de lui prouver qu'elles ne s'étaient pas moquées de lui.

Elle eut l'audace extraordinaire de lui demander de leur prêter son *Butcher Midg n° 1*, un appareil photographique à plaques qu'il avait acheté quelques jours auparavant, et de leur permettre d'aller au bord de cette rivière où il venait justement de leur interdire de jamais retourner.

Elle pense : *Pour photographier des fées, tu parles !*...

– Elles partirent avec espoir mais sans certitude, poursuit Conan Doyle. Elsie n'était pas sûre que les fées consentent à poser pour elle. En fait, leur refus était plus que probable. Aucune de ces créatures n'avait jamais accepté d'être photographiée, et cela se comprend : dès lors qu'on livrait au monde l'évidence de leur existence, c'en était fini de leur tranquillité, de leur liberté. Vous n'avez pas idée des scrupules qui m'ont taraudé lorsque j'ai publié le livre[1] dans lequel j'affirme la réalité du monde féerique. Mais poursuivons. Nous sommes en juillet, les jours sont longs, les cousines auraient pu, grâce à la suspension exceptionnelle de la punition, profiter encore quelques heures de cette rivière qui va désormais leur être défendue. Mais loin de faire les petites folles au bord de l'eau, Elsie et Frances, moins d'une heure plus tard, rappliquent au 31 Main Street où elles restituent à Arthur Wright son *Butcher Midg n° 1*. Wright s'enferme dans son laboratoire sous

---

1. *The Coming of the Fairies*, 1922.

l'escalier et entreprend de développer les plaques. À travers la porte, on l'entend gronder, rugir, pester contre sa fille qui, loin de se disculper, n'a fait qu'empirer son cas. Et Wright de surgir comme un diable hors de sa boîte, et de saisir sa gamine par le col de son chemisier : « Qu'est-ce que c'est que ces bouts de papier découpé, Elsie ? » demande-t-il en lui mettant sous le nez les plaques encore dégoulinantes de produits, ce qui provoque aussitôt chez la jeune fille des éternuements en rafale.

Elle pense : *Alors là, sir Arthur, vous romancez...*
Et elle le pense si fort que Conan Doyle, en spirite accompli, l'entend.

– Il se peut, dit-il, que j'invente un peu. Que voulez-vous, on ne se refait pas : romancier je fus, romancier je reste. Or donc, mistress Flannery, ne tenez pas compte des éternuements – mais pour le reste...

Emily, pensant toujours : *À supposer que le père d'Elsie n'ait pas fait le rapprochement entre les photos rapportées par sa fille et le* Gift Book *qui traînait dans un coffre de sa chambre, il avait tout de même compris que les soi-disant fées n'étaient probablement que d'habiles découpages.*

– En vérité, poursuit Doyle, la théorie des découpages est impossible. Même si Elsie est douée en dessin, ce que je veux bien lui reconnaître, il lui aurait fallu des heures non seulement pour reproduire à l'identique des images de fées inspirées des dessins du *Gift Book* – Shepperson est un artiste particulièrement difficile à imiter –, mais encore pour les découper avec une telle minutie que, même en les projetant avec une lanterne magique, ce qui les agrandit considérablement, personne n'a pu relever la moindre marque d'effilochage du papier ; après quoi, elle a dû coller leurs silhouettes sur des épingles à chapeau avec, là aussi, un savoir-faire assez confondant pour qu'aucune trace ne soit décelable à la projection ; et je vous fais grâce du temps nécessaire pour que les deux cousines se mettent en scène avec les figurines découpées. Et maintenant, mistress Flannery, croyez-vous toujours que deux jeunes enfants auraient pu imaginer spontanément une mystification aussi complexe, et la réaliser avec une telle perfection en à peine plus d'une heure de temps ?

Elle pense : *Aucune importance que je le croie ou non, moi je ne compte pas, je ne suis personne. Mais c'est la vérité. Elles ont tout fait pour ne pas être punies, pour qu'on ne leur confisque pas leur vallon, leur rivière, leur cascade, leurs berges boueuses – leur enfance. Et elles ont réussi au-delà de leurs espérances. La fraude était si jolie, elle a séduit la moitié du monde. Il paraît qu'on en parle – ne devrais-je pas dire qu'on s'en enchante ? – jusqu'au plus profond des déserts d'Australie.*

Mais elle dit :

— Je doutais, sir Arthur. Eh bien, vous m'avez convaincue !
— C'est tant mieux. Donc, vous vivrez heureuse. Car enfin, mistress Flannery, comment peut-on tolérer ce qui se passe au fond des cercueils ?
— Je ne sais pas, dit-elle doucement. Je suppose que chacun se débrouille pour ne pas trop y penser. Ou pour y penser autrement. Chez nous, on dépose les morts sur des branches, dans le haut des arbres. Ou sur des échafaudages surélevés pour que le corps ne soit pas dévoré par les bêtes. Ça sèche. Ça devient comme de la peau tannée. Vous pouvez faire halte juste dessous pour vous reposer, vous ne vous apercevez de rien.
Doyle la dévisage sans comprendre.
— Chez vous ?
— Chez nous, répète-t-elle. Chez moi.
— Soyez plus précise, mistress Flannery.
Emily jette un regard vers la fenêtre. Le fog a déjà effacé les tours de Westminster. Il ne reste de l'abbaye que son carillon à la voix étouffée.
— Le brouillard est de plus en plus épais, on dirait. Je ne connais pas bien Londres, je pourrais m'égarer. Je ferais mieux de rentrer, à présent.
— Vous habitez près de Kingston-upon-Hull, n'est-ce pas ? Oui, je crois me souvenir. Permettez-moi de vous raccompagner jusqu'à la gare de Charing Cross. Mary, mon enfant, veux-tu me

donner ma canne et mon chapeau, peut-être aussi mon écharpe si tu la trouves quelque part ?

– J'ai dit que je rentrais chez moi, sir Arthur, pas que je retournais à Hull. Mais un grand merci pour votre obligeance. Votre père est un homme merveilleux, miss Mary, ajoute-t-elle.

Avant que Conan Doyle ait pu la retenir, Emily a passé le seuil de la librairie, elle s'éloigne dans Victoria Street, disparaît dans le brouillard.

Une heure plus tard, Emily monte dans le train qui quitte la gare d'Euston pour Liverpool.

Là-bas, elle suit George's Dock jusqu'à apercevoir les superstructures blanches du *RMS Lancastria* (ex-*Tyrrhenia*) et sa cheminée d'où s'envolent des essaims d'escarbilles.

Son billet de passage et ses papiers d'identité sont en règle – c'est la première fois qu'elle se sert du passeport au nom de Flannery qui a fait d'elle une Anglaise.

Mais l'unique petit sac qu'elle emporte comme bagage déconcerte les officiers de la Cunard qui n'ont jamais vu quelqu'un s'embarquer pour l'Amérique avec si peu de choses.

Ils sont encore plus décontenancés quand ils l'ouvrent, le fouillent, et constatent qu'il ne contient qu'un peu de linge de rechange (sept culottes, dont quatre immaculées, les trois autres sont usagées, le lieutenant préposé à la fouille en porte une à ses narines, subrepticement, et il pose sur Emily un regard attendri), un attrapeur de rêves (le lieutenant n'a pas la moindre idée de ce que ça peut être), quelques photos sur papier chamois aux bords dentelés représentant Jayson (l'une d'elles, où il est nu comme Adam, fait tiquer le lieutenant du *Lancastria*, et Emily éclate de rire), une bouteille de whisky (une superbe eau de feu, commente Emily, je sais que Tonnerre Jaune va en raffoler, alors j'espère que les Tuniques Bleues, à la douane américaine, ne vont pas me la boire ? – Si vous les appelez comme ça, sourit le lieutenant, vous pouvez être sûre qu'ils vont vous la confisquer), *The Coming of the Fairies* par Arthur Conan Doyle, exemplaire dédicacé (« *Pour Emily Flannery, qui m'a tout l'air d'en être une…* » Une quoi ? demande le lieutenant, plutôt impressionné. Une fée, dit Emily, mais vous n'êtes pas obligé de croire ce qu'on vous raconte), et c'est tout, au fond du sac il y a encore quelques cailloux gris pêchés dans le lit de la Welland, et une poignée de terre de Probity Hall ramassée tout près de la tombe de Jayson, mais ça ne compte pas comme effets personnels.

Emily Flannery refit en sens inverse, jusqu'au Dakota du Sud, le chemin américain qu'elle avait suivi avec Jayson.

Anglaise par son mariage mais lakota par sa naissance (et c'était là ce qui comptait pour les

Sioux), elle fut autorisée à s'installer sur la réserve de Pine Ridge.

Elle habita d'abord une cabane en planches dont le toit en carton goudronné ne résistait aux tempêtes que grâce aux pneus qu'elle y empilait.

Elle gagnait sa vie en enseignant l'anglais aux petits Lakotas. Un peu plus tard, elle réussit à acheter un mobile home. Elle l'appela Probity Hall.

Elle resta jolie assez longtemps, les hommes la courtisèrent, elle se maria, elle voulut un enfant, mais il était un peu tard pour ça, et elle se désincarna (comme aurait dit sir Arthur) en accouchant.

C'était un soir de septembre, le mois le plus beau, le mois de la Lune-des-prières-écarlates.

Tant qu'Arthur Conan Doyle vécut, Elsie Wright et Frances Griffiths furent fidèles à leur serment de taire la vérité sur les événements de Cottingley pour ne pas décevoir l'homme qui avait, avec tant de générosité et d'enthousiasme, apporté sa caution à leur histoire de fées.

Et après la mort de l'écrivain, le 7 juillet 1930 dans sa maison du Sussex, elles continuèrent, en respect pour sa mémoire, à garder leur secret.

Ce n'est qu'au début des années 1980 qu'elles se décidèrent à avouer que leurs prétendues fées n'étaient que des silhouettes en carton découpé qu'elles avaient reproduites à partir du *Princess Mary's Gift Book*.

Du moins les fées figurant sur quatre des cinq photos qu'elles avaient prises.

Car, jusqu'à sa mort en 1986, Frances soutint avec force que la cinquième photo, intitulée *Bain de soleil dans le nid aux fées*, était authentique.

Aujourd'hui encore, de nombreux experts en photographie jugent qu'il est en effet impossible que ce cliché ait été truqué.

Chaufour – La Roche
Avril 2008 – mars 2011

DU MÊME AUTEUR

AUX ÉDITIONS DU SEUIL

Le Procès à l'amour, *Bourse Del Duca 1966*
La Mise au monde, *1967*
Laurence, *1969*
Élisabeth ou Dieu seul le sait, *1970, prix des Quatre Jurys 1971*
Abraham de Brooklyn, *1971, prix des Libraires 1972, coll. « Points » n° 453*
Ceux qui vont s'aimer, *1973*
Trois milliards de voyages, *essai, 1975*
Un policeman, *1975, coll. « Points Roman » n° R 266*
John l'Enfer, *Prix Goncourt 1977, coll. « Points » n° P 221*
L'Enfant de la mer de Chine, *1981, coll. « Points Roman » n° R 62*
Les Trois Vies de Babe Ozouf, *1983, coll. « Points Roman » n° R 154*
La Sainte Vierge a les yeux bleus, *essai, 1984*
Autopsie d'une étoile, *1987, coll. « Points Roman » n° R 362*
La Femme de chambre du Titanic, *1991, coll. « Points » n° P 452*
Docile, *1994, coll. « Points » n° P 216*
La Promeneuse d'oiseaux, *1996, coll. « Points » n° 368*
Louise, *1998, coll. « Points » n° 632*
Madame Seyerling, *2002, coll. « Points » n° 1063*

CHEZ D'AUTRES ÉDITEURS

Il fait Dieu, *essai, Julliard, 1975, Fayard, 1997*
La Dernière Nuit, *Balland, 1978*

La Nuit de l'été, *d'après le film de J.-C. Brialy*, Balland, 1979

Il était une joie... Andersen, *Ramsay*, 1982

Béatrice en enfer, *Lieu Commun*, 1984

Meurtre à l'anglaise, *Mercure de France*, 1988, Folio n° 2397

L'Enfant de Nazareth *(avec Marie-Hélène About)*, Nouvelle Cité, 1989

Élisabeth Catez ou l'Obsession de Dieu, *Balland*, 1991, Le Cerf, 2003

La Hague *(photographies de Natacha Hochman)*, Isoète, 1991

Cherbourg *(photographies de Natacha Hochman)*, Isoète, 1993

Lewis et Alice, *Laffont*, 1992, Pocket n° 2891, coll. « Points » n° 1233

Presqu'île de lumière *(photographies de Patrick Courault)*, Isoète, 1996

Les Sentinelles de lumière *(photographies de Jean-Marc Coudour)*, Desclée de Brouwer, 1997, réédition, 2009

La Route de l'aéroport, « Libres », *Fayard*, 1997

Jésus le Dieu qui riait, *Stock/Fayard*, 1999, Le Livre de poche n° 15194

Célébration de l'inespéré *(avec Éliane Gondinet-Wallstein)*, Albin Michel, 2003

Chroniques maritimes, *Larivière éditions*, 2004

La Hague *(illustrations de Jean-Loup Ève)*, Aquarelles, 2004

Avec vue sur la mer, *NiL éditions*, 2005

La Ballade de Cherbourg, *Isoète*, 2005

Henri ou Henry, le roman de mon père, *Stock*, 2006, coll. « Points » n° P 1740

Est-ce ainsi que les femmes meurent ?, *Grasset*, 2009, Le Livre de poche n° 31786

Dictionnaire amoureux de la Bible, *Plon*, 2009

LITTÉRATURE POUR ENFANTS

O'Contraire, *Laffont, 1976*
La Bible illustrée par des enfants, *Calmann-Lévy, 1980*
Série « *Le Clan du chien bleu* », *Masque Jeunesse, 1983*
  La Ville aux Ours
  Pour dix petits pandas
  Les Éléphants de Rabindra
  Le Rendez-vous du monstre

Pour l'éditeur, le principe est d'utiliser des papiers composés de fibres naturelles, renouvelables, recyclables et fabriquées à partir de bois issus de forêts qui adoptent un système d'aménagement durable.

En outre, l'éditeur attend de ses fournisseurs de papier qu'ils s'inscrivent dans une démarche de certification environnementale reconnue.

*Ce volume a été composé
par IGS-CP à L'Isle-d'Espagnac (Charente)
et achevé d'imprimer en mai 2011
sur Roto-Page
par l'Imprimerie Floch
à Mayenne
pour le compte des Éditions Stock
31, rue de Fleurus, 75006 Paris*

Imprimé en France

Dépôt légal : juin 2011
N° d'édition : 01 – N° d'impression : 79659
54-51-6264/3